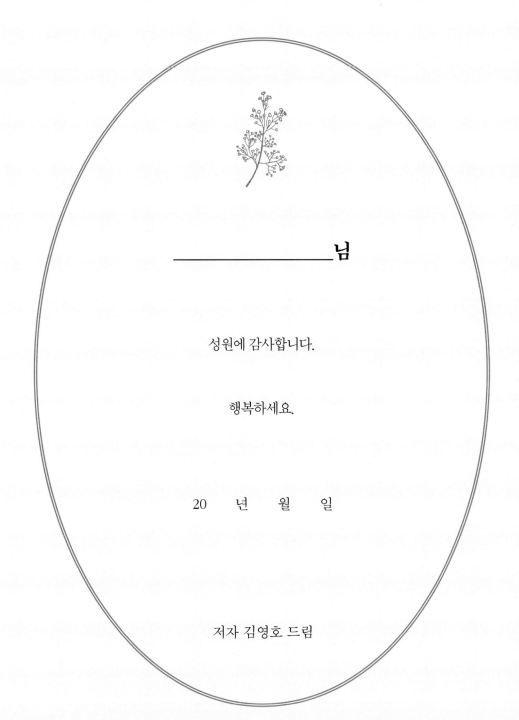

_____님

성원에 감사합니다.

행복하세요.

20　　년　　월　　일

저자 김영호 드림

어머니,

바다보다 깊고 하늘보다 높은 사랑에

한없이 감사하며……

어머니의 텃밭

ⓒ 김영호, 2020

초판 1쇄 발행 2020년 2월 20일
　　 2쇄 발행 2020년 5월 8일

지은이　　김영호
펴낸이　　이기봉
편집　　　좋은땅 편집팀
펴낸곳　　도서출판 좋은땅
주소　　　서울 마포구 성지길 25 보광빌딩 2층
전화　　　02)374-8616~7
팩스　　　02)374-8614
이메일　　gworldbook@naver.com
홈페이지　www.g-world.co.kr

ISBN　979-11-6536-182-2 (03810)

이 도서의 국립중앙도서관 출판예정도서목록(CIP)은 서지정보유통지원시스템 홈페이지(http://seoji.nl.go.kr)와 국가자료공동목록시스템
(http://www.nl.go.kr/kolisnet)에서 이용하실 수 있습니다. (CIP제어번호 : CIP2020006897)

김영호 수필집

어머니의
텃밭

좋은땅

목차

1장

어머니와 제주 여행

2장

가는 정 오는 정

4장

사랑과 감동의 세월

어머니와 고향

이광복
(소설가, 한국문인협회 이사장)

　사람은 항상 그 무엇인가를 선택하며 살아갑니다. 어쩌면 산다는 것이 선택의 연속인지도 모릅니다. 예컨대 아침 몇 시에 일어날 것인가, 무슨 옷을 입을 것인가, 무슨 음식을 먹을 것인가, 무슨 일을 할 것인가, 누구를 만날 것인가 등등 선택해야 할 숙제가 참 많습니다.

　우리 문인들, 즉 글 쓰는 사람들에게는 선택해야 할 과제가 더 복잡하고 미묘합니다. 대부분의 문인들은 무슨 글을 어떻게 쓸 것인가를 고민하며 살아갑니다. 그 고민은 하루 이틀에 끝나지 않습니다. 문인으로 살아가는 동안 항상 고뇌해야 합니다. 달리 말하자면 문학작품이야말로 선택과 고뇌의 산물인 것입니다. 따라서 문인들은 다른 사람들에 비해 상대적으로 생각의 부피와 중량이 클 수밖에 없습니다.

　그 반면, 우리가 임의로 선택할 수 없는 것이 있습니다. 부모와 고향은 어느 누구도 선택할 수가 없습니다. 부모와 고향은 우리가 태어나기 훨씬 이전부터 거기 그렇게 존재하고 있었습니다. 이는 동서고금을 초월한 진리 중의 진리라 하겠습니다. 그러므로 부모와 고향은 선택의 문제가 아닌, 운명 또는 숙명이라고 말할 수 있을 것입니다.

　사람이라면 누구나 부모를 공경하고 고향을 사랑합니다. 문인들은 더 말할 나위가 없습니다. 예나 지금이나 숱한 문인들이 부모와 고향을 소재로 삼아 주옥같은 작품을 창작했습니다. 부모와 고향을 소재로 삼아 문학적 감동으로 자아낸 작품이 그만큼 많다는 뜻입니다.

　이번에 김영호 수필가가 자당님의 구순(九旬)을 기념하여 수필집『어머니의 텃밭』을 준비하면서 이 책에 수록한 원고 사본들을 보내왔습니다. 그동안 심혈을 기울여 쓴 작품들 가운데 어머니와 고향에 관한 화두가 신선한 감동으로 다가왔습니다.

　어머니를 섬기는 효심이 넘쳐 납니다. 고향을 사랑하는 마음 또한 무척 절절합니다. 친척과 직장에 관한 담론도 행간마다 깊은 의미가 담겨 있습니다. 무엇보다도 사람과 직장을 소중히 여기는 진정성이 돋보입니다. 이웃 사랑과 직장의 신성함은 아무리 강조해도 지나침이 없습니다.

　『어머니의 텃밭』은 깨끗한 자연 환경 속에서 순박한 일상을 살아온 세대의 해맑은 삶의 이야기입니다. 그만큼 독자층이 넓고 이 시대를 경험하며 오늘날 경제성장에 버팀목이 되어 온 주인공들에게 추억을 회상하는 글이고, 젊은 세대에게는 교훈과 삶에 감동을 주는 글이라 생각합니다.

　끝으로 김영호 수필집『어머니의 텃밭』출간을 거듭 축하하며, 이 책이 널리 읽히기를 강력히 추천하는 바입니다. 감사합니다.

작품 해설

임영천

권남희

김영호 작가의 역동적인 수필 세계

임영천(문학박사, 문학평론가, 세계한인문학가협회 회장)

김영호 수필 작가의 수필집 『어머니의 텃밭』(2020)의 표제작인 '어머니의 텃밭'에 대하여 먼저 살펴보아야 하겠다는 의무감 같은 것을 느낀다. 그만큼 그는 이 작품으로 '나는 수필가다.'라는 자기 선언을 한 것처럼 보인다고나 할까. 어떻든 이 작품 속에 그의 수필가로서의 면모가 모두(거의?) 깃들어 있다고 본다면 누가 아니라고 할 사람이 있을지 되묻고 싶다.

이 수필은 한마디로 표현해 '향촌수필(鄕村隨筆)'이라고 불릴 수 있는 작품이다. 이 용어는 평소에 필자(任-)가 소설 작품을 논의하며 향촌소설이니 향촌문학이니 하는 호칭을 붙여 사용하던 것을 수필 분야에까지 확대시켜 적용해 본 용어라고 할 수 있다. 우리의 소설 작품들 중에 농촌소설이니 농민소설이니 하는 용어들로 불리는 작품들이 많은 편인데, 그러나 언제부터인가 이 용어들만을 사용해 그 계통의 작품들을 다루기가 어려운 형편에 처한 것을 필자 자신이 느끼게 되었던 것 같고, 그 결과 새로운 용어 향촌소설이란 것을 만들어 쓰지 않을 수 없었던 것으로 기억된다.

어느 소설가가 본격적인 농민들의 삶의 진솔한 면이나 또는 농촌 사람들의 영농의 생활상을 소설 형식으로 표현했을 때 우리가 농민소설이니 농촌소설이니 하는 용어를 써서 논의하게 되지만, 그러나 우리의 농촌이나 농민들의 생활상을 그린 소설 작품들 중에 그 두 가지 용어만을 사용해서는 논할 수 없는 다양한 양식의 작품들이 있다는 사실이 발견되면서 결국은 그 향촌소설이란 용어를 써서 논하지 않을 수 없게 되었다고 보겠다.

그런데 실상을 말하기로 하면, 우리의 수필 작품들 중에서는 소설의 경우처럼 농촌수필이나 농민수필이란 용어를 써서 논할 수 있는 작품들이 있는 편은 아닌 것 같다. 수필의 경우에는 차라리 향촌수필이란 용어로 포괄해서 다루는 것이 우리의 경우에는 더 적합할 것으로 보인다. 우리의 수필 작품들 중에는 본격적인 농민의 삶의 진솔한 면이나 농촌 사람들의 영농 생활상을 수필 형식으로 표현한 것들은 별로 보이지 않는 것 같다.

어떤 분이 한국의 소설들을 도시소설과 농촌소설로 양분해 다룬 바가 있었는데, 그 구분 방식에 따라 우리의 수필들을 도시수필과 농촌수필 두 가지로 나누어 본다고 가정한다면 우리나라의 수필들은 거개가 도시수필 쪽으로 분류되기가 쉬운 실정과 앞서의 그 문제가 연관되리라고 보는 것이다. 도시수필의 형식이 강세인 우리의 수필 작단에서 농촌수필류(類)가 설 자리가 없는 상황에서 하나의 대안 형식으로 돌출한 수필 양식이 바로 향촌수필이라고 볼 수 있다. 그래서 우리나라에선 수필들이 도시수필과 향촌수필, 이 두 계열로 크게 분류될 수 있다고 보는 것이다.

향촌수필은 쉽게 말해 시골, 곧 고향 산촌의 풍정과 향수, 또는 그와 관련된 추억거리들을 수필 작품상에 반영한 그런 수필들을 말한다. 우리들의 고향은 거개의 경우 시골 농촌이며, 설혹 나 자신은 도시에서 출생해 살았다고 하더라도 한 단계만 거슬러 올라가 보면 아버지 또는 할아버지 대(代)에는 시골 농촌이 그분들의 생의 근원(뿌리)인

경우가 태반이라고 볼 수 있다. 그 때문에 우리의 수필가들도 그 테두리를 크게 벗어나지 못하고 있는 실정이어서 향촌수필을 쓸 수 있을 확률이 매우 높다고 볼 수 있다. 게다가 현대인들의 심리적 도시 이탈 증세, 다시 말해 심리적 귀농(귀촌) 현상까지 곁들여지면서 향촌수필은 이제 그 번성기(繁盛期)에 접어든 느낌마저 들게 한다.

김영호 수필가의 경우, 역시 지금껏 설명해 온 그 테두리를 크게 벗어나지 않는 것 같다. 그는 은행의 지점장으로 근무하다 정년퇴임 후 수필 작가가 되었는데, 수필『어머니의 텃밭』에서 볼 수 있듯 그의 마음의 고향은 언제나 경기 이천의 한 오지 마을 어머니와 함께 살았던 고향 땅(텃밭?)에 머물러 있다. 어려서부터 죽마고우들과 어울려 냇물에서 멱 감고 철없이 뛰놀던 고향 산촌이 그에게는 언제나 생생한 삶의 현장으로 살아남아 있어서, 도시인으로 크게 득의한 지금도 마음은 늘 거기에 머물러 있는 셈이다. 수필 작가로 성장한 지금, 그가 노래할 수 있는 게 무엇이겠는가. 마음이 머물러 있는 그 고향 산촌을 노래할 수밖에 그 무엇을 찬(讚)할 수 있으랴.

산란기에 처한 연어들이 고향 남대천을 향하여 힘차게 헤엄쳐 나아가듯이, 작가도 일종의 수구초심(首丘初心)에 젖어 옛 고향을 그리워하는 것은 인지상정이라 할 것이다. 수필『어머니의 텃밭』속에 드러난 향촌(鄕村) 관련 용어를 보면 그의 기억력이 고향을 그리워하는 마음과 정비례하고 있음을 알 수 있다.

얼갈이배추, 상추, 쑥갓, 아욱, 잡풀, 장다리꽃, 잠자리, 농촌마을, 호롱불, 군불, 새, 산새, 철새, 종달새, 논, 밭, 텃밭, 실개천, 붕어, 미꾸라지, 물 반 고기 반, 동네 잔칫날, 참나무, 까치, 쌀, 보리, 밭둑, 논둑, 풀꽃, 클로버, 감자, 홍감자, 호미, 풍년가, 도토리, 도토리나무, 새참, 참외, 고구마, 수박, 벌, 나비, 흰나비, 메밀묵, 도토리묵, 찹쌀떡, 농사, 논농사, 밭농사, 참외농사, 밭작물, 옥토, 산, (꿈)동산, 흙, 대지, 장날, 구판장, 모, 김, 모심다, 김매다, 이웃사촌, 보리피리, 보릿고개 등 그의 수필 작품 속에 들어 있는 향촌 관련어(關聯語)들은 이처럼 무수하다. 이 사실이 말해 주는 것은, 아무나 본격적인 향촌수필을 쓸 수 있는 것은 아니라는 것이다. 그만한 정도의 향촌에서의 삶의 체험이 이미 체질화되어 있는 이에게만 그럴듯한 향촌수필의 창작이 가능하다는 점을 말해 주는 것이라고 하겠다.

　작가는 옛 고향 산촌에서의 추억거리 중 특히 어머니의 '텃밭'에 대한 애정을 많이 강조하고 있다. 그것은 자식을 사랑하는 어머니의 피땀 어린 노력의 결정체였고, 그것에서 나오는 수입으로 자식을 공부시킨 재정의 원천이기도 하였다. 그런데 아버지가 담석증에 걸려 대학병원에 입원했을 때 문병을 온 동네 사람들과 그들의 지원금 등에 크게 은혜를 입었던 아버지가 퇴원하고 나서는 마을 사람들에 대한 감사의 뜻으로 그 텃밭을 그 마을에 기증하면 어떻겠냐는 의견을 내놓았고, 반대하였지만 결국 어머니도 찬성함으로써 그 텃밭 기증이 이루어져 그 자리는 지금 마을의 공동재산으로 바뀌었다는 것이다. 바로 그 자리에 마을회관과 동네마트, 경로당, 사랑방, 어린이놀이터, 정보화교실 등이 들어서서, 이제 옛사람들이 보기에는 격세지감마저 느끼게 된 실정이라고 하겠다.

　세월이 흐르고 나이도 들어 노인이 된 어머니가 어느 날 마을회관에 들렀는데, 젊은 아낙네들이 그곳에서 음식을 끓여 먹고 있다가 황급히 감추는 것을 보고서는 크게 실망하시던 그 모습을 작가는 회상하고 있다. '이 땅이 누구의 땅인 줄도 알지 못하고 저 사람들이 나를 홀대하는 것일까?' 어머니는 그런 생각을 하셨던 것 같다고 작가는 그때를 회상한다. 그 정도가 어느 정도였는지에 대하여 이렇게 부연 설명하기도 한다.

　　마을회관과 정보화센터를 보며 때로는 허전해하고 아쉬워하시던 어머니! 동네 사람들이 그 자리가 어떤 자리인지 모르고 내가 가끔 찾아가도 무관심한 모습을 볼 때마다 울적하다고 하신다./ 은공도 모르고 저 먹을 것만 챙기는 철부지 마을 아낙네들을 대할 때마다, 내가 평생 농사지은 땅을 왜 기부했는지, 어떤 때는 되돌려 받고 싶은 마음이라 하신다.

　그러면서 그들은 "동네의 중심인 마을회관 앞에 이 땅을 기부한 사람이 누구인지 모르는 모양이다."라고 작가는 독자들을 겨냥한 듯 해명하고 있다. 누구인지 모르는 상태에서는 젊은이들이 굳이 노파 한 사람에게 깍듯이 경의를 표하는 일이 있을 이유가 없지 않겠느냐? 그러므로 어머니의 서운함도 실은 그 젊은 아낙네들의 그런 처지를 모르셨기 때문에 그러셨던 것 같다고 해명(내지는 자위)하고 있는 셈이다. 그 뒤 어머니가, 학교 가는 어린이들을 싣고 떠나는 마을버스를 바라보며 서 계신 것을 보고 작가가 "어머니! 또 텃밭 생각나서 그래요?" 하고 물었을 때 어머니는 "아냐, 동네에 기증했는데 뭘 그래!" 하면서 웃으셨다고 하였다.

　이처럼 어머니와 그녀의 텃밭 사이에 얽힌 온갖 애증 내지는 희로애락의 정서적 미완(미해결)의 문제는 "아냐! 동네에 기증했는데 뭘 그래!"라고 하신 어머니의 그 말 속에서 이미 어머니 자신이 대승적 차원에서 현명하게 해소(해결)해 버렸음을 보여 주신 것이라고 볼 수 있다. 관용 내지는 포용심으로 철부지 젊은 아낙네들을 감싸 안아 버리신 것이다. 작가의 어머니의 삶과 깊이 관련된 이 이야기는, 그러나 이 이야기가 결코 작가의 어머니 한 사람만의 이야기로 읽히지는 않는다. 요즘의 실버(silver)들과 젊은이들 사이의 심리적 갈등의 문제는 결코 향촌 사회에서만 일어나는 일만은 아니며, 아니 도회지에서는 그런 문제들이 더욱더 심각하게 일어나고 있음을 볼 때, 작가의 어머니처럼 관용 내지는 포용심으로 철부지 젊은이들을 감싸 안는 넓은 도량(度量)이 요구되는 시대에 지금 우리가 살고 있다고 하는 자각에 이르게 된다고 힘주어 말하지 않을 수 없다.

　이참에 필자는 김 작가가 기행수필에도 능하다는 사실을 발견하게 되었다. 그의 '추자도(楸子島)'란 이름의 수필 작품을 통해서이다. 그 작품을 읽어 나가는 독자는 절로 흥이 나고 자신이 어깨춤으로 들썩여지는 것을 자각하게 되는 것 같다. 그만큼 그의 기행수필이 여동적이며 또한 기술적(記述的) 달변의 경지에 이른 것처럼 보인다. 그 때문에 독자를 휘어잡는 힘이 강하고 끌고 나가는 동력 또한 힘찬 편이다. 결코 짧다고는 할 수 없는 그 글에 끌려가다 보면 어느새 글이 끝난 것을 느끼게 되는 형편이니 그 기행수필이 흥미 있다고 보지 않을 수 없을 일이다. 그 글 중의 일부를 보기로 한다.

> 제주도의 다도해이며 섬들의 천국인 추자도./ 새파란 하늘 아래 출렁이는 물결 위로 보이는 건 바다와 산이 빚어낸 형형색색의 섬들의 빼어난 자태와 비경뿐이었다./ 선상 낚시와 '나바론의 절벽'을 보기 위해 배를 타고 인근 바다로 나갔다. 선상에서 바라본 나바론의 절벽은 그야말로 장관이었다. 굽이굽이 소용돌이치는 절벽 아래로 파도에 휘말리는 푸른 물결들이 시새움하며 절벽에 부딪히고 하얀 거품을 뱉어 내며 장난을 치고 있다./ 깎아지른 듯한 절벽 사이에는 만고풍상을 견디며 살아온 소나무들이 위용을 부리고 있다.

이런 묘사 바로 다음에 작가는 아래와 같은 말로 상황을 반전시킨다. "문득 60년대 제2차 세계대전을 배경으로 한 명화 〈나바론의 요새〉가 머리에 떠오른다." 그리고는 명배우 그레고리 펙과 데이비드 니븐, 그리고 안소니 퀸 등을 거명하기 시작한다. 그러면서 (이들 3인의) "특공대가 독일군이 점령한 나바론 요새의 대포를 폭파하기 위해 가파른 절벽을 기어오르며 벌이는 스릴과 애정 넘치는 장면이 머리를 스치며 지나간다."라고 하였다. 그리고는 또 "망망대해에 떠 있는 추자도의 나바론의 절벽이 흘러간 명화의 명장면을 연상케 하며 나를 감회에 젖게 하고 있다."라고도 하였다. 그러나 이때쯤에는 작가의 서술을 통해 소개되고 있는 세 명의 서양 명배우들과 그들이 벌이는 스릴과 서스펜스 넘치는 장면들을 연상하는 독자들이 자기 나름대로 옛 영화의 웅장함과 감동의 풀에 스스로 빠져들어 작가 이상으로 자기들 나름의 상상의 나래를 펼치게 되는 것이다. 그렇게 되도록 만들어 놓는 작가의 필력에 우리는 놀라게 된다고나 할까.

그런가 하면 추자도 근역의 경관을 아름답게 묘사하고 있는 그의 필치 또한 독자들의 관심을 끌어들이기에 충분한 것 같다. 기행수필에서의 특유의 장점들이 자연히 드러나는 문장들이다.

> 쟁반같이 둥근 해는 이제 점점 바다 쪽을 향해 기울어 가고 있다./ 시퍼런 바다에 내려앉은 붉은 쟁반이 바닷속으로 서서히 자취를 감추며 직구도 주위의 하늘은 온통 붉은 강을 이루고 있다./ 어머니의 품속에 살포시 안겨서 젖을 먹는 어린아이처럼 직구도를 감싸고 있는 저녁노을이 연출하는 대자연의 조화를 보며 나는 넋을 잃고 말았다. 새파란 창공 위로 흰 구름이 하나둘 흘러가고 이들을 시새움하듯 자태를 뽐내고 있는 저녁노을이 한 폭의 동양화처럼 아름답다.

웅장한 나바론의 절벽의 위용을 옛 명화의 추억과 연결시켜 독자들을 다소 흥분케 하고, 또한 직구도 주위의 자연의 아름다운 경관을 미려한 문장으로 묘사하여 그 섬(군도)들에 대한 애착이나 기대감을 한껏 높이는 데 기여한 기행수필 작가의 표현 능력을 우리는 이제 선망의 눈으로 바라보지 않을 수 없게 된 것 같다.

다음으로, 우리가 관심 깊게 살펴보게 될 작품은 '2002 월드컵의 환희(歡喜)와 감동(感動)'이란 좀 긴 제목의 수필이다. 제목만 긴 것이 아니라 이 수필의 길이 역시 상당히 길어서 장(長)수필이란 표현을 써도 될 만하다고 여겨질 그런 분량이라고 보겠다. 그만큼 작가는 혼신의 힘을 다 기울여 2002 월드컵의 알파와 오메가를 모두 빼놓지 않고 세세하게, 그리고 빈틈없이 서술 · 묘사하고 있어서 당시의 '희망, 감동, 흥분'을 오늘에 와서도 다시 그대로 맛보게 되는 듯한 느낌을 독자들이 받고 있음이 사실이라고 하겠다.

마치 우보 민태원의 「청춘예찬」이란 수필에서 보게 되는, 강건체 문장이 내뿜는 강력한 힘을 우리는 이 월드컵 관련 수필 작품을 통해서 다시 받게(느끼게) 되는 듯한 기분이다. 그 이유는 이 월드컵 관련 수필의 문체가 씩씩하고 호방한 기운이 넘치면서 또 힘차고 박력이 있으며, 굳세고 때로는 도도한 흐름의 거센 기운이 느껴지는 그런 문체이기 때문일 것이다. 그 때문에 이 수필을 읽는 독자들은 2002년 월드컵 대회 때의 그 환희와 감동을 그대로 맛보는 듯한 기분에 휩싸이게 될 수밖에 없다.

이 수필에는 당시 월드컵 경기에 출전한 국내외 선수들은 물론, 감독이나 해설위원의 이름 등 관련 인사들의 실명이 무수히 등장한다. 이를테면 히딩크 감독, 신문선 해설위원, 독일의 골키퍼 올리버 칸, 그리고 국내의 선수들 곧 이을용 선수, 황선홍 선수, 유상철 선수, 이영표 선수, 안정환 선수, 박지성 선수, 설기현 선수, 이천수 선수, 골키퍼 이운재 선수, 주장 홍명보 선수 등, 어떻게 이 많은 선수들을 하나하나 다 거명할 수 있을 만큼 생생하게 기록해 둘 수 있을까 하는 생각이 들 정도로 작가는 세세하게 그들을 모두 기억한 채로 재생시키고 있어서 우리 독자들을 아주 놀라게 하고 있다.

아니, 단지 피상적인 항목들만 기억하고 기록해 두는 것이 아니라 그들이 경기를 통해 이룩한 결과(승과 패 그리고 비김의 세부) 하나하나도 가감 없이 그대로 전해 주고 있으니, 입이 딱 벌어지지 않을 수 없는 일이다. 그렇게 볼 때 그는 지금 체육수필, 곧 스포츠수필의 새 경지를 개척하고 있는 셈이 된다고 보겠다. 참으로 가상한 일이다. 어느 분야든 개척의 공은 큰 것이라고 볼 때 그에게 무슨 포상 또는 인증이란 열매가 주어질 날이 멀지 않으리라고 보아도 무방하리라. 그의 체육수필(스포츠수필)의 디테일의 경지가 어느 정도인지 한번 살펴보기로 하자.

2002년 6월 4일, 우리나라의 월드컵 첫 경기가 폴란드전 형식으로 열렸는데, 전반전이 끝나갈 무렵 이을용이 어시스트한 볼을 황선홍 선수가 멋진 터닝슛으로 받아서 폴란드 골망을 뒤흔들었다고 하였다. 그리고 후반전에 유상철 선수가 한 골을 더 보태어 첫 1승을 획득했다고 하였다. 6월 10일의 미국전은 비김으로써 무승부로 끝났다고 했다. 6월 14일의 포르투갈전은 박빙으로 진행되다가 이영표의 어시스트 볼을 박지성 선수가 받아서 터닝슛 골을 성공시켰다고 하였다. 이로써 한국 축구가 월드컵 16강에 진출하게 되는 행운을 얻게 되었다는 것이다. 그래서 작가는 6월 14일 이날을 한국 월드컵 사상 역사적인 날이라고 자평했다.

6월 18일 이탈리아와의 16강전은 박지성의 어시스트 볼을 설기현 선수가 터닝슛으로 처리해 한 골을 얻은 뒤, 이어서 이영표가 어시스트한 볼을 안정환 선수가 헤딩슛으로 처리해 이제 8강에 안착하게 되었다고 했다. 6월 22일 스페인과의 8강전은 전후반 연장전에서 무승부로 끝나고 승부차기로 돌입하였다. 황선홍, 박지성, 설기현, 안정환의 순서로 네 선수들이 모두 실수 없이 승부차기에 성공하였다. 스페인 선수들도 셋까지는 실수가 없어서 현재 4:3의 스코어로, 그들의 네 번째 선수가 어떤 결과를 초래할 것인지 앞으로의 귀추가 주목되는 순간이었다.

바로 이때 히딩크 감독의 그 유명한 어퍼컷 세리머니가 터져 온 국민이 환호하는 분위기 속에서, 스페인의 네 번째 선수가 찬 볼을 우리의 골키퍼 이운재 선수가 쳐 내는 데 성공함으로써 스코어가 4:3으로 결정돼 버리면서 우리들의 승리에 대한 기대감은 최고조에 달했다. 이제 마지막 선수의 실축만 없으면 우리가 스페인전에서 승리하는 게 아닌가. 이때 주장 홍명보 선수가 마지막으로 힘차게 찬 볼이 스페인의 골망을 뒤흔들면서 온 국민이 열광하고 환호하는 함성이 천지를 진동시키는 것 같았다. 이날은 한국 축구가 세계 4강에 오른 기념비적인 날이었다.

6월 25일의 준결승전에서 한국은 상대 팀인 독일에 0:1로 패하면서 부득불 4강으로 만족해야만 했지만, 세계 4강이란 결실은 결코 하찮은 것이 아니었다. 4승 1무 2패, 승점 13점의 월드컵 4강이란 성적은 참으로 대단한 것이었다. 작가는 이런 디테일의 문제를 그 능숙한 달변과 구수한 입담을 섞어 가며 독자들에게 힘차게 전달함으로써 스포츠수필의 신기원을 열어 놓았다고 보겠다. 작가는 다음의 결미로써 이 감동적인 수필을 마무리하였다.

2002 월드컵이 끝났지만 그날의 환희와 감동은 나의 마음속에 아직도 살아남아 있다./ 그들이 있었기에 우리는 행복했다. 우리에게 감동을 안겨 준 젊은 피 때문에 즐거운 시간이었다./ 2002 월드컵은 국민들에게 가뭄에 단비 같은 시원한 청량제 역할을 하고 수없이 많은 엔도르핀을 꽃피우게 한 원동력이 되었고 직장인들의 숙원인 주 5일제가 시작된 해이기도 하다.

바로 우리 독자들의 마음을 그대로 마무리한 결미라고도 보겠다.

현대 한국인의 담론 그 원형을 찾아서……

– 김영호 수필집『어머니의 텃밭』출간을 축하드리며

권남희(한국문인협회 수필분과 회장, 한국수필가협회 부이사장)

세상의 모든 것은 마음이 만들어 낸다

– 一切唯心造일체유심조 화엄경

1960~1970년대의 한국은 마음만 먹으면 안 되는 일이 없다는 신조로 '가난하고 낙후된 나라에서 벗어나는 일'에 한마음이 되어 치열하게 살았다. 가정경제를 일으키고 자식들 교육에 전력투구하며 성공하는 인생을 꿈꾸었다.

한국의 70년대를 관통했던 절실하고 절대적인 하나의 화두였다. 곳곳에서 들리는 자수성가형 성공담들은 우리에게 늘 살아갈 용기를 주었고 자아성취의 롤모델이 되었다.

공통된 성공담론을 읽는 감동은 오래갔다. 흑백 TV만 있을 뿐, 냉장고도 없고 컴퓨터도 없고 당연히 휴대폰도 없던 사회였으니 전 국민이 '새마을 운동' 하나에 충분히 기적을 일구어 냈다. 누구든 한눈팔지 않고 노력하면 원하는 성공을 이루어 낼 수 있었다.

이러한 자수성가 담론의 최고는 미국의 벤저민 프랭클린이고, 한국의 정주영 기업인을 꼽을 수 있다. 이러한 시대를 품은 문학적 담론은 열렬한 독자 반응을 얻어 내기도 하고 베이비부머들의 문학적 자양분이 되었다.

김영호 수필가의 문학적 자산이고 뿌리는 아버지와 어머니, 그리고 고향이다.

중학생 때 집안이 어려워져 힘들었던 수필가에게 내면화된 사고는 사회적으로 성공하는 것이었다. 그것이 자식을 위해 희생했던 어머니를 위하는 일이고 아버지에게 보답하는 길이었다. 결국 가족의 터전이었고 어머니 인생의 전부였던 텃밭을 마을회관에 기부하는 조건 없는 선행을 가능하게 만들었다.

작가의 근원은 어머니다. 그리고 어머니가 텃밭을 일구던 그곳이 작가에게는 고향이고 삶의 뿌리임을 작품을 읽어 가는 내내 확인하게 된다.

'멋쟁이 어 과장'은 꼭 있어야 할 직장인 전형의 한 인물을 생생하게 묘사하며 보여 주고 있다. 작가는 직장에서뿐만 아니라 오래도록 함께하고 싶은 사람 어 과장에게 아낌없는 찬사를 보내고 있다. 언제나 신바람을 일으키며 삶의 멘토처럼 자신에게 역할모델이 되어 주었고 때로는 충고도 아끼지 않았던 팔방미인 '멋쟁이 어 과장'은 많은 사람들에게 행복을 준 것만은 틀림없다.

이러한 유형의 인물은 드라마에서나 꼭 등장하는 감초 같아서 실제 만나기도 어렵고 존재한다 해도 일시적이거나 이해관계에 의한 부산물이다. 그런 점을 알면서도 사람들은 그마저도 하지 않는다. 직장에서나 고객을 만나거나 등산을 하거나 몸을 사리지 않고 분위기를 살리고 일을 추진하면서 다른 사람의 몇 배나 일을 하는 멋쟁이 어 과장은 결국 작가 자신의 희망사항이기도 하며 롤모델이다.

어 과장은 직원들 인화면에서 최고이며 노래도 잘하고 춤도 잘 추고 업

무 추진도 잘하니 그야말로 팔방미인이다. …… 평일이라서 산행을 하는 팀
은 우리밖에 없다. …… 정상에 올라 시간을 보내고 있는데 어 과장이 재치
를 발휘하기 시작한다. …… 역시 어 과장은 멋있고 위트 있고 재미있어 저
런 직원과 근무하는 지점장님은 행복하실 거야, 덕담을 한다. …… 다른 직원
의 몇 배의 일을 하는 어 과장이 있어 나는 행복하다.

-「멋쟁이 어 과장」

'어떤 편지'는 직장인이라면 반드시 넘어야 할 승진시험과 그 고비에 대한 감정의 기
록이다. 승진고시에 탈락하고 누군가 자신을 손가락질하며 바라볼 것 같은 부끄러움과
절박한 심정으로 가시밭길의 나날을 보낼 때 받은 선물에 대한 생각을 적었다. 생각지
도 않은 부하 직원이 선물한 수필집, 꽃다발과 위로의 편지는 끝없는 항해의 길에서 뜻
하지 않게 만난 것처럼 감동과 위안을 준다.

직장에서의 조직 생활은 동료와 선배, 후배들로 얽혀 때로 가족보다 더 많은 애증의
시간을 함께한다. 그러기에 누구 한 사람이라도 팀에서 낙오될 때 실망하기도 하고 당
사자의 좌절을 안타까운 마음으로 지켜보기도 한다. 마치 분신처럼, 친구처럼 공유하
는 정서가 있는 곳이다. 대기만성형의 김영호 수필가는 먼저 승진했다고 반드시 더 많
은 것을 얻는 것은 아니라는 이치를 깨달아 가며 마음을 다잡는다.

한 해 먼저 승진했다고 반드시 승리자가 되는 것은 아니다. 자기의 역량
과 환경에 따라 때로 빠르게 때로 늦게 승진할 수 있는 것이 사회 아닌가.
그러기에 우리의 인생은 후회하며 살아가는, 길고 끝없는 항해의 연속이 아
닐까.

-「어떤 편지」

그렇다. 인간의 수복이 무한대로 받을 수 있는 것은 아니다. 누구나 총량의 법칙에 적용되는 인생 그릇이 있다는 사실이다. 이 글에서 김영호 수필가는 직장인으로 살아 가는 일은 수련의 길에서 시간을 따라 지혜를 쌓아 가는 과정이라는 피력한다.

'유혹처럼 보인 착각'은 꽁트 같은 구성과 에피소드로 젊은 날의 순박했던 모습을 그려 내고 있다. 김영호 수필가는 품성이 다정하면서 단순하고 소박한 농부의 기질도 있다. 이러한 면은 천성이기에 아무리 서울에서 수많은 사람과 관계를 맺으며 겪어 나간다 해도 바뀌지 않는다. 직장인 초기에는 당연히 영업부에서 실적을 잘 올리고 일 잘하는 선배들을 부러워한다. 일주일에 한 번씩 마케팅 교육, 인간관계 교육을 받는 일도 만만치 않다.

고객 유치를 위해 조건 없는 친절도 베풀고, 같은 지역 다른 금융기관과 치열한 경쟁을 하느라 방문한 고객의 집에서 실수한 스토리는 치열한 삶 속에서도 김영호 수필가의 때 묻지 않은 순수함을 엿보게 한다. 무심코 들어간 고객의 집의 화려한 욕실에서 만개한 꽃 같은 안주인의 벗은 몸을 보았으니 당황하고 놀라 도망치는 것은 당연하다.

> 워낙 친하니 지점장님도 설 같은 특별한 날은 내가 직접 선물을 전하라고 한다. …… 정원이 딸린 주택의 내부 구조는 고급아파트 이상으로 호화롭게 구성되어 있다. …… 마침 현관문도 열려 있다. …… 불러도 대답이 없고 방 안에서는 TV 소리와 이야기 소리가 들렸다. …… 우선 화장실 볼일을 봐야 해서 문을 여니 …… 커다란 욕조 옆에 작은 욕조, 그 옆 욕조에는 발가벗은 여인이 물 침대에서 …… 야릇한 모습으로 미소를 짓고 있다. …… 평소 형수처럼 흉허물없이 지내는 여인의 모든 것을 다 보고 말았으니 나는 얼떨

결에 문을 닫고 차를 향해 달렸다.

-「유혹(誘惑)처럼 보인 착각(錯覺)」

그 후 예금을 위해 지점을 방문한 그 여인을 쑥스러움과 부끄러움 때문에 피해 다니다 결국 고객을 잃었으니 이 또한 지나가는 일인 것을…… 젊음은, 열정과 착각과 미숙한 행동으로 이루어진 결정체이다. 그렇기에 20대의 시간들은 막 피어나는 꽃봉오리처럼 아름답기만 하다.

김영호 수필가에게 아버지는 늘 쓸쓸하고 안쓰럽고 허망한 존재로 남아 있어 자신의 불효를 송구스러워하고 있다. 어린 시절 작가의 눈에 비친 아버지는 세상 누구보다 힘이 셀 것처럼 보였지만 이제 '하루만이라도 흘러간 시간을 돌려놓고 싶다.'라고 할 만큼 마음 아파하며 만날 수 없는 아버지를 그리워하고 있다. 아버지는 언제나 가족을 책임져야 한다는 짐을 짊어지고 가야 하기에 어려운 고비마다 자식을 위해 결단을 내리고 어려움을 극복한다. 잘해 드리지 못했다는 자책감으로 한처럼 응어리진 작가의 가슴에서 아버지는 영원히 살아 있을 것이다. 나이 들어가며 초라해지는 아버지를 바라보고 생각하는 아들의 마음은 애틋하다.

> 빈농의 아들로 태어나 평생 고생하시다 황혼기에 치매까지 걸리신 아버지! …… 아버지! 흘러간 시간을 돌려놓고 싶어요! 초등학교 시절 교내 백일장에서 '아버지'란 제목으로 장원했을 때 상장과 글을 보고 또 보시며 기뻐하시던 모습이 눈앞에 아른거려요. …… 자식에게 가난을 대물림하지 않기위해 일찍부터 서울로 보내 공부를 시키면서 힘들어도 기죽지 말고 당당하게 살라고 하시던 그 말이 오늘도 가슴에 찡하게 와닿는데 당신은 나를 알

아보지 못하시니 응어리진 마음이 한을 누가 풀어 줍니까?

―「아버지, 흘러간 시간을 돌려놓고 싶어요!」

'**자취생**'은 전 국민이 서민이라 할 만큼 너 나 할 것 없이 자식만 많고 물질적으로 풍족하지 못했던 70년대의 모습을 따뜻하게 그리고 있다. 당시 부모들의 숙제는 자식들을 교육시켜 사회에서 필요한 인재로 키우는 일이었다. 사회 분위기는 성실하게 노력하면 꿈을 이룰 수 있다는 초긍정적 메시지로 가득 차 있었다. 이웃들 또한 부족한 살림이지만 끈끈한 정을 주고받으며 서로 보살피고 살았다.

고향을 떠난 형제는 성공하여 가난을 극복해야 한다는 각오로 휴일이면 도시락을 싸들고 서대문 4 · 19도서관에서 공부를 한다. 성실하고 노력파였던 수필가는 "자취 생활은 오늘의 나를 키워 준 하나의 구심점이었다."라고 밝히고 있다. 형을 따라 같이 공부했던 동생도 서울 시내 초등학교 교장으로 어엿한 사회 구성원 몫을 맡게 되었으니 이 또한 행복이지 않은가. 작가의 문학적 자산은 이때 형성되었다. 고향이 그립고 외로우면 을지로 6가 헌책방에서 구해 온 책을 읽고 또 읽었으니 감수성이 충만한 시기였다.

자취 생활은 나의 삶의 한 페이지이며 오늘의 나를 키워준 하나의 구심점이었다고 생각한다. 어린 나이에 타향살이를 하며 추위에 떨고 고독과 싸우며 부모님과 고향 대한 그리움으로 향수에 젖기도 하였지만, 매서운 사회를 간접적으로 경험하며 이웃의 따뜻하고 자애로운 인정의 보금자리에서 나 자신의 꿈과 의지를 강하게 만든 시기였다. 이때의 생활 중 끈끈한 인간의 정과 풋풋한 사랑과 의협심은 훗날 내가 직장 생활을 하며 인간관계에 큰 도움이 되고 …… 어려울 때마다 항상 나 자신을 반성하고 상대방의 입장에서 생각하는 시간이 되었다.

-「자취생」

결국 우리 사회가 사람을 키워 내는 일은, 남부러울 것 없는 풍족한 환경보다 부족함 속에서 꿈을 키워 나가는 동기부여와 사랑이 더 중요하다는 것을 이 작품을 통해 깨닫게 된다.

'공생과 기생'은 수십 년 동안 직장 생활을 하면서 현장에서 터득한 삶의 노하우가 녹아 있는 글이다. 독불장군처럼 혼자서는 살아갈 수 없는 만물의 이치를 소철나무에 비하고 있다. 소철에 기생하는 바랭이, 쇠비름, 명아주가 있는가 하면 공생하는 끈끈이대나무와 잔대도 있는 것이다. 식물을 들여다보며 동물이나 인간도 그렇게 더불어 살아가도록 되어 있다는 것을 생각한다. 회사와 노조 관계도 마찬가지다. 한쪽으로만 유리하게 일방적이고 무조건적인 이익 추구는 없는 것이다. 때로는 나 자신이 소철이 되었다가 소철에 기생하는 명아주가 되기도 하는 게 세상살이리라.

> 대나물 꽃의 끈끈한 부분이 소철나무에 기어 다니는 개미나 모기, 해충을 잡아 주고 있다. …… 드센 억센 풀에 기생하는 가녀린 꽃을 피워 내는 야고를 보며 공생과 기생을 생각해 본다. 공생과 기생은 식물에서도 볼 수 있지만 동물과 인간 사회에서도 흔히 볼 수 있다.

-「공생(共生)과 기생(寄生)」

'어머니의 가을걷이'는 어머니를 통해 들여다보는 자식의 자화상이다. 평생 가족을 위해 헌신하고 자신을 돌보지 않은 어머니의 가없는 참사랑! 어렵게 이 시대를 살아온 세대들의 어머니를 향한 사랑과 애정이 깃든 '사모곡'이라 할 수 있다. 작가는 이제라도 그동안 받은 사랑을 어머니에게 돌려드리려고 하지만, 세월의 뒤안길로 사라져 가는 어머니의 젊음을 붙잡아 드리지 못한다. 마음뿐인 걸 어떻게 하리. 후회하며 살아가는 덧없는 우리의 인생이다.

> 인생의 수확이란 무엇인가. 자식이 입신출세하며 사는 것인가, 자식들 근심 걱정 털어 버리고 편하게 여생을 보내는 것인가. 평생 힘들고 어렵게 살아 인생 항로 즐기며 사시기를 바라는데 어머니는 일에만 묻혀 살며 자식들 걱정만 하시니 어머니의 가을걷이를 도와드리고 나니 …… 어머니의 지고지순한 사랑이 포근하고 아늑한 자장가처럼 느껴지는 즐거운 하루였다.
>
> ―「어머니의 가을걷이」

세계적 예술가들이 가장 많이 다룬 작품 주제는 어머니이다. 러시아 작가 막심 고리키의 노동운동 혁명소설『어머니』는, 현대문학의 어떤 작품도 그것이 가져다주는 감동과 파급 정도에서『어머니』를 능가하지는 못할 것이라는 극찬을 받으며 미국과 유럽까지 상용 참고서가 되었다. 우리나라 김만중도 유배지에서 어머니를 위해『사씨남정기』,『구운몽』을 썼고 이제 작고 문인이 된 최인호 소설가도 자전적 가족소설『어머니는 죽지 않는다』를 냈다. 어머니는 공기처럼, 햇빛처럼 자식들을 위해서는 차별 없는 사랑을 퍼 주고 있다.

이에 못지않은 수필가의 어머니 작품들도 의미가 남다른 선물이 될 것이다. 문학에서 가족사는 오랫동안 되풀이되어 온 주제의 하나다. 그만큼 보편성을 얻은 인간 삶의 원형으로 어머니의 노래는 끝없이 이어지리라.

김영호 수필가의 작품에서는 '인간의 일상은 예술의 원천이다.'라는 말이 떠오르게
한다. 그는 어느 것 하나 버릴 게 없다는 듯 살아가는 현장에서 열정적으로 모티브를
챙겨 든다.

　　이미지, 상징, 은유 아이러니, 이런 것보다 삶의 현장성을 가득 채운, 그 넘치는 메시
지들로 생활의 달인 같은 분위기로 생생하게 담아내고 있다.

　　SNS시대를 감지하고 수용하고 있는 듯한 문장력을 보여 주고 있어 전문 수필의 문
학성이나 함축된 언어가 주는 긴장감보다 현실지향적 진술에 가까운 글쓰기로 SNS에
접근해 있다.

　　대화체나 막힘없는 입말로 활달하고 자유분방한 표현력을 구사하고 있어 전통적 문
학 텍스트의 해체를 보는 듯하다. 앞으로 유튜브를 활용하여 세대와 시공간을 초월하
는 작가로 거듭나기를 기대한다.

추억 속에 묻혀 버린 어머니의 텃밭

고향은 언제나 어머니의 품처럼 포근하고 아늑하게 느껴진다. 꿈속에서도 찾아가는 나의 고향은 임금님표 쌀과 온천의 도시 이천(利川)이다. 내가 태어난 곳은 시내에서 10㎞ 더 가야 하는 오지의 돈이울 마을이다. 500년 된 은행나무가 수호신처럼 마을을 감싸고 있고 멧돼지의 울음소리가 들리는 진명산 아래, 윗동네와 아랫동네로 둥그렇게 마을이 형성되어 붙여진 이름이다.

1960~1970년대 폐허와 황무지 같은 농촌, 어렵게 살아왔던 시절 그리운 옛이야기 같은 추억이 아스라이 떠오른다.

외국의 원조 물자와 미국의 구호품으로 근근이 의존하던 농촌. 일주일에 한 번씩 나누어 주는 전지분유와 밀가루 옥수숫가루를 책보에 싸 와 집에서 맛있게 요리하여 먹던 기억이 떠오른다. 송홧가루로 다식을 만들어 먹고 아카시아 꽃을 따서 허기진 배를 채우고 있을 때 텃밭 한 모퉁이 노란 장다리꽃이 만발하던 시절이 그립다.

벌들이 장다리꽃 위에서 시새움하며 재롱을 피우고 있을 때, 흰 구름이 떼 지어 흘러가다 은행나무에 걸터앉아 졸고 있다.

뒷동산 인근 텃밭은 우리 가족의 생계 수단이고 어머니와 아버지의 사랑의 여울목이며 인생의 가교 역할을 하는 가족의 보고였다. 흙수저인 나의 오늘이 있게 만든 소박한 꿈의 둥지였고, 가족의 생계를 이어 주는 보물 상자였다.

서울에서 자취할 때 휘영청 떠오른 보름달 속에 계수나무를 보며, 고향 텃밭과 부모님을 생각하고 향수에 젖던 시절이 생각난다. 겨울철 늦은 밤에 들려오는 '메밀묵 사려 찹쌀떡' 하는 소리는 텃밭 메밀꽃 속에서 뛰놀던 시절이 생각나 나를 향수의 나래 속으로 한없이 빠져들게 하였다.

텃밭은 어머니에게는 가족을 향한 끈끈한 온정과 사랑, 피땀 어린 인생철학이 스며 있다. 어렵고 힘든 세파와 풍랑을 힘차게 노 저어 오신 어머니의 가없는 사랑은 오늘의 오 남매를 있게 만든 터전이고, 내 수필의 근원이 되었다고 생각한다.

'어머니의 텃밭' 속에 고이 쌓인 온정과 자식을 위해 회생하고 살아오신 거룩하고 숭고하신 가없는 사랑은, 내가 30여 년의 직장 생활을 하며 결단이 필요할 때 큰 버팀목이 되었다. 어머니의 사랑과 온정이 깃든 텃밭은 아무 조건 없이 마을에 기부되어 마을회관과 마을상점, 노인정으로 이용되고 있다.

힘들고 어려웠던 시절, 돌아갈 수 없는 옛이야기 같은 아기자기하고 순박하며 아름다웠던 찰나의 시간이 그리워진다. 깨끗한 자연과 졸졸 흐르는 시냇물 속에 동심에서 꽃피운 살기 좋았던 시절의 옛이야기, 흘러간 세월 속에 아스라이 피어난 어머니의 포근한 사랑의 연가, 아버지는 논에서 쟁기로 논을 갈고 어머니는 텃밭에서 일하실 때, 뒷동산에 뻐꾹새가 뻐꾹! 뻐꾹! 우는 소리가 들려오는 그 시절이 그리워진다.

자식들을 위해 평생을 회생하시며 올해로 구순을 맞이하신 어머니.

바다보다 깊고 하늘보다 높은 사랑에 한없이 감사하며 만수무강하시기를 기원한다. 한 가지 아쉬움은 아버님 생전에 책을 출판하지 못한 것이 후회스럽다. 초등학교 시절

'아버지'란 제목으로 우수상을 탔을 때 상장을 보시며 기뻐하시던 모습이 오늘은 왠지 이련히 떠오른다.

　끝으로 수필집이 나오기까지 많은 지도와 격려를 해 주신 분들의 얼굴이 스치고 지나간다.

　전국 일만여 명의 문인을 대표하시고, 바쁘신 업무 중에도 정겨운 격려의 글로 사랑을 베풀어 주시고, 독자들에게 추천해 주신 사단법인 한국문인협회 이광복 이사장님께 감사의 말씀을 드립니다.

　능수능란한 달변과 해학으로 작품 해설을 해 주시고 격려와 덕담으로 힘을 모아 주신 문학박사이며 평론가이신 임영천 교수님 감사합니다.

　한국문인협회 수필 분과회장의 중책을 맡으시고도 문단의 선배로 늘 사랑과 격려와 조언 속에, 슬기롭고 명쾌한 작품 해설을 해 주신 권남희 회장님께 무한한 감사의 마음을 전해 드립니다. 좋은땅출판사 관계자와 가족, 친지, 지인들께 감사드리며, 어렵고 힘든 일상에서도 항상 가정을 위해 묵묵히 헌신해 온 나의 반쪽 복환에게 한없이 고마운 마음을 지면을 통해 전합니다.

　아울러 평생 자식 사랑의 일념으로 텃밭을 일구시고 올망졸망 해로하며 평생을 살아오신 어머니의 가없는 사랑과 희생에 감사하며, 온 가족의 뜨거운 정성과 사랑을 모아 수필집『어머니의 텃밭』을 제일 먼저 드립니다.

　어머니! 사랑합니다, 감사합니다, 고맙습니다.

2020년 2월

고향 마루 텃밭 잔디에 누워 흘러간 그 시절을 회상하며

利川 金榮昊

1장
......

어머니와
제주 여행

어머니의 구순을 맞이하여

일제 암흑기 질곡의 세월

살기 좋고 인심 좋은 내 고향 이천 땅에

한 쌍의 원앙이 둥지를 품었네

행복의 기쁨은 찰나의 세월

동족상잔 비극에 어려웠던 피난길

생사의 길목에서 가족 사랑 어머니

생각하기 싫은 보릿고개

고리채 장려쌀에 압박은 심해져 가도

오 남매 장래를 위해 헌신하며 살아온 세월

힘들 때마다 찾아온 텃밭은

사랑과 행복의 땅이었네

텃밭에서 대화하던 친구들은

오늘도 추억에 언덕에서 반기며 서성이네

아! 거룩하고 하해 같은

어머니의 사랑이여!

청초하고 아리따운 젊은 모습은

세월의 뒤안길에 하나둘 사라져 가고

인생의 계급장은 늘어만 가네

까칠한 손마디가

자식들을 위한 성스러운 마음처럼

오늘도 가슴에 포근히 스며 옵니다

아! 거룩하고 하해 같은

어머니의 사랑이여!

오늘 어머니의 구순을 맞이하여

온 가족의 정성과 성찬으로

크나큰 사랑에 미력이나마 보답합니다

어머니! 감사합니다

오래오래 만수무강하세요

어머니의 텃밭

어머니와 제주 여행

오늘은 어머니를 모시고 제주 여행을 하는 날이다. 오랜만에 어린 시절 추억을 회상하며 떠나는 여행이라 더 뜻이 있는 것 같다. 올해로 구순을 맞이하신 어머니! 평생을 자식 뒷바라지하시며 살아온 세월이었기에 이번 여행은 편안하게 모시고 싶다.

보릿고개의 어려운 세월 속에 자신을 희생해 가며 살아오신 '모정의 세월'을 돌이켜 보며 어머니와 보람된 시간을 보내고 싶다. 응석과 아집으로 보내온 시절을 반성해 가며 가장 편안한 마음으로 어머니와 대화하는 시간을 가져 보련다. 돌이켜 보면 어머니와 함께한 여행은 손으로 꼽아 볼 정도이니 흘러간 불효의 세월이 후회된다.

해외여행을 하려 했으나 거동이 조금 불편하신 어머니를 위한 여행이 아닌 나를 위한 여행이 될 것 같아 제주 여행으로 결정했고, 많은 제주 여행 중에 어머니가 좋아하실 곳으로 여행객이 자주 가지 않는 장소를 택했다.

자식과의 나들이를 즐거워하시는 모습을 보며 최대한 어머니의 마음을 편하게 해 드리고 싶다. 흘러간 추억의 언덕도 오르고 모자가 세월의 강 속에 발 담그고 흠뻑 빠져 보는 시간을 가져 보련다.

그리고 보니 너무 많은 세월이 눈 깜작한 시간에 흘러간 것 같다. 그러기에 후회스럽고 잡을 수 없는 것이 세월인가 보다. 눈 깜짝할 사이에 흘러간 찰나의 시간은 저 멀리서 서성이고 있으니 그것이 우리의 덧없는 인생의 여울목인 것 같다.

유채꽃밭에서 어머니와 술래잡기 놀이도 하고, 귤농장에서 귤을 따며 어린 날 밭에서 참외를 나르던 추억 속으로 돌아가 보고 싶다. 이번 제주 여행은 수없이 찾아온 제주 여행 중에서 가장 추억이 남는 시간일 것 같다. '어머니의 텃밭'이 시작되는 길목이고 추억의 언덕으로 오르는 고갯마루이기 때문이다. 변화가 심한 제주의 날씨 때문에 스케줄에 변동이 있겠지만 즐겁고 보람된 시간을 만들어 보려 한다.

정방폭포와 쇠소깍

정방폭포는 제주의 폭포 중에서 유일하게 폭포가 바다로 떨어진다. 바다로 힘차게 떨어지는 폭포를 보며 어린아이처럼 손뼉을 치시며 좋아하는 어머니의 옛 모습을 다시 보기 위해 찾았는데 오늘도 그 모습을 보니 기분이 좋았다.

한라산에서 흘러내려 와 서귀포 시내를 거쳐 제주 앞바다로 힘차게 굉음을 울리며 떨어지는 폭포수의 위용은 주변의 모습과 캡처되어 한 폭의 그림처럼 보였다. 어린아이처럼 좋아하시며 폭포를 향해 손을 흔들고 손뼉을 치는 어머니의 모습을 추억의 프레임 속에 하나하나 담아 본다.

눈앞에 보이는 섬에 푸른 소나무들의 열화 같은 환호성을 들으며 올레길을 걸어가는데 요란하게 뱃고동을 울리며 들어오는 선박 한 척이 보였다.

아마도 우리를 반겨 주는 팡파르처럼 느껴졌다. 눈앞에 빨간 눈망울을 자랑하며 여기저기 피어 있는 칸나와 야생화의 모습이 우리의 방문을 환영하는 전사처럼 보였다. 수학여행을 온 학생들이 삼삼오오 떼를 지어 지나가는 것을 보며 흘러간 추억 속에 빠져 본다. 인솔 교사의 모습이 중학교 때 수학 선생님 모습처럼 보인다. 어렵게만 보이던 수학을 항상 재미있게 가르치던 선생님의 모습을 흘러간 세월에 언덕 너머로 살포시 그려 본다. 바다 여기저기 해풍을 견뎌 내고 웅장하게 솟아 있는 소나무 군락을 바라보며 또 다른 감회를 느껴 본다.

올 때마다 바라보는 정방폭포와 해송이 감회가 다른 것은 무엇 때문일까? 내가 세월

43

속에 빠져드는 느낌 때문인가 아니면 감정이 풍부해서일까. 아마도 오늘은 어머니를 모시고 폭포를 바라보며 서 있었기에 또 다른 감회가 있었던 것 같다.

쇠소깍은 소가 누워 있는 모습의 연못의 끝이라는 의미를 가지고 있으며 효돈천 하구(깍)에서 민물과 바닷물이 만나 깊은 웅덩이를 이루고 있어 '쇠소깍'이라 불린다.

울창한 숲속에 굽이굽이 이어진 계곡에서 들려오는 산새 소리를 들으면 마치 신선이 된 것처럼 느껴지고 한여름의 무더위가 사라진다. 수년 전 지인과 투명 카약을 타고 수상 레저를 즐기던 시절이 떠올랐다. 구명조끼를 입었지만 짓궂은 지인 때문에 하마터면 물속에 빠질 뻔했던 기억이 떠오른다. 지금은 자연경관과 생태 보존을 위해 시행되고 있지 싼만 지금이 좋은 것 같다.

땅 위에서 시퍼런 물을 내려다보며 이름 모르는 풀벌레와 물소리에 취해 있으니 기분이 좋고 마음이 상쾌해진다. 어차피 오늘은 수상 레저를 즐기기도 힘들지만, 어머니와 자연의 풍경을 즐기며 힐링하는 시간이 더 즐겁다.

유네스코 세계유산으로 지정된 쇠소깍이 오래오래 후손에게 물려줄 천혜의 자원이 되길 기원해 본다.

낙천리 아홉굿마을

우리는 괴로움이나 아쉬움보다 즐겁고 기쁨이 찾아오길 바라는 마음으로 살아간다. 천 가지의 기쁨을 간직하고 물맛 좋고 풍광이 아름다워 찾는 이를 사색에 잠기게 하고 고향처럼 느껴지는 곳이 바로 낙천마을이다.

아홉 개(굿) 샘이 나오는 연못이 있는 마을이라는 뜻으로 쓰이지만, 관광객은 아홉 가지의 좋은 선물(good)을 가져가는 즐거움을 선사하는 마을이라는 의미도 있다. 사람이 살기 이전부터 산돼지들에 의해 만들어졌다는 '저갈물'은 낙천리의 심장이며 마을 역사다.

송기금 씨가 처음으로 불미간(대장간)을 만들고, 불미의 주재료인 점토를 파낸 곳에 물이 고여 아홉 굿(연못)이 만들어졌다고 한다. 이곳은 농업용수, 생활 식수, 민물낚시 등의 큰 몫을 하고 있다. 올레 13코스의 하나인 동네 길을 걷다 보면 '잣길 내력'이라는 안내판이 보인다. 오랜 옛날 화산 폭발에 의해 흘러내린 용암이 인근 바다로 흘러가지 못하고 산 중턱에 쌓여 작은 돌산이 생겼는데, 농토를 조성하기 위해 담처럼 쌓아 놓고 밑에는 밭을 만들어 바다와 육지로 가는 길이 조성되어 있다.

유채꽃이 만발한 길을 걸으며 조상의 슬기로운 지혜에 감탄하며 문화재 가치를 곰곰이 생각해 보았다. 청보리와 유채꽃이 만발한 들판에는 갈매기와 종달새 노랑나비들이 오후의 무더위에 졸고 있다.

마을 숲 '수덕'은 300여 년 전부터 숲으로 조성되어 시인, 소설가, 수필가 등 문인이 자주 찾아오던 곳이고 현재는 곶자왈 체험장으로 활용되고 있다.

마을 앞 '저갈물' 앞에 세워진 멧돼지의 조형물을 보며 먼 옛날 호수에서 물을 먹으며 목욕을 즐기던 모습을 상상해 보며 낭만과 정취에 흠뻑 빠져든다.

아홉굿마을의 압권은 '의자공원'이다. 마을 주민의 창안으로 2007~2009년에 걸쳐 1,000여 개의 의자를 만들어 놓았다. 마을을 찾는 여행객이 올레 13코스인 마을 주변을 관광하고 의자에 앉아 피로한 마음과 생의 힘든 여정을 되돌아보는 시간을 갖게 하기 위해 마련한 공간이다.

의자공원 앞에 이르면 커다란 의자가 눈앞에서 의기양양한 모습으로 가는 이의 발걸음을 멈추게 한다. 커다란 의자 위에 쓰인 대화합문(大和合門) 글귀가 마을의 단합을 의미하는 것 같지만, 나에게는 우리 민족의 화합을 상징하는 글귀처럼 느껴졌다. 크고 웅장한 의자는 우리나라를 창건하신 단군왕검이 앉던 의자처럼 의연하다. 의자 위에 여러 가지 작은 의자들이 만들어져 조화를 이루고 있다.

아마도 우리나라에 하나밖에 없는 의자공원인 것 같다. 밑으로 머리를 숙이고 들어서자마자 길쭉한 의자의 모습이 보이고, '서 있는 사람은 오시오.'라는 빈 의자의 글이 나도 모르게 의자에 앉게 만든다. 어떻게 내 마음을 이렇게 잘 알아볼까? 신기한 마음이다. '수다들'에서 해물파전과 옛날도시락을 먹으며 흘러간 추억 속에 잠겨 본다.

이어지는 여러 가지 모양의 의자와 글씨들. '임자가 따로 있나? 앉으면 주인이지.' 빙글빙글 도는 회전의자가 생각이 났다. 어려운 시대를 풍미한, 흘러간 대중가수 김용만의 평범하지만 정겨운 모습이 떠오른다. 아! 그리운 옛날이여!

'꽃보다 앉자' 의자에 앉아 킥킥거리며 사랑을 속삭이는 연인의 모습이 부러워 보인다. 태극기 모양의 의자에 앉아 손자 손녀에게 국가의 중요성을 설명해 주는 할아버지를, 초롱초롱한 눈으로 토끼처럼 쫑긋쫑긋 귀를 세우고 듣는 아이들의 모습이 너무 귀엽고 예뻐 보였다.

한경 면장님과 오세훈 서울시장의 필체가 담긴 의자를 보며 흘러간 정치의 무상함을 회상해 보았다. 따스한 햇볕에 안겨 어머니와 같이 흘러간 추억을 회상하고 도란도란 이야기하며 보내는 시간이 너무 즐거웠다.

"너희가 자랄 때 이런 의자가 없었는데…… 그때 여기 왔으면 얼마나 좋았을까?" 하시는 어머니의 얼굴에 흘러간 시간의 아쉬움이 소록소록 싸여 있다.

마을 앞에 흑돼지의 조형물과 커다란 의자를 보며 여기가 낙천리의 심장인 '저갈물' 연못이라는 것을 실감하는 시간을 가져 본다. 오지인 농촌 마을이지만 인심 좋고 자연이 아름다운 마을. 천 개의 행운을 가져다주고 방문자에겐 아홉 개의 즐거움을 맛볼 수 있어 낙천리 아홉굿(good)마을이라 한다. 풍광이 아름답고 인심 좋은 마을에, 독특한 의자 1,000여 개의 쓰인 글을 음미해 보며 힐링할 수 있어 좋았다.

아쉬운 점이 있다면 우리나라의 단군왕검이나, 왕, 위인 장군, 교육자, 외국의 유명한 대통령, 학자들이 사용하던 모형 의자를 만들어, 성인이나 청장년층, 어린 학생들이 체험 교육의 공간으로 활용하면 좋을 것 같다.

아울러 제주를 대표하는 문인들이 백일장을 정기적으로 주최하여 어린 학생이나 일반인들이 참여할 수 있는 공간을 마련해 마을 방문을 활성화해야 한다고 생각한다. 파손되고 훼손된 의자 관리도 철저히 해서 일상생활에 필요한 도구인 의자들이 오래오래 의자공원에 남아 있도록 제주도 차원에서 관리했으면 한다.

낙천리 아홉굿마을은 제주를 찾은 여행객들에게 색다른 묘미를 제공하고 힐링할 수 있는 나만의 공간이다. 우리나라에서 하나뿐인 의자공원과 아홉굿마을의 문화유적들이 오래오래 보존되길 기원해 본다.

선녀와 나무꾼

『선녀와 나무꾼』은 우리나라의 전래 동화로, 초등학교 시절 선생님 이야기에 귀를 쫑긋 세우며 시간 가는 줄 모르고 듣던 기억이 난다.

깊은 산속 선녀들이 목욕하러 온 날, 나무꾼이 날개옷 하나를 감추어 선녀와 재미있게 살았지만 어느 날 선녀가 날개옷을 입고 하늘로 올라갔다는 아련함과 향수가 깃든 이야기다.

살기 힘든 시절이어서 그때는 모두가 원 하면 뚝딱하고 이루어지는 신기루 같은 이야기에 재미를 붙이며 살았으니 지금 생각해도 너무 어려운 시절이었다.

선녀와 나무꾼을 만나기 위해 차는 울창하고 깊은 산속으로 향하고 있다. 마을 앞을 지나 언덕배기를 향하는데 어디선가 〈선녀와 나무꾼〉 노래가 흘러나온다.

"하늘과 땅 사이에 꽃비가 내리던 날, 어느 골짜기 …… 단둘이 사랑을 했죠. 그러던 어느 날 선녀가 떠나갔어요. …… 선녀를 찾아 주세요."

테마공원 입구는 많은 인파로 붐비고 있었다. 정문을 들어서니 반가운 친구들이 보인다. "청군 이겨라! 백군 이겨라!" 교복과 교모를 쓴 캐릭터들이 반갑게 맞이해 준다. 어린 시절 입던 교복과 낯익은 복장을 보며 흘러간 시절을 떠올리게 한다.

기차가 멈춘 철로가에 다리를 쭉 벌리고 손을 잡고 사진을 찍는 청춘남녀를 보며 70년대를 풍미했던 하이틴 영화 〈진짜 진짜 잊지 마〉에서의 임예진과 이덕화의 모습이 떠올랐다. 청순한 이미지의 대명사로 청소년의 마음을 흠뻑 빼앗았던 하이틴 스타 임예진이, 이덕화와 알콩달콩 철길을 거닐며 사랑을 나누는 모습이 떠올랐다.

　그 당시 임예진의 인기는 지금의 걸그룹 이상으로 청소년의 우상이었고 선망의 대상이었는데 지금은 어디에서 무엇을 하는지…… 또 한 편에 영화 〈고교 얄개〉에서 열연한 이승연의 괴짜 같은 모습도 떠오른다.

　'대한뉴스' 코너에서 어머니와 뉴스를 내보내는 연기를 하니 실제 모습처럼 생생하게 묘사되어 신기한 느낌이 든다. 언제부터인가 극장에서 영화를 시작하기 전에 상영하다 소리 없이 사라졌지만 '대한뉴스'를 보니 흘러간 세월이 생각나고 감개무량하다.

　'보금당' 금은방을 보니 더욱 새로운 마음이다. 그 시대는 대부분이 흙수저였으니 웬만한 사람은 금은방에 들릴 여유가 없었다. 할아버지와 시내 볼일이 있어 갔다 오다 '보금당' 인근 식당에서 맛있게 먹던 빈대떡 생각이 난다.

　빈대떡보다 막걸리를 더 좋아하셨던 할아버지. 손자가 따라 주던 막걸리가 안쓰러웠던지 너도 한잔해라, 하시며 따라 주시던 할아버지.

　막걸리를 마시고 난 나에게 빈대떡을 잘라 주고는 머리를 쓰다듬어 주시던 할아버지의 인자한 모습이 떠오른다.

　'추억의 노래방' 코너에는 많은 관객이 줄을 기다리고 있다. 80세가 넘으신 할아버지와 할머니가 듀엣으로 〈눈물 젖은 두만강〉과 〈홍도야 울지 마라〉를 어찌나 구성지게 부르시는지…… 노래에 심취되어 어느 사이에 그 시절의 언덕을 오르고 있었다.

　아마도 이북이 고향인 것 같은 느낌이 든다. 이분들이 누구인가? 보릿고개 1세대 분들이다. 오늘날 우리나라를 튼튼하게 만든 장본인이기에 그래서 더 감회가 깊으신 모양이다.

　지금의 아이들이 얼마나 보릿고개의 어려운 시절을 실감할까 생각해 본다.

　연탄을 주원료로 사용하던 부엌과 아궁이의 모습을 보며 부모님이 자식을 위해 희생하시던 시간이 떠오른다.

눈앞에 보이는 '아이스케키' 통을 팔에 들고 동생과 걸어 본다. 내가 마치 아이스케키를 파는 아저씨 같아 보인다. 일주일 만에 먹는 그 맛은 꿀맛이었다. 아이스케키 통을 자전거에 받쳐 놓고 "아이스케키! 얼음과자! 1개에 10원." 하고 외치던 아저씨 모습을 부럽게 쳐다보던 그 시절이 눈앞에 떠오른다.

심지어 새 신발, 쇠망치 등 새로 산 연장을 들고 가서 '아이스케키'를 바꾸어 먹던 일이 생각난다. 새 신발을 가져다주고 아이스케키를 바꿔 먹고 아버지에게 혼난 철이의 모습도 눈앞에 떠오른다.

그 시절 버스는 유일한 교통수단 중 하나였다. 만원 버스에 제일 늦게 올라와서 손님과 학생들을 몸으로 밀며 "오라이, 다음 정거장은 '광화문'입니다. 내리실 분 앞으로 나오세요." 하며 미소를 잃지 않던 예쁘장한 누나의 모습이 떠오른다.

그 시절은 모두가 삶의 주인공이었고 산업화의 파수꾼이었다.

'추억의 학교'에는 콩나물시루 같은 교실에 60여 명의 학생이 초롱초롱한 눈으로 선생님의 수업을 듣고 있다. 한쪽에 두 손을 들고 벌서는 아이들이 보였다.

허물이 벗겨진 풍금을 두드리며 노래를 가르치시던 선생님 모습이 떠오른다. 모든 것이 어린 날의 나의 자화상을 보는 느낌이다.

찬 바람이 윙윙 소리를 내며 매서운 추위가 몰아치는 겨울…… 조개탄 난로는 활활 타오르고 겹겹이 쌓아 놓은 도시락에서는 김이 모락모락 피어오른다. 맨 밑에 도시락에서는 누룽지가 익는 냄새가 흘러나오고 김치 끓는 냄새가 교실에 진동하던 그 시절이 그립다.

어머니와 동생과 책상에 앉아 추억 여행 속에 빠져 본다. 친구들과 선생님의 모습이 얼굴을 스치고 지나간다. 나무로 만든 교단 앞에 나가 칠판을 향해 서 본다. 칠판 앞에서 문제를 풀던 기억이 떠오른다. 교탁 앞에 서서 학생들에게 한마디 말해 본다.

"학생 여러분! 여러분은 이 나라를 짊어지고 나갈 동량입니다. 미래는 여러분의 것입니다. 꿈을 갖고 힘차게, 그리고 씩씩하게 자라세요."

교실 한쪽에 진열된 손때 묻은 교복을 입어 본다. 단추 하나하나를 끼울 때마다 마음이 한결 포근하고 평온해진다. 그리운 친구들과 선생님 생각이 난다.

"만수야! 형진아! 선생님! 어디 계세요."

다듬이질하는 어인들을 보니 고향 건넛방에서 다듬이질하던 어머니의 모습이 떠오른다. 탁! 탁! 타닥! 타닥! 리드미컬하게 다듬이질하던 어머니의 모습이 재미나게 보였는데 지금 생각하니 어머니의 힘든 삶이었다. 그때 조금이라도 도와드리지 못한 게 후

회가 된다.

지게를 지고 가는 캐릭터를 보니 싸릿가지 지게에 무거운 짐을 지고 밭두렁을 내려가시던 아버지의 모습이 떠오른다. 뒤뚱거리며 많은 물건을 지고 가시던 아버지.

참외와 수박을 하나라도 더 팔기 위해 마을 앞에 있던 가게 화물차를 향해 급히 가시던 아버지.

보릿고개 시절 가장으로서 힘든 멍에를 지시고도 조금도 힘들어하지 않으셨던 아버지 모습을 떠올리니 눈물이 흐른다. 이제 와서야 생각하고 후회한들 무슨 소용이 있나 머무르지 않고 흘러가 버린 시간은 세월의 구름 속에 저 멀리 가려 있는데.

그리운 아버지의 모습을 그리며 애타게 불러 본다. 아버지! 우리 아버지! 사랑합니다, 고맙습니다, 아버지! 선녀와 나무꾼은 보릿고개의 격동기를 살아온 우리 부모님들의 자화상이며, 나의 흘러간 인생 이야기라고 생각한다.

과거보다는 여유롭게 생활하는 요즈음 아이들에게는 동화 속에 나오는 옛이야기처럼 들릴지 모른다. 보릿고개를 극복한 세대가 있었기에 오늘이 있지만 이를 경험하지 못한 아이들은 모른다.

힘들고 어려운 일이 있을 때 마음을 다스리기 위해 찾아가는 작은 쉼터, 젊은 세대에게는 가족에 대한 고마움과 어른을 존경하는 마음을 갖게 하는 소통의 교육 공간이다.

어려웠던 시기에 서로 도와 가며 오늘을 있게 만든 삶의 공간, 추억의 보금자리가 오래오래 보존되었으면 하는 바람이다.

섭지코지

섭지코지는 서귀포시 성산읍 신양리 바닷가 주변을 말한다. 화산 폭발로 이루어진 주상절리와 달리 크고 작고 희귀한 바윗돌과 돌무더기들이 푸른 바다에 수석처럼 솟아 오르고 흩어져 있어 경관이 수려하다.

섭지코지의 뜻은 제주도 방언으로 바닷물이 흘러들어오는 해변 골목이 100미터 이내의 좁은 땅 이라는 '섭지'와 '곶'이라는 코지가 합쳐진 말이다.

입구로 들어서면 시퍼런 물결이 출렁이는 바닷가에 붉은 화산재 모양으로 송이 송이를 이룬 돌무더기와 수많은 기암괴석이 저마다 자태를 자랑하고 있다. 크고 작은 수많은 기암괴석의 위용을 보고 있노라면 마치 대자연의 만물상을 바다에 옮겨 놓은 것 같은 웅장한 느낌을 받는다.

다른 나라에 온 것 같은 느낌을 받으며 상념의 나래를 펴고 있을 때 눈앞에 하늘을 향해 포효하는 사자의 용맹한 모습과 이름 모를 짐승의 모습이 잠시 발길을 멈추게 한다.

인근에는 선녀와 용왕의 아들 간에 이승에서의 못다 한 사랑의 연가가 하염없이 스며든 초대 모양의 선돌 바위가 여행객의 아련한 추억과 심금을 자극하고 있다.

언덕 위에 있는 하얀 등대를 향해 오르는데 새파란 창공 위로 바다갈매기 한 쌍이 사랑을 나누고 있고, 뭉게구름이 소나무 가지에 걸터앉아 시새움을 하고 있다.

하얀 등대에 올라 넘실대는 푸른 바다를 바라보고 있으면 너무나 뿌듯한 기분이 들고 마음은 새파란 창공 속으로 한 마리 새가 되어 흠뻑 빠져들 것 같은 기분이다.

드라마 〈올인〉에서 송혜교와 이병헌이 사랑과 꿈의 보금자리인 붉은 지붕이 있는 교회가 눈앞에 나타난다. 많은 사람이 드라마의 장면을 떠올리며 줄을 서 있다. 송혜교가 잔디에서 이병헌과 사랑을 속삭이는 장면을 회상하며 잠시 〈올인〉의 주인공이 되어 추억 속으로 빠져들어 본다.

가는 곳마다 보이는 붉은 무리의 부서진 화산재의 돌무더기 잔해, 바닷가에 불쑥 솟아난 기기묘묘한 화석을 보며 어린아이처럼 함성을 지르는 젊은이들.

사색에 잠기고 힘든 여행에 힐링할 수 있는 나만의 공간과 낭만을 꽃피울 수 있는 섭지코지.

푸른 바다의 수많은 기암괴석을 보며 자연의 조화에 빠져들어 힘들었던 마음의 상처를 날려 버리고, 전망대에 올라 먼 창공을 향해 힘차게 포효하며 새파란 창공의 바닷속으로 푹 빠져드는 것도 좋을 것 같다.

인근에 성산일출봉이 있어 함께 관광할 수 있는 코스이고, 〈올인〉에서 송혜교와 이병헌을 떠올리며 파릇파릇한 잔디에 누워 흘러가는 흰 구름 속에서 주인공이 되어 추억 여행을 즐길 수 있어 좋을 것 같다.

해안 절벽을 따라 굽이굽이 해안가에 솟아 있는 여러 가지 형태의 기기묘묘하고 모래알 같은 아름다운 돌 무리와 화산재의 모습이 너무 아름답다. 대포동의 주상절리와 또 다른 모습의 섭지코지는 제주도의 화산 폭발이 낳은 또 다른 절경과 삶의 즐거움을 선물하고 있다.

그러기에 오늘도 많은 가족과 연인이 화산석으로 절벽을 이루고, 동물의 형태로 여행객을 유혹하는 섭지코지를 찾고 있다. 한번쯤 흘러간 젊음의 낭만과 추억을 떠올리고, 드라마의 주인공이 되고 바닷가에 서 있는 형형색색의 돌을 보며 전설의 주인공이 되는 시간을 보낼 수 있다.

전망대에 올라 푸른 바다와 창공에 흠뻑 빠져들 수 있는 나만의 공간이 있어 섭지코지는 오늘도 많은 관광객으로 붐비고 있다.

성산일출봉은 5,000년 전에 화산이 폭발하여 형성된 성산리 화산암 층의 봉우리를 말하며 천연기념물 420호로 지정되어 있다. 산 모양이 마치 성처럼 둥글게 형성되어 성산봉이라 하고 봉우리에서 일출을 바라보는 것이 제주의 일경이리 일출봉이라 한다.

　2007년 성산일출봉 융화구의 1688평방미터가 유네스코 세계자연유산으로 등재 되었다. 일출봉으로 향하는 길목에는 제주의 상징인 파란수국과 이름 모를 꽃이 수없이 피어 있다.

　일출봉에서 바라본 해변과 우도의 모습이 소박하고 아름다워 보였다. 바다 한가운데 여유롭게 떠 있는 배 위로 갈매기들이 떼 지어 날아간다. 아마도 많은 사람이 움직이는 모습에 놀라 잠시 자리를 뜨는 것같이 보인다.

　몇 년 전 일출을 보기 위해 일출봉을 오르던 기억이 떠올랐다. 제주에 왔으면 한번쯤은 보고 가려고 많은 사람이 일출봉에 올라 먼 바닷가를 바라보고 있었다. 조금 흐린 날씨였기에 바닷물 속에서의 태양은 보지 못하고 한참 지나 떠오른 태양을 보고 많은 사람이 환호하던 추억이 떠올랐다.

　환호성을 올리며 즐거워하는 젊은이들, 어떤 이는 일출을 보고 기도를 하고 소원을 비는 사람도 있었다. 그만큼 그들만의 간절한 소망이 있겠지만 그것이 꼭 이루어지길 바라는 마음이라는 것을 느꼈다. 오늘 일출을 보지 못했지만 어머니를 모시고 동생과 봉우리에 왔다는 것에 더 마음이 뿌듯해졌다.

일출봉 아래 해녀의 집에는 방금 잡아온 멍게와 소라, 전복과 낙지, 해삼을 손질하고 있다.

멍게와 전복, 낙지를 맛있게 먹으며 비바리의 애환과 제주의 어려웠던 과거의 역사를 바람결에 흘려보냈다. 어렵고 힘들게 흙수저로 살아왔지만 지금은 어느 정도 여유로운 생활을 하게 해 주신 어머니에게 고마운 마음을 가져 본다.

성산일출봉은 제주도와 분리되어 있었던 섬이었다 한다. 서울에 있는 밤섬과 같은 형태의 또 다른 섬이었을 것이다. 육지와 떨어졌던 섬으로 해안의 퇴적층이 해안에서 떨어져 나가 돌출부가 바닷속으로 가라앉아 있었는데, 하천에서 운반된 퇴적물이 풍랑과 지각변동으로 연결되어 만들어졌다고 한다. 제주도 360개 화산 중에서 3면이 바닷물 침식작용을 받아 암석만 남은 돌산으로 화산 지질 및 지층구조를 단면으로 볼 수 있는 대표적인 산 중의 하나이다.

성산포에서 배를 타고 5분이면 도착하는 우도는 섬 속의 섬이라고 불릴 만큼 또 다른 감정과 풍성함을 남겨 준다.

모양이 물소가 머리를 내밀고 누워 있는 것과 같다고 하여 소섬 또는 우도라고 한다. 엇갈린 운명을 안고 자란 두 여성의 이야기를 다룬 드라마 〈신들의 만찬〉 이야기가 떠오른다. 우도봉에서 스쳐 지나가며 이루어지지 못한 부녀 상봉이 눈앞에 아스라이 떠오른다. 우도봉에서 내려다본 섬의 모습은 장관이다. 파릇파릇한 잔디와 시퍼런 바다, 파란 하늘 위로 흘러가는 흰 구름 떼에 흠뻑 빠져들 것 같다.

눈앞에 보이는 노란 유채밭과 청보리밭의 새파란 보리들이 '대자연의 이중주'의 하모니를 이루며 한 폭의 그림처럼 아름답다. 하얀 모래로 이루어진 백사장의 새하얀 자갈과 에메랄드빛 바다에 출렁이는 홍조단(해조류 일종인 홍조류 위의 퇴적물)이 내 마음을 설레게 할 때, 쾌속정 한 척이 흰 포말을 여기저기 그리며 힘차게 달려간다.

새파란 바다 물결을 보고 있노라면 잠시 이국땅에 온 것 같은 착각에 빠지는 섬 속의 또 하나의 섬 우도. 잠시 푸근한 마음으로 해변을 걷고 있는데 종종걸음으로 꼬리를 흔들며 따라오는 순둥이 삽살개와 백구의 모습이 너무나 정겹다.

해변가를 거닐다 한반도 모형의 지형을 바닷가에서 보니 너무 반가웠다. 동해 한 가운데 외롭게 떠 있는 독도가 생각난다. 마치 독도의 한반도 지형을 조상님들이 바다로 옮겨 놓은 형상이다. "조상님들로부터 물려받은 천연자원인 성산일출봉과 우도는 우리가 지켜야 할 우리의 땅이다!" 하고 넓은 바다를 향해 힘차게 소리쳐 본다.

에코랜드는 1800년대 증기기관차 볼드원 기종을 모델로 영국에서 수제로 제작된 링컨 기차로, 한라산 중간쯤에 있는 곶자왈을 둘러볼 수 있도록 만든 테마파크다.

곶자왈은 '숲'이라는 의미의 '곶'과 암석과 가시덤불이 뒤엉켜 있는 모양을 일컫는 '자왈'을 합쳐져 만들어진 제주도 방언이다. 이곳은 수천 년 전 제주도를 형성한 화산이 폭발하며 분출하던 용암이 바다로 흘러 내려가다 산 중턱에서 식어서 만들어진 화산암 지대를 말한다.

제주도에는 한라산을 중심으로 곶자왈 지대가 분포되어 있다. 동부 지역은 조천, 함덕, 구좌, 성산 일대, 서부 지역은 한경, 안덕, 애월, 곶자왈 일대로 나눌 수 있으며 제주도 면적의 7%를 차지하고 있다. 서귀포시 대정읍 곶자왈도립공원(전망대에서 바라본 산방산과 바닷가 전망)과 조천, 함덕의 북촌 돌하르방 공원(제주도에 전해 내려오는 돌하르방 48기 재현 공원)은 에코랜드와 함께 제주 곶자왈 여행의 3대 볼거리를 제공하고 있다.

에코랜드는 동부 지역인 조천읍 번영로에 위치한 30만 평의 곶자왈 부지에 기찻길을 놓고 호수와 숲길과 황톳길과 꽃 공원 등을 만들어, 이국적인 풍경 속에서 곤충, 야생 조류 등을 관찰하고 자연 생태 체험과 산책 및 피크닉도 할 수 있다. 메인 역을 출발한 기차는 암반이 어우러진 초원을 힘차게 달리고 눈앞에는 수많은 꽃과 새들이 우리를 반겨 주고 있다. 에코브리지역에서 내려 자연과 대화하는 추억 여행을 하기로 하였다.

광활한 초원에 펼쳐진 넓은 호수 주위를 많은 연인과 가족들이 거닐며 담소를 나눈다. 호수 벤치에 앉으니 어머니는 흘러간 추억이 떠오르는 모양이다. 어머니는 고향에 있는 금당저수지에 온 것 같다고 하신다.

장마철 저수지가 범람하여 떠내려가는 물고기를 잡으려고 쳐 놓은 그물을 들어 올리면 푸드덕 소리를 내며 튀어 오르는 메기, 붕어, 미꾸라지들의 모습을 떠올리시는 것 같다.

어린아이들이 조그만 돌을 저수지에 던져 본다. 퐁당! 퐁당! 소리와 함께 돌은 금방 호수 속으로 사라져 버린다. 문득 초등학교 시절의 기억이 떠오른다. 장마가 지나간 개울가에서 납작한 하얀 돌을 주워 물 위로 딘지면 표면을 몇 딘게 스치며 지니가는 돌을 보고 게임도 하며 즐거워하던 시절이 떠올랐다.

황톳길을 걸으며 소풍을 온 것 같다고 즐거워하시는 어머니! 파릇파릇 새싹들이 돋아난 언덕 너머로 한 발짝 발을 옮겨 놓을 때마다 많은 꽃이 동산을 이루며 오라고 손짓하고 있다. 기차가 경적을 울리며 지나가고 많은 사람이 창밖으로 손을 흔든다. 긴 철로 사이 여기저기 피어나 자태를 뽐내고 있는 해바라기와 구절초의 청순한 모습이 고향 마을의 모습을 연상시킨다.

수학여행을 온 학생들, 아베크족, 가족과 어울려서 호수 정원을 뛰노는 아이들 모습이 정겨워 보인다. 굽이굽이 흐르는 호수의 모습이 점점 시야에 가까워져 오며 마치 유럽 마을에 온 것 같은 느낌이 든다.

풍차를 보니 네덜란드의 농촌 마을에 온 것 같은 느낌이 든다. 돈키호테를 끝까지 모시고 다니며 충성을 다한 명마(?) '로시난테' 모습이 오늘따라 더욱 충직하게 보인다. 돈키호테를 존경한 또 하나의 말, 라만차 위에 올라타려고 하니 라만차는 역사의 뒤안길에서 움직이지 않으며 로시난테를 타라고 한다.

멋쩍은 마음에 풍차를 바라보니 풍차 뒤에 서 있는 나무에 식물 가지와 풀잎들이 겹겹이 둘러싸서 마치 풍차를 보호하려는 모양새를 하고 있다.

"어머니, 풍차 뒤에 있는 나무가 어떻게 보이세요?" 하니 멋쩍게 웃으시는 어머니.

석양 너머로 비친 나무의 모습은 풍차를 적과 풍수해로부터 보호하려는 어머니의 모습처럼 자애롭고 사랑스러워 보였다.

석양이 노을 속으로 넘어갈 때 풍차 옆에 빨강, 노랑 팔랑개비가 심술궂은 바람에 놀라 돌아가고, 빨간 튤립과 노란색 꽃, 보라색 꽃 무리가 수줍은 듯 고개를 돌리고 있다. 풍차 밑으로 떨어지는 폭포수의 물결이 코끼리 코에서 뿜어져 나오는 물줄기와 하모니를 이룰 때 나의 마음은 추억으로 빠져들고 있다.

제주도 하면 바닷가의 조그마한 산과 소나무들을 연상하던 사람들이 어마어마하게 넓은 벌판과 초원을 기차를 타고 달리는 것은 신기하기도 하고, 한편으론 즐거움이라고 생각한다. 아득한 옛날 제주 탄생의 역사의 한 접점이 되었던 이곳 곶자왈 에코랜드 테마파크 공원은, 제주를 여행하는 사람에게 제주의 참모습을 보여 주며 앞으로 나아갈 방향을 제시해 주고 있다.

많은 사람이 왜 제주가 '삼다'의 고향인가를 에코랜드의 기차 여행을 하며 느낄 수 있기 때문이다. 역사를 되새겨 보고 힐링할 수 있는 자연의 공간, 꽃과 나무들과 곤충과 새, 돌로 아로새겨진 곶자왈을 통해 제주가 나아갈 비전을 관객에게 제시하는 것 같다.

돌과 바위로 이루어진 화산 땅에서 치열한 생명의 힘으로 바위를 뒤덮고 하늘을 막아 동식물과 곤충의 낙원으로 만든 숲의 강인함을 엿볼 수 있다.

기차 여행을 통해 바위틈으로 뿌리를 내밀고 한 줄기 빛을 찾고 생명의 끈을 이어 가는 풀과 나무를 보며 자연의 위대함을 느낄 수 있다. 북방계 식물 군락지를 대표하는 덤불이 뒤엉켜서 신비스러운 자연의 분위기를 자아내는 곶자왈은 세계에서 유일하게 제주에서만 볼 수 있는 특별한 생태 환경의 보고라고 생각한다.

아쉬움이 있다면 정거장을 하나 정도 더 만들었으면 하는 마음이다.

아니면 메인을 포함해서 다섯 개의 정거장 중 한 공간에다가 고려시대 삼별초 최후 항쟁의 숨은 역사를 간략하게 재현하였으면 하는 바람이다.

물론 애월읍 항파두리에 삼별초 항쟁의 최후 유적지가 있지만, 많은 국민과 외국인 관광객으로 붐비는 에코랜드 정거장 중의 한 곳에 제주를 대표하는 작은 역사 기념관을 만들어 놓으면 파급효과가 크리라 생각한다.

에코랜드에서 가족과 기차를 타고 즐기며 힐링을 한 아이들이 몽골연합군에 대항해 고려를 수호하기 위해 끝까지 싸운 김통정 장군과 삼별초의 투혼과 항쟁의 역사를 보며 민족과 국가를 사랑하는 자긍심을 가질 수 있기 때문이다.

삼별초는 우리 민족의 역사의 한 접점이며 제주도는 우리 민족이 몽골에 끝까지 저항하던 최후의 보루이기 때문이다. 에코랜드를 관람한 학생들이 나라가 어려울 때 국난에 대처할 수 있는 애국심과 미래를 책임질 주인공으로서 자긍심을 일깨워 줄 수 있다고 생각한다.

주상절리

2,000만 년 전 폭발된 화산이 섭씨 1,000도 이상의 용암으로 흐르다 주변 영향으로 빠르게 식으면서 부피가 수축하여 바닷가 해수면에 생겨난 것이 절리이다. 육각형 또는 삼각형으로 된 긴 기둥, 가로로 목재 더미처럼 쌓였거나 부채꼴 또는 사람이나 동물의 형태 등 여러 가지 다양한 형태로 형성되어 있다.

경주 양남의 주상절리는 천연기념물 536호로 1.7㎞ 해안 사이에 둥글게 펼쳐진 부채꼴 모양으로 형성되어 있다. 울산 강동 화암의 주상절리는 육각형 또는 오각형 모양의 현무암이 목재를 바닷가에 쌓아 놓은 것 같은 형태로 형성되었으며, 동해안의 주상절리로는 가장 오래되었다. 제주 중문 관광단지 대포동 지삿대 해안가의 주상절리는 천연기념물 443호로 지정되어 있다.

새파란 창공 위에 출렁대는 푸른 물결을 바라보며 한 계단 한 계단 내려갈 때마다 오라고 손짓하는 육각형 모양의 절리들이 여기저기 작은 동산을 이루고 있다. 자연의 위대함 속에 형형색색의 모습이 감탄을 자아낸다. 바다 위에 연필을 묶어 놓은 듯한 돌기둥 무리가 자신을 향해 오는 것을 환영하듯 힘찬 파도에 떠밀려서 하얀 물거품을 뿜어내고 있다.

다른 쪽에서는 육모 모양의 돌기둥이 병풍처럼 성을 이루며 납작 고개를 숙이고 사방으로 모여 있는 모습이 자신을 방어하는 형상을 하고 있다. 2㎞에 걸쳐 바닷가에 형성된 주상절리는 주로 육각형의 연필 모양을 하고 있지만 심오하고 아름다운 자연의 조화를 보며 나는 탄성을 질렀다.

주상절리 검붉은 육모 돌기둥에 부딪히며 하늘 높이 솟았다가 새하얗게 부서지는 파도의 형형색색의 모습을 보며 소녀처럼 감격에 빠져드는 어머니.

육각형의 절리가 어떻게 크고 작은 여러 가지 형태로 쌓아 가며 돌기둥을 형성했을까. 마치 석공이 다듬어 놓은 것 같은 아기자기하고 오묘한 모습을 보며 자연의 신기한 조화에 고개가 숙어진다. 모양이 조금씩 다르고 절벽 사이로 여러 가지 형태로 만들어진 것도 있어 흠칫 놀라기도 하였다.

시샘하는 파도가 인간 모양을 한 절리 사이를 하얀 물결을 한 바퀴 휘감으며 둘 사이를 방해하고 있다. 떨어지지 않으려고 얼싸안고 있는 모습이 흘러간 전설의 애절한 사연을 보여 주는 것처럼 보였다. 전망대 쪽으로 올라가는 길은 사람들이 줄을 서 기다리고 있다. 시원한 바닷바람이 머리를 스치며 장난하듯 지나간다. 무심코 모자를 잡으니 손에 잡힌다.

몇 년 전의 일이 머리에 떠오른다. 지인과 전망대를 향해 조금씩 오르는데 이상한 소리가 들렸다. 깜짝 놀라 전망대 쪽을 바라보니 한 여인이 소리를 지르고 있었다.

"아아, 내 모자! 날아가요. 잡아 주세요."

전망대 위에서 폼을 잡고 사진을 찍는 데 몰두하다 짓궂은 바람에 모자가 바다를 향해 날아가는 것을 잠시 잊어버렸던 것 같다. 얼떨결에 모자를 잡아 보니 내 모자는 그대로 있었다. 모자를 바닷속으로 날려 보낸 여인의 말이 떠오른다.

"30만 원짜리 외국산 모자인데 어떻게 해! 내 모자 어떻게 해!" 하며 발을 동동 구른다. 보다 못한 나이 지긋한 어르신이 한마디 한다. "100만 원짜리 모자가 날아갔으면 어때! 사진 찍는 게 뭐가 대단해! 바다에 빠지지 않은 게 다행이지." 하신다.

연필 모양의 절리를 보며 흘러간 어린 날의 추억 속에 잠시 빠져든다. 연필은 우리가 태어나서 처음 글을 쓸 때 사용하던 도구였다. 그 시절의 문화연필과 동화연필이 생각났다. 삼공노트라는 종합 노트도 머리에 떠오른다.

맨 위의 칸에 국어를 쓰면 국어 노트, 일기장이라 쓰면 일기장이 되었던 만능 노트 시절이었다. 거의 다 쓰고 난 몽당연필을 볼펜 깍지에 끼우면 또다시 커다랗게 되는 연필을 신기한 듯 바라보며 노트에 글을 쓰던 시절, 그 당시에는 반딧불이도 흔히 볼 수 있는 시절이었다. 지금은 사라져 가는 반딧불이를 종이에 담아 몽당연필로 글을 쓰던 추억도 생각난다.

푸른 바다의 물결 위에 1미터에서 수십 미터까지 수직으로 솟아나서 위용과 자태를 뽐내며 만고풍상을 견디며 살아온 우리의 문화유산 주상절리.

육각형이 주를 이루지만 색깔도 다르고 모양과 형태도 다르고, 때론 푸른 바닷물이 차갑다고 수줍어하는 모습을 보면 만고풍상 다 겪은 우리 인생사의 한 모습처럼 보인다. 야자수들이 수없이 늘어져 있는 공간을 거닐다 바다를 바라보면 또 다른 묘미를 안겨 주는 절리의 모습이 이국적인 느낌을 받는다.

공원에서 맞이하는 돌고래의 조형물과 커다란 소라의 모습은 주상절리를 보고 아쉬운 발걸음을 돌리는 여행객이 다시 찾는 발판을 만들어 준다.

야자수가 유난히 많은 공원에는 크고 작은 야자수의 열매들이 솔방울처럼 다닥다닥 붙어 있어 이국의 정취를 느끼고 있는데, 길섶 카페에서 가수 혜은이의 〈감수광〉 노래가 구성지게 흘러나온다. "감수광(어디 가십니까?), 감수광(어디 가십니까?)……."

주상절리를 떠나려는 나를 가지 말라고 붙잡듯이 하소연하며 조용하고 아늑하게 어렴풋이 들려온다. 여러 번 찾아온 이곳이지만 나는 아직도 주상절리의 매력에 푹 빠져 버린 느낌이 들어, 떠나고 싶지 않다.

어머니의 텃밭

2장
......

가는 정
오는 정

멋쟁이 어 과장

　직장 생활을 하다 보면 승진, 포상, 표창 등 좋은 일도 많이 생기지만 때로는 스트레스도 받고 짜증 나는 일도 생기게 된다. 이럴 때 가라앉은 마음을 활기찬 유머로 분위기를 반전시켜 주는 직원이 있으면 그 직장은 신바람 나는 직장이라 할 수 있다.

　어 과장과 오랫동안 생활하다 보니 정이 듬뿍 들고 언제나 분신처럼 행동한다. 직원 화합과 통솔에 능하고, 거기에 노래 잘하지, 디스코도 잘 추고 업무 추진도 잘하니 그야말로 '팔방미남'이다. 때로는 지점장이나 직원이 어려움에 직면하면 옆에서 조언도, 충고도 잘해 준다. 누구나 남의 어려움에 대한 충고는 잘할 수 있지만, 자신이 어려운 일이나 갈등이 있을 때 자가당착에 빠지고 실수를 하게 된다. 그때마다 늘 조언과 사심 없는 마음을 전하고 충고의 말을 건네면서 비서실장 역할을 하는 충직한 직원이다. 우리 지점에는 고객들 자생 조직인 '일등 산악회'가 있다. 정기예금 고객과 주부 고객, 장기거래 고객이 중심이 되어 결성된 모임인데, 한 달에 한두 번 정도 산행을 하며 고객과의 친목 도모와 지점에 대한 애착과 사랑을 홍보하기 위한 충성조직이다.

　산행에는 지점장과 어 과장이 참석하고, 지점에서 관광 차량과 여행자보험 가입, 간단한 점심과 선물을 제공한다. 봄을 맞은 들녘에는 새싹들이 파릇파릇 돋아나고 산등성이에 진달래, 매화, 산수유가 만발하여 오라고 손짓할 때 이름 모를 산새들은 흥겨워 지저귄다.

　평일이라 산행하는 팀은 우리밖에 없다. 봄에 대한 정취를 마음껏 느끼며 산행을 한다. 정명창 님의 〈팔도 명창〉과 만담 소리에 산행의 피로가 잊히고, 이고은 님이 〈사랑은 나비인가 봐〉를 신나게 부르니 산행을 하는 우리 마음이 마냥 즐거워진다. 성진 님의 〈고향역〉 트로트가 산행하는 우리의 마음을 아늑하고 포근하게 돌아오게 하고 있었다. 정상에 올라 잠시 시간을 보내고 있는데, 어 과장이 재치를 발휘하기 시작한다. "고객님들 안녕하십니까! 어 과장 인사 올리겠습니다. 정상까지 오르시느라 피곤하시죠? 피로도 풀리셨으니 이제부터 보물찾기를 하겠습니다. 1등은 동남아 여행권이 걸려 있고요. 그 외에 푸짐한 상품이 걸려 있으니 행운을 꼭 잡으세요. 보물에 대한 시상은 차에서 지점장님이 하시겠습니다. 그럼 잠시 선전이 있겠습니다. 12시에 만나요, 브라보콘! 한국 브라보콘! 한국 브라보콘!" 하니 고객들이 와 하고 웃으며 손뼉을 친다.

고객들은 "역시 어 과장은 멋있고 위트 있고 재미있어서 저런 직원과 근무하는 지점장님은 행복하실 거야!" 하고 덕담을 하신다. 점심을 맛있게 먹고 즐거운 산행 덕분인지 꿈나라로 향하고 있는데 어 과장이 마이크를 잡더니 유머가 시작된다. "오늘 산행 즐거우셨죠? 아까 정상에서 보물찾기를 했는데, 1등과 2등 시상을 해야 하기 때문에 단잠을 깨웠어요. 이의 있으신 분 계세요?" 하니 모두가 없다고 하며 즐거워하신다. "지금부터 호명하는 당첨자는 앞으로 나오셔서 상품을 타시기 전에 먼저 노래를 하셔

야 합니다."라고 본인이 먼저 분위기를 맞추기 위해 〈남행열차〉를 부르니 여성 회원들이 신나게 손뼉을 치면서 호응을 한다. 분위기가 오르자 안선녀 님의 〈만남〉, 김사랑 님의 〈사랑을 위하여〉 노래에 이어 정행복 님이 〈남행열차〉를 신나게 열창하니, 어 과장이 앞에 나가 트위스트를 멋지게 추며 여성 고객의 디스코 춤을 유도하였다.

여성 고객은 흥겨운 디스코로 분위기를 살려 주며 산행에 힘들고 피곤한 마음을 봄바람 속에 담아 저 멀리 날려 보냈다. 구립 여성합창단원 현애 님의 〈사랑〉 열창의 하모니가 은은하게 울려 퍼져 나올 때 엎드려 사랑의 퍼포먼스 동작을 하니 차 안의 모든 고객이 파안대소하고 손뼉을 치며 즐거워했다.

지점징도 고객의 싱원 속에서 〈건배〉를 얼창하니 모두가 따라 하며 흥거워한다. 최신나 님의 〈처녀 뱃사공〉 노래가 구성지게 흘러나오니 듀엣으로 분위기를 맞춰서 흥겹게 따라 부르는 어 과장의 재치가 돋보인다. 얼마나 흥겹고 기분이 좋으셨던지 다음 날 다른 친구를 데려와서 3억 원 정기예금을 하게 하시고, 신규로 2억 원 정기예금, 1억 원 마이너스대출 약정을 하셨다. 흥겨운 여흥의 시간이 끝나고 보물찾기 발표를 하려고 하니 사회자 어 과장이 먼저 나선다.

"오전 중에 산 정상에서 했던 보물찾기 보물의 1등과 2등은 사실은 모두가 1등입니다. 올해 처음 산행에 참가한 고객님들께 올해는 모든 분야에서 1등 하시라는 뜻으로 저희 지점에서 마련한 1등 상품을 드리겠습니다. 시상은 지점장님이 하시고, 상품은 올 한 해 행운과 축복이 만발하시도록 '행운의 2달러'와 대형 잡곡 세트를 드리겠습니다. 이의 없으시죠?" 하고 물으니 모두가 이의 없다고 말하며 손뼉을 치며 좋아하신다. 한국인처럼 1등을 좋아하는 사람들이 또 어디 있을까? 어 과장의 재치와 유머 때문에 우리 지점은 항상 밝고 상쾌한 나날을 보내는 것이 아닐까? 업무 추진과 고객에 대한 사랑과 정열, 집착은 나와 어쩌면 그렇게도 잘 들어맞는지……

이런 직원과 함께 업무를 추진하는 나는 항상 즐거움과 행복한 마음으로 살아가는 것이 아닐까? 직장 생활을 하다 보면 사무실 분위기를 잘못 맞추는 직원도 있고 제 실속만 차리고 양다리를 걸치는 직원도 있다. 이럴 때일수록 직원들 분위기를 추스르고 이끌어 가는 것이 과장들 몫이지만, 어 과장은 정말 능수능란하게 사무실 분위기를 맞추고 기분 좋고 신바람 나게 이끌어 간다. 다른 직원의 몇 배의 역할을 하며 사심 없는 충고와 추진력이 뛰어난 어 과장이 옆에 있어 나는 행복하다.

'인사 명령' 한 장으로 헤어지고 만나는 것이 '샐러리맨의 애환이지만' 이런 직원과 오래오래 근무하고 싶다. 여러 계층의 직원을 잘 다독이고 그들의 의견과 고충을 반영시켜서 직장 생활을 우애 있고 재미있고 유쾌하게 해야 사업 추진도 잘되고 그 최종의 역할은 지점장이 해야 한다고 생각한다.

고객의 출근부

출근부는 직장에서 직원들이 출근할 때 찍는 장부를 말한다. 지금은 카드를 사용하거나 전자 출근부를 사용하기도 하지만, 아직도 많은 회사에서 종이 출근부를 사용한다.

우리 지점에는 고객의 출근부가 있다. 지점우수고객을 선정하여 출근부를 만들어 놓았다. 아침마다 출근하면 사무실의 행사와 사업을 설명하고 고객의 건의사항을 업무 추진에 활용한다. 고객을 왕으로 응대하고 고객과 더불어 상존하는 금융기관에 필요한 장부라고 생각한다. 그만큼 고객과 가까이 대화하고 고객을 평생 고객, 충성 고객으로 유도하는 방편이라 생각한다.

매일 10시면 반가운 목소리가 들려온다. "지점장님! 안녕하세요? 오늘 출근했습니다." 하시며 지점장실로 들어오시는 전사랑 고객님.

"어서 오세요. 오늘 2분 일찍 출근하셨네요. 형님, 얼굴이 더 젊어지셨어요. 요즘 좋은 일 있으세요?"

"살기 어려운 세상 즐겁게 살아야지요."

"그런 의미에서 김 마담이 따끈따끈한 홍삼차 한잔 대접해 드리지요."

"하하하! 비싼 홍삼차 대신 구수한 녹차가 좋은데요."

"오늘은 제가 먹고 싶은데 봐주세요. 그러지요, 지점장님!"

"형님! '님' 자 붙이지 마세요. 거북해요."

"지점장은 언제나 부담 없어 좋아! 친동생 같으니 하하하!"

항상 만면에 웃음을 띠시며 긍정적인 모습으로 목표를 가지고 살아가시는 고객님. 타행 송금과 제세공과금, 보험증권과 적금증서를 건네며 "왜 이리 세월이 빠른지 몰라?"라고 말했다.

"형님 또래에 부지런하고 열심히 사시는 분은 드물거든요. 하루도 사무실에 안 나오시면 저나 직원들은 하루가 열흘처럼 느껴져요."

"오늘 출근부 찍으셔야지요? 여기 서명해 주세요."

"그래야지 출근부 안 찍으면 결근인데 나중에 지점장한테 혼나게? 출근부에 서명하고 나면 내가 직원처럼 느껴지고 사업에 대한 애착이 느껴져요. 예금과 대출, 보험 실적 올려 주고 싶은 마음이 항상 떠나지 않아요."

"지난달에 친구 모시고 와서 정기예금 하시고 2주 전 친척도 모시고 오셔서 대출하셨잖아요. 매일 출근하셔야 직원도 신나서 일하고 실적도 오르니 제가 출장 가더라도 출근부 꼭 찍고 가셔야 합니다 하하하!"

"그래야지. 하루라도 안 나오면 좀이 쑤셔요. 지난 월요일 출근부 찍고 가느라 비행기 탑승 못 할 뻔했어요. 하하하!"

10여 년 전의 흘러간 추억이 눈앞에 떠오른다. 지점 인근에 대형 시장이 있어서 창구는 늘 고객들로 붐비고 있다. 영업장에 나이 드신 고객이 며칠 동안 같은 시간에 많은 업무를 보고 계셨다. 창구로 나가 인사를 하며 사유를 여쭈어 보았다. "매일 이 시간에 저희 지점에 나오시는데 바쁜 일 있으세요? 안으로 들어가셔서 편하게 업무 보세요. 잠깐 안으로 들어가실까요?"

"지점장님! 바쁘신데 다른 손님 접대하세요. 제가 VIP 손님도 아닌데 괜찮아요." 무통장 입금표가 여러 장이고 금액도 많아 보였다. 오곡차를 가져다드리니 매우 고마워하신다.

"내일부터 안으로 들어오셔서 거래하세요. 제가 해 드릴게요."

"네, 고맙습니다."

며칠 후 창구에서 업무를 끝내시고 안으로 들어오셨다. "지점장님! 상의 좀 하려고요?" 하시며 본인 명의로 된 3억 정기예금증서를 나에게 보여 주셨다.

"만기가 얼마 안 남았는데 갑자기 2,000만 원이 필요해요. 해약하기는 너무 아깝고 좋은 방법이 없을까요?"

"제가 마이너스 통장을 만들어 드리지요. 3억까지 마이너스 약정만 하시면 필요하실 때 언제든지 청구서로 인출하시고 입금하시면 되거든요."

고객님은 정기예금 이외에 상호신용금고와 시중 은행에 많은 돈을 예금하고 계셨다. 20여 년 된 주식투자 이야기도 해 주신다. 처음 천만 원으로 시작한 종잣돈이 지금은 3억 원 정도 되지만 투자에 대한 원칙까지 자랑하신다.

주 업종은 금융·건설주지만 분산투자와 20여 년간의 노하우와 감으로 주식투자를 하셨다. 투자한 금액이 200만 원 이상 수익을 올리면 하루라도 무조건 판다. 최소 100만 원을 남기면 판다. 분산투자 중 손해 보는 주식은 오를 때까지 묻어 둔다. 휴지 조각이 된 주식도 있지만 묻어 두면 오른다고 하신다. 감과 신념 때문이지만 어떻게 금융기관의 큰손들이 매입하는 증권을 사시는지 예리한 매입 판단에 감탄하기도 했다.

어느 날 약속어음과 당좌수표를 가지고 오셔서 상담하셨다. 약속어음과 당좌수표는 입금이 되어야 돈이지, 종이쪽지에 불과하다고 설명을 해드렸다. 그중에서 한 곳은 부도설이 나돌고 있는 회사였다. 나는 그중에서 큰 금액인 회사는 필히 어음을 되돌려 주시고, 금액이 적은 회사도 부도가 예상되니 추가 담보를 잡으시라고 말씀드렸다.

어느 날 고객님은 사무실에 오셔서 십년감수했다고 하신다. 지점장의 말을 듣고, 어음은 돌려주었고 당좌수표는 추가 담보를 잡아 손해를 적게 보았다고 고마워하셨다. 그 후 고객님은 우리 지점으로 주거래 은행을 옮기셨다. 사무실 출근부도 만드시고, 집안에 어려운 일이 있으시면 상의하신다.

며칠 후 연수원 교육 중 직원한테 전화가 왔다. 고객님이 이틀째 사무실에 출근을 안하신다고 한다. 휴대폰도 안 받으시고 집에도 안 계셔서 전화했다고 한다. 친한 고객한테 전화하니 병원에 입원해 계신다고 하셨다. 꽃다발과 좋아하시는 과일을 들고 찾아가니 깜짝 놀라신다.

"지점장이 웬일이야? 여기 어떻게 알고 찾아왔어?"

"형님! 출근부 안 찍으면 결근이신데 연락 주셔야지요."

"지점장이 모르는 줄 알았는데 어떻게 알았지?" 하시며 웃으신다.

"형님! 제가 누구입니까? 삼천갑자 김방석인데요. 연락 안 하셔서 결근인데 정상 참작해 출근 처리해 드리겠습니다."

가만히 눈을 감고 계시더니, "지점장 잠깐 이리 와." 하신다. 가까이 가니 "고마워." 하시며 손을 꽉 잡으신다. "아이쿠 아파요, 형님! 환자가 왜 이리 힘이 세요." 하니 "아우가 병문안 오니 기분도 좋고 다 나은 것 같아. 오늘 퇴원할까?"라고 하신다.

다음 날 케이크를 들고 30분 일찍 기분 좋게 출근하셨다.

"아유 형님! 멋져요 10년은 젊어 보이세요."라고 말씀드리니, "오늘 직원들하고 퇴원 파티를 하려고 케이크 사 왔어." 하시며 빙그레 웃으신다. "이틀 못 나온 건 출근 처리해 줄 거지?" 하시며 나를 쳐다본다.

"물론이죠? 아파서 못 나오셨는데요. 사무실을 위해 너무 애쓰시다 몸살까지 나셨나 봐요. 죄송합니다."라고 말하니, "하하하! 빨리 출근부 줘요? 사인해야지." 하신다.

고객의 출근부는 고객과 사무실을 연결하는 '행복 열차'라고 생각한다. 고객이 원하는 마음을 연결해 주고, 고객은 충성 고객으로 지점을 이용하고 홍보해 주는 역할을 한다. 직원과 고객은 상생하는 행복 열차의 구성원이고, 출근부는 운전대라고 생각한다.

고객이 없는 지점은 생각할 수 없다. 고객의 정겨운 마음과 사랑 때문에 우리 지점은 나날이 발전하고 있다. 충성 고객 중 한 분인 전사랑 고객님! 언제나 부담이 없으시고 사심 없이 사무실 업무 추진에 앞장서신다. 언젠가 명예 지점장 명함을 건네 드렸더니 감격해하시는 모습이 눈에 선하다. 연말에는 '명예 지점장'으로 결재하시며 직원과 정담을 나누는 모습이 담긴 사진을 앨범으로 만들어 '출근부'와 함께 전해 드리려 한다. 매우 기뻐하시는 고객님의 얼굴을 떠올리며 언제나 늘 건강하시고 행복한 나날 보내시길 오늘도 기원해 본다.

만남

사무실 창밖으로 젊은 남녀들이 다정하게 팔짱을 끼고 지나가는 오후.

창밖에서 까치가 깍깍 하며 울어 댄다. 오늘은 반가운 손님을 만날 것 같은 예감이 든다.

똑똑똑! 출입문 두드리는 소리와 함께 중년의 노신사 한 분이 들어선다.

"안녕하십니까? 세금 상담 좀 하러 왔습니다."

"네! 이쪽으로 앉으세요. 그런데 어디서 많이 뵌 분 같은데요?"

"네, 저도 그런데요. 아니, 혹시 미스 박 아닌지요?"

"아! 과장님. 과장님, 여기 웬일이세요? 친척 집에 들렀다가 세금 문의할 겸 들렀어요. 그동안 별로 변하시지 않으셨어요. 얼굴이 아직도 동안이세요."

"웬걸! 머리가 이렇게 백발이 되었는데 나이는 못 속이지. 이곳에 사무실 개업한 지 정말 몰랐네. 개업할 때 연락했으면 예쁘고 멋진 화환도 보내 주고 직원하고 한번 찾아와서 축하도 해 주었을 텐데…… 너무 서운하군. 얼마나 보람차고 장한 일이야."

"아니에요. 일부러 연락 안 드렸어요. 직장에 근무할 때 과장님이나 동료들한테 너무 신세를 많이 졌는데 원숭이도 낮짝이 있어야지요. 그리고 제가 얼굴이 두껍지 않아요. 호호호."

"얼굴이 두껍긴 말도 안 되는 소리지. 원래가 예쁘고 미인인데 오늘 보니 더 예쁘네. 하하하."

과장님과의 정겨운 추억이 알알이 스며든 20여 년 전의 일이 주마등처럼 눈앞을 스치며 지나간다.

그 시절은 취업하기 어려웠고, 직장 생활도 힘들었다. 그중에 내가 신경 써야 할 사람이 있었다. 그가 바로 나의 직속상관인 과장님이었다.

다른 직원의 잘못은 너그러이 용서해 주면서 내겐 조금 잘못이 있어도 나무라고 미워하였다. '나한테만 왜 그러실까? 차라리 다른데 직장을 옮길까?' 갈등과 고뇌의 순간들 속에 나에게 탈출의 기회가 찾아왔다.

5주간의 연수원 교육은 나에게 한동안의 스트레스를 해소할 기회를 주었다.

그래, 한번 버텨 보자. 나에게 혹시 잘못이 있는지 모르니 교육을 받으면서 연수생들과 논의도 하고, 나를 반성하는 시간을 가져 보자. 교육을 마치고 돌아오니 과장님이 나를 응접실로 부르시며 미소와 함께 차 한 잔을 권하신다.

과장님은 웃으시며, "미스 박! 이제부터는 연수원에서 배운 내용을 음미하면서 고객 관리를 하면 유능한 직원이 될 수 있어요. 알았지요? 열심히 근무해요." 하고 말씀하신다. 웬일이실까? 마음이 변하셨나.

나를 대하는 태도가 종전보다 조금 누그러진 것같이 보였다. 나 없는 동안에 사무실에 무슨 일이 있었는지 직원들한테 물어보니 별일은 없었다고 한다.

20여 일이 지난 어느 날이었다. 고향에서 농사를 짓고 계신 어머니의 갑작스러운 부음을 접해야 했다. 얼마나 울었는지 정신이 없다. 대문을 열고 "엄마! 엄마! 나왔어?" 하고 부르면, 금방이라도 안방에서 맨발로 뛰어나오셔서 "아이고, 금싸라기 내 새끼 왔구나! 얼굴이 반쪽이네 힘들었지? 엄마 많이 보고 싶었지?" 하고 함빡 웃으시며 내 가슴을 포근하게 감싸 주실 것 같은 어머니의 주름 잡힌 얼굴이 눈앞에 아른거린다.

"어머니! 이 험한 세상 어떻게 살아가라고 저만 두고 가셨어요. 어머니! 어머니!"

눈물이 비 오듯 쏟아진다. 그러나 어머니는 말이 없다.

오후부터 비가 부슬부슬 내리고 있다. 이 세상에 단 하나뿐인 혈육을 두고 떠나시는 어머니의 애틋한 마음이 오죽이나 가슴 아팠으면 눈물이 비가 되어 이토록 주룩주룩 내릴까. 밤은 점점 깊어져서 2시경이 다 되었는데 밖에서 개 짖는 소리가 났다. 무심코 대문 앞에 다가선 나는 너무 깜짝 놀랐다. 비에 흠뻑 젖은 문상객. 거기에는 과장님이 말없이 서서 슬픈 얼굴로 나를 쳐다보고 있다.

"아, 과장님. 어떻게 이 밤에 여길 찾아오셨어요?"

평상시 같았으면 오시지도 않을 분이라 생각했는데…… 내가 너무 속이 좁고 옹졸했구나. 천 리 길인 이곳까지 오실 줄 꿈에도 생각지도 못했는데…….

"미스 박! 정말 미안해! 이렇게 늦게 찾아온 나를 용서해 줘. 출납 업무를 마감하고 오느라 늦었어." 하시며 슬픈 모습으로 어머님이 계신 곳으로 향하셨다.

온몸이 빗물과 흙투성이가 되어서 찾아오신 과장님. 물에 빠진 생쥐같이 초라한 모습이 너무 안쓰러워 보였다. 늦은 밤 빗길로 허물어진 밭두렁, 논두렁길을 황급히 걸어오시다 넘어지신 모양 같았다.

다 쓰러져 가는 움막 같은 헛간 속에서 모기와 풀벌레에 시달리며 밤샘을 하신 과장님이 이튿날 상여 뒤를 슬픈 모습으로 따라오신다. 동구 밖 느티나무 길을 지나 굽이굽이 오솔길을 따라 산 위에 거의 다 올라왔을 때, 무심코 뒤를 돌아보았다. 저 뒤에서 두 눈에 손수건을 갖다 댄 과장님의 슬픈 모습이 보인다. 굵은 눈물방울이 뚝, 뚝, 뚝. 양복 위로 수없이 떨어지는 것도 모르시고, 하염없이 울고 계셨다.

과장님 용서하세요. 바보 같은 저를…… 과장님은 나의 모든 것을 다 알고 계셨구나. 그만큼 힘든 세상을 살아갈 나를 끔찍이도 마음속 깊이 생각하고 바라보고 계셨는데, 그것도 모르고 과장님만 원망한 나 자신이 한없이 미워졌다.

그 후 2년이 지난 어느 봄날, 나는 큰 고민에 싸여 있었다. 나의 꿈과 사랑이 알알이 열매 맺힌 첫 직장, 수많은 동인의 도움을 받고, 정답고 인자한 과장님과 눈물겨운 사연이 깃든 추억의 오솔길들. 나는 이제 이 길을 떠나야 하나? 현실에 안주해야 하나?

수많은 밤을 뜬눈으로 지새우며 고민과 갈등을 겪었다. 그리고 내린 결론은 오직 하나, '떠나야지. 여태까지 주위에서 도움만 받으며 살아왔는데 나도 이제는 베푸는 사람이 되자. 그 길만이 하늘나라에 계신 어머니도 기뻐하실 거야.' 상아탑에서 회계학을 전공하고 사무실 개업을 하고서도 한시도 과장님을 잊어 본 적이 없다.

어머님 제삿날이 다가올 때마다 아련한 추억 속에 뭉게뭉게 피어오르는 과장님의 다정다감하고 인자하신 그 모습을 결코 잊을 수 없었다.

이제는 지점장님으로 정년퇴임을 하신 과장님. 지금도 나는 '과장님'이라고 부르고 싶다. 극구 사양하시는 과장님을 역까지 배웅해 드리고 사무실로 향하면서 다시 한번 우리 인생 항로에 대해 곰곰이 생각해 보았다.

인생에서 만남이란 존재는 무엇일까? 수없이 많은 만남 중에서 우리 중생들에게 두고두고 잊히지 않는 만남은 얼마나 되겠는가? 그중에서 가장 크고 기쁘며 즐거운 만남은 첫 만남이 아닐까? 첫 만남은 우리에게 호기심과 애틋함과 끈끈한 정을 한없이 안겨 주기 때문이라 생각한다. 저 멀리 플랫폼에서 기차가 우렁찬 기적 소리를 내며 힘차게 달려간다. 차창 밖으로 과장님이 손을 흔들고 계신다. 저녁 해가 서산 너머로 뉘엿뉘엿 넘어가고 온 세상이 황혼에 물들어 있다. 오늘은 그 어느 날보다 기쁘고 행복한 하루였다. 그것은 과장님과 20년 만에 단둘이 흘러간 추억의 강을 노 저어 건너며 아기자기한 만남의 축배를 들었기 때문이다.

유혹(誘惑)처럼 보인 착각(錯覺)

우리는 살아가며 본의 아닌 유혹을 받게 된다. 돈 유혹, 사랑 유혹, 부자 유혹, 주식 유혹, 불륜 유혹, 투기 유혹, 사기 유혹 등등 많은 유혹을 받으며 살아간다.

유혹이란 남을 홀려 나쁜 길로 유인하거나, 성적인 목적으로 이성을 현혹하는 것을 말하고, 착각은 어떤 사물이나 사실을 실제와 다르게 지각하거나 생각하는 것을 뜻한다. '유혹(誘惑)'과 '착각(錯覺)'은 그 뜻이 너무 다르다. 그러나 가끔 착각이 유혹으로 느껴지는 경우를 종종 경험하며 살아간다.

스치고 지나가는 상투적인 말투가 받아들이는 입장에서는 무척 생각해 주는 것처럼 보이거나 정겨움과 사랑으로 느껴지는 착각 속에 빠져든다. 상대방이 곤경에 처했을 때 보기 딱하여 도와준 것이 본인에겐 두고두고 머리에 남고 나중에는 유혹으로 착각할 때도 있다. 그것은 상대방이 평소에 좋은 마음으로 간직하고 생각하기 때문이 아닐까? 다분히 사무적이거나 영업성을 가지고 의례적인 가식이나 유머 있는 행동, 마케팅적인 면이나 고객 확보 차원에서 행동인데도 다르게 받아들이니 이런 것을 착각이라 하는 것 같다.

부유층이 많이 사는 T 지점에 수신 과장으로 근무한 지 얼마 되지 않았을 때의 일이다. 허름한 옷을 입은 고객 한 분이 영업장에서 직원과 예금 상담을 하며 양도세에 대해 문의하고 있었다. 극구 사양하는 그분을 상담실로 모시고 가서 간단한 양도세 계산 방법을 말씀드렸다. 세무법인에 근무하는 친구에게 전화를 걸어, 우리 지점 VIP 고객이신데 찾아가시면 잘 좀 상담해 주라고 신신당부를 하였다. 고마워하시는 그분의 표정을 보고 왠지 자꾸 무언가 잡힐 것 같은 감이 왔다.

집에 와서 친구에게 전화를 걸어 내일이라도 그분이 찾아가면 성의를 다해 설명해 드리고 상담료는 내가 낼 테니 돈은 받지 말라고 신신당부했다. 어느 날, 그분이 활짝 웃는 얼굴로 사무실로 찾아오셨다.

"김 과장, 고마워! 덕분에 양도소득세를 많이 절약할 수 있었어. 친구분이 일은 해 주고 수수료를 안 받더군?" 하시며 5억 원을 정기예금으로 예치해 주셨다. 이렇게 만남은 시작되었고 주거래 은행을 K은행에서 우리 지점으로 옮기며 이제는 친형님처럼 흉허물없이 지내는 고객이 되었다. 본인 외에도 친목회원이나 친구들까지 모시고 오셔서 고액 대출까지 알선해 주시니 그야말로 우리 지점의 충성 고객이다. 워낙 친하니 지점장님도 추석이나 설날, 생신 등 특별한 날은 내가 직접 선물을 전달하라고 하신다.

아파트가 대부분인 지역에 단독주택이 더러 있다. 정원이 딸린 주택의 내부 구조는 고급 아파트 이상으로 호화롭게 구성되어 있다. 내부만 보아도 100여 평이 훨씬 넘으니 그야말로 집이 아니라 운동장이다. 이런 고객의 집을 방문하고 나면, 봉급생활자인 나 자신에 대한 회의를 느끼게 된다. '나는 언제 저런 집에서 떵떵거리고 살까! 세상 참 불공평해! 그래, 나는 사업가가 아니고, 샐러리맨이잖아?' 하며 나 자신을 추스르곤 했다. 8번째 집을 방문하니 심신도 고달프고 소변을 참기 어려웠다. 마침 다음에 방문할 집이 친형님처럼 지내는 김 사장님 댁이 아닌가?

아침에 "형님! 오늘 선물 가지고 가려고 하는데요." 하니까 "고맙군! 이따 와! 나 집에 있을 거야. 아니다, 혹시 내가 없으면 집사람이라도 있겠지? 12까지 와. 그럼 내가 점심 살게." 하시던 말이 떠올랐다. 초인종을 누르니 응답이 없고 마침 현관문도 열려 있다. 웬일일까? 내가 12시 방문한다고 하니 미리 문을 열어 놓았나 보다. "형님! 계세요? 저 왔어요." 아무리 불러도 대답이 없고 방 안에서는 TV 소리와 이야기 소리가 들렸다. 인사는 나중에 하고 우선 화장실에나 들리자.

화장실 문을 연 나는 손이 떨려 문을 닫을 수 없었다. 30여 평이 넘는 운동장 같은 욕탕엔 화장실이 저 멀리 있었다. 커다란 욕조 옆에 작은 욕조, 그 옆 또 다른 욕조에는 붉은 조명이 희미하게 비치고, 우윳빛 목욕탕 속에 발가벗은 여인이 물침대에서 목욕하고 있다. 야릇한 모습으로 나를 보고 미소 짓고 있다. 나는 무안하기도 하고 평소 형수처럼 흉허물없이 농담하고 지내는 여인의 모든 것을 다 보고 말았으니, 허리 밑까지 고개를 숙이고 있다. 얼떨결에 문을 닫고 차를 향해 달렸다.

20대의 순진한 내가, 40대처럼 보이지 않는 풍만한 여인의 모든 것을 다 보고 말았으니…… 내가 놀란 것은 붉은 조명 아래 춤추듯 하늘거리는 여인의 봉우리와 우윳빛 몸매보다 목욕탕 내부의 호화 구조에 두 번 놀랐다. 얼마 후 사모님은 사무실로 예금을 하러 방문했는데, 나는 무안하고 겸연쩍어 인사만 하고 잠시 밖으로 자리를 피했다.

사모님은 100만 원짜리 수표 묶음 6다발(6억)을 예금계 미스 리에게 집어 던지듯이 주고 나를 한동안 기다리다가 갔다 한다. 나중에 안 이야기지만 내가 선물을 가지고 방문한 그날, 친구와 통화 중에 우연히 우유 목욕이 몸에 좋다는 말을 듣고 호기심에 목욕을 하고 있었다 한다. 내가 방문한 줄도 모르고 말이다. 목욕 중에 내가 문을 열고 들어왔으니 놀라기도 하고 아는 처지에 소리를 지르고 화를 낼 수도 없어 미소를 지었다고 한다. 내가 유혹한 것으로 알고 있는 것처럼 느껴져 예금도 하고 이야기도 할 겸 해서 들렀는데, 내가 피하니 화도 나고 어이도 없고 했던 것 같다.

모든 것은 내가 너무 순진하고 무안하고 놀라서 얼떨결에 그랬는데…… 한 달 후 사모님은 다른 은행으로 주거래 은행을 옮기셨다. 상대방은 그게 아닌데 나 자신이 순진하고 무안해서 유혹이라 착각을 하고 말았으니 우연치고는 너무나 뚜렷한 필연 때문에 한동안 나는 나 자신을 반성하며, 고객의 집에 선물이나 추진하고자 들를 때는 점심시간을 가능한 한 피하고 직원을 앞세우고 방문하곤 한다.

지금도 착각을 유혹으로 생각했던 그때의 일이 가끔 생각나면 나는 속으로 빙그레 웃곤 한다. 어차피 인생은 유혹 속에 살아가는 덧없는 나그넷길이 아니겠는가! 착각은 자유지만 방심은 금물이고 유혹으로 보아선 안 된다. 신중하게 생각하고 행동하자! 돌다리도 두들기면서 건너자! 다음에 그런 일이 또 일어나면 내 마음을 미리 전하면서 상대방에게 진실을 고백하고 오해 없이 인생을 살아가자고 다짐해 본다.

어머니의 텃밭

둥지

까치들이 아침부터 사무실 인근에서 깍깍 소리를 내며 지저귄다.

왠지 오늘은 반가운 손님이 찾아올 것 같은 예감 속에 집에 오니 이 형이 보내온 예쁜 카드와 케이크가 도착해 있다.

"김 형! 오랜만에 소식 전하네. 요즘 매우 바쁘지? 생일 축하하네! 늘 건강과 축복이 가정에 함께하길 기원하겠네."

문득 아쉬움과 정감 속에 흘러간 추억이 나의 머리를 스치고 지나갔다. IMF의 차가운 한파는 평생직장으로 알고 근무해 온 직원에게 명퇴의 굴레를 안겨 주었다. 그중의 한 사람이었던 이 형. 그의 말이 은은한 미소와 함께 귓전을 스치고 지나간다.

"김 형! 나 명퇴하려고."

"명퇴라니?"

"평소 뜻한 바 있고, 이제 후배들을 위해 물러나려고요."

"아니, 왜 이 형같이 유능한 사람이 물러나요? 그럼 이 회사는 누가 지켜요? 다시 한 번 생각해 봐요. 나는 못 들은 말로 할 테니까요."

그러나 우리에게 다가온 냉엄한 현실은 누구도 막을 수 없었다.

떠나는 직원들을 아쉬워하면서 맞이한 송별회 자리. 겉으로는 서로 격려하고 다정한 마음으로 술잔을 마주치며 '건배'를 외쳤지만, 속으로는 모두가 울고 있었다.

왜 저들이 떠나야 하나. 누구 때문에 저들을 보내야 하는가. 정녕 떠나지 않으면 안

되나. 술잔을 마주친 동인의 말이 나의 귓전을 스친다.

"김 형! 우리는 떠나지만, 당신들이 이 직장을 더욱 탄탄하게 키워 주길 바라요. 그래야 우리 마음도 한결 가볍고 사회에 나가서도 긍지를 가지고 살아가지."

이슬 맺힌 그의 눈동자를 보며 나는 속으로 울고 있었다. 특별한 잘못도 없이 구조조정의 회오리바람 속에 희생양이 된 그들은 쓸쓸하게 우리 곁을 등졌다. 정작 가야 할 사람은 눈치를 보며 가지 않고, 일부 유능한 직원들이 얼마의 목돈을 가지고 또 다른 삶의 길로 떠났다.

그해 연말 올드랭 사인이 은은하게 울려 퍼지는 어느 겨울날 오후. 고객과 직원들의 송년회 자리를 마련하기 위해 제과점에 들렀다.

이제는 또 다른 분야에서 성공하여 열심히 살아가는 그 사람을 한없이 그리워하면서. 제과점 안은 많은 사람으로 붐비고 있었다. 또 다른 변신과 바쁜 와중에서도 몹시 반가워하며 샴페인을 따라 주며 권하는 그의 해맑은 미소 속에는 사업가로서의 여유와 정감이 *끈끈이* 스며 있었다.

　케이크 60개를 들고 제과점 문을 나서며 그의 영원한 성공과 건강을 빌고 또 빌었지만, 나는 아쉬움과 감회 속에서 하염없이 흐르는 눈물을 주체할 수 없었다. 하늘도 우리의 순간의 만남을 너무나 아쉬워하듯 차창 밖으로 함박눈이 펄펄 날리고 있다. 처음 입사해서 힘들고 어려울 때 서로 위로해 주고 비바람, 눈보라 속에 연말 결산을 위해 대출금 이자를 회수하던 그 시절이 눈앞에 떠오른다.

　추운 겨울날 포장마차에서 *따끈따끈한* 어묵 국물에 막걸리를 마시며 서로 위로해 주고 술잔을 비우다, 얼큰하게 술에 취해 어깨동무를 하고 걸을 때, 둥근 보름달이 우리를 비추며 시새움하고 질투하던 그날이 엊그제 같은데…… 당신은 저 멀리 힘들게 고생하고 나만 혼자 잘 지내고 무심하니 내가 나쁜 사람이지.

　언제 조용한 날 시간 내어 소주 한잔해야지. 내가 다시 찾아오지. 그동안 무관심했던 날 용서해 줘, 이 형! 농민과 고객을 위한 직장에서 30여 년의 꿈과 청춘을 다 바쳐 봉사한 보람의 시간이었지만 지나온 날보다 떠나야 할 날이 가까워진다.

　지금까지 나는 얼마나 그들을 위해 봉사하고 이익을 만족시켜 주었는지 곰곰이 생각해 보았다. 아직도 부족함을 느낀다. 부족한 가운데 후회하며 내일의 파랑새를 잡기 위해 살아가는 것이 우리의 인생이 아닐까?

　우리 직장은 농민과 고객을 위해 사원들이 피땀 흘려 똘똘 뭉친 *끈끈한* 생활의 터전이자 둥지이다. 힘들고 어려운 시절, 타의에 의해 금감원 감사와 감사원 감사를 받으면서도 온갖 역경을 딛고 우리의 직장을 탄탄한 반석 위에 올려놓은 선배들, IMF의 차가운 한파 속에서 희생양이 되어 명퇴한 동인들이 평생직장으로 알고 헌신하여 만든 끈끈한 협동의 둥지라고 생각한다.

저 멀리 서산 너머로 저녁 해가 뉘엿뉘엿 넘어가고 황혼이 붉게 수놓은 노을 속으로 이름 모를 산새들이 떼를 지어 둥지를 찾아 떠나고 있다.

새들아! 너희는 좋겠다. 언제나 가서 쉬고 잠잘 둥지가 있으니 얼마나 행복하냐. 너희가 너무 부럽구나. 영원토록 잘 살아라. 너희 세상에는 명퇴가 없는 둥지를 만들어라. 새들은 내 말을 들었는지 끼룩끼룩 소리를 내며 더 멀리 날아간다.

추억의 정거장

(동인, 사우)

   직장 생활을 하며 책임자와 직원 간에 머무르고 싶었던 아쉬운 마음을 글로 써 보세요.

   내가 힘들 때 도움을 주었던 책임자에게 고마운 마음을 전해 보세요. 그때는 몰랐고 속마음을 전하지 못했던 아쉬움을 세월의 언덕에서 표현하세요.

   동료가 어려울 때 본의 아니게 지나쳐 버린 아쉬운 마음을 회상하며 오늘은 진정한 마음의 편지를 써 보세요.

   흘러간 추억의 앨범은 당신과 동인(사우)의 마음속에 고이 간직되어 있으니까요.

삽교천의 추억

– 장모님을 그리며

처남 집에 장모님이 오셨다고 하여 전화를 하니 "아유! 우리 사위, 반가워. 잘 있었지? 보고 싶네." 하신다. "오늘은 차멀미 안 하셨어요?" 하니 웬걸, 차멀미 땜에 정신 없는데 목소리 들으니 다 나은 것 같다고 하신다. "모시러 갈까요? 내일 갈 텐데 오지 마." 하신다. 퇴근하여 집에 오니 마당을 쓸고 계셨다. "장모님! 또 일하세요? 오늘은 쉬세요."라고 말하니 "직장 생활, 고생 많지?" 하시며 반가워하시는 모습이 온화하고 포근하게 보이신다.

언제나 내색은 잘 안 하시지만, 가족을 편애하지 않고 사랑하는 마음은 끔찍하시다. 처가 앞 냇가에는 붕어, 미꾸라지, 송사리들이 떼를 지어 놀고 있다. 이 물이 삽교천으로 흘러 들어가고 있다. 삽교천은 당진, 합덕 인근에서 농사철에 농업용수를 제공하는 보고 역할을 하는 하천이다.

삽교천 공사는 쌀의 공급이 부족하여 보릿고개가 심하였던 70년대 식량 문제를 해결하기 위해, 아산시 방주면과 당진시 신평면을 있는 3.36㎞의 대규모 공사였다. 개펄이 었던 2,274ha 땅이 농지로 변하여 식량 부족을 해결할 수 있었고, 서울–당진 간 육로를 40㎞ 단축하는 효과를 거두었다. 장모님 생신을 맞아 가족들이 삽교천으로 나들이를 떠났다. 삽교천 공원은 가족 나들이에 안성맞춤이었다.

공원은 어른과 아이들이 즐길 수 있도록 올망졸망한 산책로와 아기자기한 시설로 꾸며져 있다. 바다와 호수가 연결된 갯벌 위로는 갈매기들이 옹기종기 모여 재잘대고 있다. 인근 식당에서 장모님의 생신을 축하해 드리고 오래오래 다복하시길 기원했다.

파란 하늘을 바라보며 야외에서 먹는 놓어와 도다리, 광어회는 너무 맛있었다. 다른 사람의 접시는 비어져 가는데, 내 앞의 회는 먹어도 줄지 않고 있다. 무의식중에 접시를 보니 장모님이 내 접시에 회를 올려놓으신다. 인자한 모습으로 미소를 짓는다. "나 회 안 좋아해!" 하시며 내 몫까지 들라 하신다. 멋쩍어하시는 모습을 보고 재빨리 회를 받아 접시에 올려놓고는, "감사합니다, 장모님! 맛있게 먹겠습니다." 하니 몹시 기뻐하시던 모습이 은은한 미소와 함께 떠오른다.

점심을 먹고 군함과 함정 탱크를 구경하고 갯벌로 조개와 굴을 따러 나갔다. 바닷물이 빠져나간 해변 여기저기엔 이름 모를 잡고기들이 옹기종기 모여 있고, 낙지와 조개들이 숨어 있다.

새파란 창공 속에 하얀 구름이 여러 가지 동물 모양을 하고 이리저리 흘러가고 있다. 시원한 바닷바람에 가끔 발견되는 조개와 소라들을 잡고 굴을 따며 보내는 시간이 즐

거웠다. 경험이 부족한 나는 소량의 조개와 굴을 따는 데 그쳤지만 즐겁게 지낸 것에 만족했다. 내 손으로 딴 굴 몇 개지만 싱싱한 굴을 집에서 맛있게 먹을 생각을 하니 저절로 군침이 돈다.

서울로 출발하려는데 "사위, 이리 와 봐!" 하고 부르신다. 가까이 가니 굴 한 봉지를 내미신다.

"아침에 바닷물 나갈 때 바닷가에서 따온 굴이야! 사위 주려고."

"이렇게 싱싱한 것을 저에게 주시면 어떡해요. 맛있게 요리해서 드세요."

"아니야, 우린 자주 먹어. 요새는 별맛이 없어. 모처럼 사위가 생일이라고 내려왔는데 줄 깃도 없고 가져가요. 바닷가에서 바로 따서 싱싱해."

"자주 찾아뵙지도 못해 죄송합니다. 늘 건강하세요."

"별소릴 다 하네. 직장에 매인 몸인데 항상 건강 조심하고 잘 살아요."

서울로 향하면서 굴 봉지를 바라보며 장모님의 인자하고 자애로운 모습을 떠올려 본다. 항상 가족을 편애하지 않고 지성으로 대하시기 때문에 동기간에 우애가 깊은 것 같다. 겉으로 내색을 안 하시지만, 표현하실 때면 감동을 주시니 참으로 대하기가 편안하다.

자신의 몸이 불편한 것을 생각하지 않으시고 가족 걱정을 하시는 마음은 때로는 곁에서 보기 힘들 때도 있지만 타고나신 심성 때문이라고 안위하기도 한다.

장모님과 이별한 지도 몇 해가 지나갔다. 오늘 시장을 지나는데 상가에 진열된 젓갈에 눈이 갔다. 서산 어리굴젓을 보니 삽교천의 추억이 떠오르며 장모님의 모습이 스쳐 지나간다. 아련히 떠오르는 삽교천에서 아기자기하고 즐거웠던 추억 속에 장모님의 모습이 떠오른다. 그때는 몰랐지만 지나고 나면 아쉬움의 나래 속으로 빠져들게 하는 것이 인간사인 것 같다. 빈자리를 크게 느끼고 허전함 속에 살아갈 때면 세월은 저 멀리 추억의 언덕에서 서성이고 있다.

직장인이라는 핑계로 자주 찾아뵙지 못해 죄송한 마음이다. 송구한 마음을 달래며 생각에 잠겨 있는 나를 향해 화사한 얼굴과 정겨운 목소리가 들려온다.

"아유, 우리 사위 반가워! 직장 생활 힘들지? 힘내요. 파이팅! 잘 살아!"

장모님은 온화한 미소와 함께 추억의 언덕 너머로 서서히 떠나신다.

가지 않은 길(The Road not Taken)

인생을 살아가다 보면 수많은 선택(choice)을 하게 된다. 어떻게 보면 우리의 삶 자체가 선택의 과정일 수도 있다.

대학, 결혼, 취업 투사 등 두 갈래 길에서 선택하고 기쁨의 환호성을 올리기도 하고, 때로는 '가지 않은 길'의 미련 때문에 후회하게 된다.

노란 숲속에 길이 두 갈래 있었습니다.

나는 두 길을 다 가지 못하는 것을 안타깝게 생각하며

오랫동안 서서 한쪽 길이 굽어 꺾여 내려간 데까지

바라다볼 수 있는 데까지 멀리 바라보았습니다

그리고 똑같이 아름다운 다른 길을 택했습니다

훗날에 훗날에 나는 어디선가

한숨을 쉬며 이야기할 것입니다

숲속에 두 갈래 길이 있었다고

나는 사람이 적게 간 길을 택했다고

그리고 그것 때문에 모든 것이 달라졌다고

위 시는 미국의 서정시인 로버트 프로스트가 숲속에 난 두 갈래 길에서 남들이 가지 않은 다른 길을 택해 갔다가 모든 것이 달라졌다고 후회하며 회상하는 내용이다. 우리가 인생을 살다 보면 무수한 선택의 길목에서 고민하게 된다. 그리고 걸어온 길보다 가지 않았던 길에 미련이 남아 있음을 알 수 있다.

동시에 두 길을 갈 수 없는 것이 우리네 인생이 아닐까? 바로 여기에 인생의 고뇌와 인간적 한계가 상충(相衝, trade-off)하게 된다. 자연의 제약과 주변의 환경 변화로 인해 인간의 욕구를 최대한으로 충족시키려면 다른 욕구를 희생시켜야 한다. 이 두 가지 상충하는 욕구 중에서 어느 한쪽의 욕구를 수렴하는 것이 '선택'이며 이는 우리 인생의 유한성을 이야기하는 것 같다. 선택의 비용은 적게 마련인데 이 비용을 기회비용(機會費用)이라고 한다.

기회비용은 하나의 재화를 선택했을 때 그로 인해 포기한 다른 재화의 가치를 말한다. 선택은 그 어떤 기회비용을 동반하는데, 이 부분에서 떠오르는 것이 미국의 서정시인 프로스트의 「가지 않은 길」이다. 나에게도 인생의 두 갈래 길목에서 선택해야 할 시기가 있었다.

1976년 금융기관과 공무원 채용 시험에 합격한 나는 상충되는 두 갈래 길목에서 고민해야 했다. 한동안 고민을 하고 있던 나는 지인과 친지에게 조언을 요청했다. 살기 어려웠던 70년대의 공무원의 봉급은 말 그대로 박봉이었다. 주위의 많은 공무원 친척은 한결같이 여건과 환경, 보수가 좋은 금융인의 길을 가라고 조언을 했다. 죽마고우 준성이는 공무원의 길을 택했고, 나도 준성이와 같은 길을 가고 싶었다. 혼자 가는 길도 아니고 둘이 같은 길을 가는 것이 수월해 보였기 때문이다.

금융기관으로 갈까? 며칠 밤을 뜬눈으로 고생을 하고 번민을 하였다.

과연 나는 어디로 가야 하는가? 인생 항로의 깃발을 올리는 첫 번째의 선택 길목에서 어떻게 해야 하나? 앞으로 살아가면 두 갈래 길이 여러 번 나올 텐데, 첫 번째 선택에 따라 나의 길이 달라지는데…… 과연 내가 선택한 길이 나중에 후회되지 않을까?

공무원의 길은 정해진 시간에 출퇴근하고 경우에 따라 승진도 빨리할 수 있고 최소한 사무관 이상은 승진할 수 있는데 그러면 출세하는 게 아닌가?

은행원은 공무원보다는 보수가 많고 안정적이지만, 많은 야근과 승진의 어려움, 대인 관계, 영업 추진 문제를 잘해 나갈 수 있을까? 그래! 나중에 내가 가지 않은 길 때문에 후회를 하더라도 금융인의 길을 가자! 금융인의 길을 택해 걸어온 30여 년의 세월, 평탄한 길은 아니었지만 나는 별로 후회하지는 않는다. 공무원의 길을 택한 준성이는 고급 공무원으로 승진하여 공직자의 길을 가고 있지만 나는 금융기관 지점장으로 근무하며 기회비용을 생각해 보았다.

과연 나의 기회비용은 얼마인가? 금융의 길을 택한 나의 기회비용은 공직의 길을 택하지 않은 것보다 작았다고 생각한다. 공직의 길을 택한 준성이는 고급 공무원의 직위에 올라 안정적인 생활을 하고 있다.

금융인의 길을 택한 나는 많은 동인과 만남의 끈을 이어 오고 각계각층의 수많은 고객과 풍요로운 만남의 기회를 통해, 나를 되돌아볼 수 있는 시간과 부도 얻을 수 있었다. 늦깎이 대학원생으로 상아탑에서 어린 학우들의 청춘에 동참하며 학문을 토의하는 시간도 즐거웠다.

두 갈래 길목에서 남들이 가는 공직자의 길을 갔을 때의 모습을 준성이를 보며 마음속으로 아스라이 걸어 본다. 그 길 속에서 교차하는 나의 걸어온 길을 살포시 그려 본다. 두 길 사이에는 희비의 쌍곡선이 있고 희로애락이 있다. 그러나 인생의 유한성 때문에 두 길을 선택할 수 없다. 인생은 살아가며 상충되는 두 갈래 길에 서서 선택을 하게 된다. 선택하는 길에 따라서 우리의 인생은 달라지고 각계각층의 다른 분야의 사람들을 만나게 된다. 그러면서 후회하는 삶을 살아가는 것이 우리네 인생이다. 내가 남들이 흔히 선택하지 않은 다른 길을 선택해 갔을 때 그 길을 택한 기회비용이 적어야 하지만 때로는 기회비용이 더 클 수 있다.

그러나 거기에 좌절할 필요는 없다고 생각한다. 내가 선택한 길에서 모든 것이 나쁜 것은 아니고 좋은 것도 있으니 거기에 순응하며 긍정적인 마인드로 살아간다면 나에게 득이 된다고 생각한다. 나는 가끔 두 갈래 길에서 상충하는 선택의 문제가 생기면 프로스트의 「가지 않은 길」을 떠올려 본다. 그리곤 선택을 하곤 한다. 남들이 가지 않은 길을 가겠다고 그 길로 인해서 나에게 돌아오는 기회비용이 크더라도 후회는 하지 않고 긍정적인 인생을 살아가자고 마음속으로 굳게 다짐해 본다.

어떤 이메일

　어린 시절에는 친구나 어른인 지인에게 소식을 전할 때 종이에 편지를 써 보냈다. 컴퓨터가 등장하면서 편지 대신 메일로 소식을 전할 수 있으니 참으로 편리한 세상이다. 직장 생활을 하다 보면 책임자와 직원 간에 직접 말로 이야기할 수 없는 경우가 생기는데, 이럴 때 메일이 상당한 소통 역할을 한다. 얼마 전에 받은 메일이 문득 머리에 떠오른다.

　"지점장님! 오랜만에 소식 전하죠. 미스 리예요. 아직 저 있지 않으셨지요? 오늘 생신 축하합니다. 오랜만에 메일 보내드리니 쑥스러워요. 지점에서 근무할 때 직원들 생일에 케이크 앞에서 책을 선물하시던 모습이 떠올라서요. 책도 한 권 보내 드렸어요. 지금은 다른 분야에서 근무하지만 어렵고 힘들 때는 지점장님이 보내 주신 메일을 보고 힘을 보태곤 해요. 늘 축복과 건강, 화목과 사랑이 함께하시길 기원합니다. 미스 리 올림."

　인사이동으로 지점을 이동하고 얼마 되지 않은 어느 날이었다. 한 직원이 고객과 잘 소통하지 못하고 있는 것을 보았다. 담당 책임자한테 물어보니 원래 성격이 그렇다고 하며 대수롭지 않게 대답을 한다. 속된 말로 내놓은 직원이다.

　나는 그 직원과 상담을 하며 사무실에서 본인의 어려운 점이나 고객과의 소통에서 어려움이 있으면 결재받을 때 이야기하거나 그것도 곤란하면 나에게 메일로 보내면 나만 알고 내가 해결해 주겠다고 했다. 그 대신 크게 부담은 갖지 말고 근무하라고 얘기했다. 회의 때 직원들한테도 메일로 어려운 일이나 상담을 요청하면 그 직원의 일을 내가 해 주는 한이 있더라도 최대한 들어 주겠다고 약속을 했다.

미스 리에 대한 나의 태도가 달라지자 일부 직원은 의아해하거나 시샘을 하였다. 나는 여기에 개의치 않고 그 직원에게 맞게 사무실 환경을 바꾸려고 노력했다. 연말 사무소장 인사고과 평점을 90점을 주니 윗분한테 전화가 왔다.

"지점장이 바뀌니 그 직원이 그렇게 열심히 일하나? 90점은 너무해. 1차 평점자가 90점 주면 나는 그 이상을 줘야 하는데 곤란하네."

"네! 알겠습니다."

사무소 실적을 올리려면 직원의 단합이 필요했다. 사무소장 인사고과에서 80점 이하가 되면 그 직원에게는 불이익이 돌아간다. 나는 항상 그 직원을 칭찬하고, 기를 살려 주려고 노력했다. 직원이나 고객이 보는 앞에서 더 칭찬해 주고 농담도 자주 하니 다른 여직원들이 시샘할 때도 있었다. 미스 리는 조금씩 마음의 문을 열고 자신의 어려운 마음들을 메일로 보내면, 나는 언제나 지금도 잘하지만 조금 더 신경 쓰고 고객과의 대화를 통해 내 고객을 많이 만들면 최고의 사원이 될 수 있다고 칭찬 메일을 보냈다.

미스 리는 시간이 지나면서 업무에 많은 변화가 있었고 고객과 잘 어울렸다. 결재받을 때 농담을 하면 받아 주고 사무실 분위기에 익숙해지는 것이 보기 좋았다.

착하고 유머 있는 직원인데 잘 어울리지 않는다고 그냥 놔두니 분위기에 적응할 수 없었던 미스 리. 더욱더 안타까운 것은 어머니가 병환 중이었다. 사무실에서 적응하지 못하고 집에 가면 어머니가 아프니 마음만 괴롭고 하소연할 사람도 없었다고 했다. 그런데 요즘 열심히 일하니 내심 보기가 좋았다. 어느 정도 사무실에 적응하기 시작할 때 내가 다른 지점으로 인사 명령이 났다. 집에 가니 이메일이 와 있다. 내가 다른 지점으로 옮기는 것에 대한 불안함과 아쉬운 마음이 담겨 있었다.

나는 새로운 지점장의 장점을 이야기하고 다음에 우리 지점으로 추천할 테니 조금만 참고 근무하라고 했다. 며칠 후 메일에서는 새로 오신 분이 나하고 너무 성격이 달라 불안하고 내 생각이 많이 난다고 하는 내용이었다.

사람 마음이 누구나 똑같은 법이 없나 보다. 미스 리는 얼마 후 사무실에 사표를 내고 떠났다. 나에게 고마웠다는 메일만을 남기고서. 나는 한동안 마음 한편에 찐한 감정을 지을 수가 없었다. 2% 부족하다는 어느 음료수의 광고처럼 만사 제쳐놓고 미스 리를 우리 지점으로 데려왔으면 사표를 안 내도 되었을 텐데…… 능력이 모자라는 나 자신이 한없이 후회되었다. 미스 리가 공무원의 길을 가고 있다는 소식을 듣고 출근하는 첫날, 축하의 난 화분과 함께 한 권의 책을 선물했다. 책 속에 축하의 마음이 담긴 편지를 동봉해서 보내니 매우 기뻐하는 메일이 왔다. 그리고 한동안 잊고 지냈는데, 뜻밖에 오늘 온정이 담긴 메일과 선물을 받고 보니 감회가 깊었다.

한때 같이 근무하던 직원이 다른 분야에서 활기차고 열심히 살아가는 모습을 메일을 통해서 보니 매우 기쁘고 기분이 좋았다. 지난날 사무실에서 근무하던 모습이 뭉게구름처럼 마음속 깊이 솟아난다. 어느 날 결재받으러 온 미스 리에게 "오늘 기분 좋은 일 있어? 얼굴이 아주 좋아 보여. 남자친구한테 전화 왔어?" 하고 물으니 옆에 있던 막내 미스 김이 "지점장님은 미스 리 언니만 좋아해. 싫어요." 하며 샘을 내자 빙긋이 웃으며 미소 짓던 순진한 그 모습이 떠올랐다.

이제는 다른 분야에서 열심히 살아가는 미스 리. 다음에 승진하면 나의 마음을 한 번쯤 이해하겠지. 그때는 나보다 더 좋은 책임자로 직원의 마음을 이해하고 다독이며 이끌어 가리라 생각한다.

어느 고객의 분재(盆栽) 화분

분재는 생명이 있는 식물을 소재로 분상에 표현하는 작은 생명 공간으로, 자연의 실체, 작가의 삶과 혼이 스며든 종합예술 작품이라 할 수 있다.

그만큼 작품화하기 힘들고 키우기 어렵다. 나에게는 10년 넘게 키우는 분재가 있다. 힘들고 어려울 때 곁에서 푸른 자태를 뽐내며 격려하고 성원해 주는 모습이 이젠 나의 분신처럼 느껴진다. 아담하고 보기 좋은 모양이 세월이 흐르니 가지가 무성하고 주위에 더부살이 생물이 어우러져 작은 반상의 공원을 이루며 살고 있다. 뿌리가 밖으로 나오고 분갈이를 해야 할 것 같아 화원에 가니, 아저씨가 예쁘게 손질하고 화분을 옮겨 놓으면서 분재가 70만 원으로 급등하였으니 더 잘 키우라며 웃는다. 문득 흘러간 추억이 나의 머리를 스치며 지나간다. 그날은 따스한 바람이 옷깃을 스치는 화창한 봄날의 오후였다.

"과장님! 어떻게 안 되겠어요?"

"지난번 말씀드렸지만 신용 대출 1,300만 원을 회수해야 연기해 드릴 수 있어요. 안 그러면 감사 때 직원의 책임과 변상이 따르거든요."

"지금 이자도 겨우 내고 있는데요. 어떡해요⋯⋯."

고객은 나에게 사정하신다.

"재건축을 했는데 분양이 안 되고 이자만 늘고 있어요. 연기 한 번만 해 주세요. 지점장님! 평생 은혜 잊지 않겠습니다. 경매 들어가면 추운 겨울에 거리로 쫓겨나야 합니다. 평생 공직 생활을 하며 모은 깨끗한 집 한 채입니다. 네? 부탁드려요."

아주머니는 간절한 마음으로 나를 보며 애원하신다.

"걱정되시지요. 저도 안타까운 마음입니다. 연기해 드리면 저야 괜찮지만, 직원 변상 문제가 따르는데…… 어떡하죠, 고객님."

아주머니는 300만 원을 내놓으시며 울며 사정하신다.

"사채로 빌려온 300만 원이에요. 지점장님, 한 번만! 네?"

옆에 계신 어머니가 팔을 붙잡고 눈물을 흘리셨다. 손수건을 드려도 떨어지는 눈물을 닦지 않고 힘없이 나를 바라보신다.

문득 시골에 계신 어머니의 모습이 떠오른다. 자신이 나이 드신 것은 모르고 언제나 자식 걱정을 하시는 어머니. 만약 처지가 바뀌었다면 어머니도 똑같이 눈물을 흘리며 애원하겠지. 그럼 나는 어떻게 해야 하나? 우선 내가 살고, 직원이 변상하지 않으려면 눈 딱 감고 '안 됩니다!' 하면 그만인데…… 그러면 어머니는? 연기가 안 되면 이자가 비싸지고, 그러다 집이 경매에 넘어가면 거리로 쫓겨나고, 하늘이 무너지는 심정이겠지.

나만 살고 어머니를 버려? 그럼 자식의 도리가 아니지. 그래, 도와드리자. 내가 책임지고 연기해 드리자. 일 년 후 외부감사가 나오기 전까지 1,000만 원을 조금씩 갚으라고 말씀을 드리고 연기해 드렸다. 밖에까지 배웅하고 나니 마음이 한결 후련하다. 1,000만 원이 크다면 크고 졸부들한테는 껌값에 불과하겠지만, 잘못되면 불우 이웃 돕기에 기부한 것이라고 생각하자. 나도 오늘까지 주위의 도움을 받으며 살아왔지 않는가. 개구리 올챙이 적 생각 못 하면 안 되지.

왠지 마음이 점점 포근하고 가뿐해진다. 창밖을 보니 새파란 하늘 위로 까치 두 마리가 깍! 깍깍 까르르 까르르! 하며 정답게 날아간다. 몇 년 후 다른 지점으로 발령이 났을 때 분재 화분이 편지와 함께 택배로 왔다. 분재 화분의 주인공이 누구인지 궁금했다.

'지점장님! 대출 연기 때문에 찾아갔던 정다운이에요. 어머니와 함께 뵈었는데 배려해 주신 덕에 잘 풀려 항상 고마운 마음 고이 간직하고 있습니다. 다른 지점 발령 나셨다는 소식 듣고 똑같은 화분을 샀어요. 하나는 제가, 또 하나는 마음을 고이 담아 보내 드립니다. 언제나 건강하시고 늘 행복하세요. 정다운 드림.'

아! 그 고객님, 잘되셨구나. 나는 깜박 잊었는데 정말 다행이다, 다행이야. 분재를 대하니 죄인처럼 사정하시던 안쓰러운 표정과 지금은 안정된 생활을 하시는 행복한 모습이 캡처되어 떠오른다. 현재의 모습을 상상하려 해도 또다시 떠오르는 과거의 모습이 내 마음에 잔산한 파도가 일게 한다.

그만큼 가식 없이 나를 대해 준 참모습 때문이라 생각한다. 왜? 통상적인 축하 난이 아닌 가꾸기 힘든 분재를 선물로 보내셨을까? 아무리 생각해도 답이 안 나온다.

겨우 생각한 것이 어려운 금융 환경 속에서 목표를 추진하다 지쳤을 때, 분재를 보며 힘을 얻고 힘차게 나가라는 뜻으로 받아들였다.

금융기관의 키워드는 여러 가지가 있지만 그중의 하나는 돈과 고객, 직원이다. 그만큼 고객과 직원은 끊을 수 없는 무한한 사랑과 애정이 깃들여 있다고 본다.

많은 돈을 예금이나 대출하셨다가 돌아가는 고객을 정문 밖까지 배웅하며 인사하는 나의 고객 사랑 신념인지 모른다. 흘러간 추억의 언덕에서 떠오르는 고객님의 모습을 살포시 그려 본다. 수마가 휩쓸고 지나가며 흙탕물이 소용돌이치는 강가에서 지푸라기라도 잡는 심정으로 나를 향해 하염없이 절규하고 애원하는 듯한 그 눈빛을 나는 차마 외면할 수 없었다.

'그 애절한 눈빛 속에' 나는 고객의 진정성을 느꼈다. 그리고 나 자신을 믿었다. 후일 잘못되어도 내가 선택한 일이기에 책임진다는 자세로 일을 처리했다. 항상 고객이 나에게 급여를 준다는 '고객 사랑' 신념을 가지고 있었기 때문이다.

직장은 고객과 직원으로 구성된 하나의 분재이고 국가는 커다란 분재 화분이라 생각한다. 우리의 인생도 화분 속의 모래알이나 조약돌 같은 작은 구성원이 모여 있는 하나의 축소된 분재라고 생각한다. 화분 속에 잡풀이 있고 죽은 가지나 메마른 잎새가 있듯 구성원 간의 갈등도 있게 마련이다.

성장에 기본이 되는 영양분은 뿌리에서 해결해 준다. 직원은 뿌리의 영양을 공급해 주는 중요한 역할을 한다. 고객의 예금 관리와 대출을 해 주고 여유 자금으로 외부 투자를 하여 고객과 사회의 구성원으로 봉사한다. 화창한 날씨 속에 흘러간 추억을 살포시 떠올려 본다. 아담하고 조그만 분재가 지금은 튼실한 분재로 커 가는 것을 볼 때마다, 항상 정겨운 마음으로 성원해 주시는 고객님의 온화한 모습을 그려 본다. 그리고 늘 건강과 축복이 함께하시길 기원하며 나에게 책임질 일이 생길 때는 한 번쯤! 상대방의 입장에서 생각하고 배려하며 살아가자고 다짐해 본다. 어차피 우리는 국가라는 커다란 분재 속에 공생하며 살아가는 하나의 작은 생명체이기 때문이다.

일감호의 추억들

일감호 주위에 개나리, 진달래, 야생화가 만발하여 마음을 포근하고 아늑하게 한다. 남쪽의 와우도에서는 까치가 깍! 깍! 깍! 하고 소리치며 반겨 준다.

호수가 한반도 모양과 비슷하다고 하여 와우도를 제주도라 하거나 혹자는 건국의 상징인 소머리섬이라 한다. 일감호를 걸으며 흘러간 상아탑에서의 2년 반의 시간을 추억 속에 그려 본다. 상아탑의 언덕 위에서니 교수님과 대학원 동기들의 다정다감한 모습이 눈앞에 아른거린다. 힘들고 포기하고 싶을 때 나에게 힘을 주고 다정하게 감싸 주던 마음의 안식처 일감호. 지점장으로 근무하며 여러 계층의 고객과 대화를 나누다 보면 항상 작아지는 나 자신을 느꼈다. 이럴 때면 대학원에 입학해 지식을 넓히고 새로운 세계에서 학문을 토의하며 시간을 보내고 싶었다.

막상 실행하려니 학과 선택의 문제가 남아 있었다. 취미를 살리느냐, 아니면 나의 직업과 연관이 있는 경영대학원을 가느냐의 고민이 생겼다. 글쓰기를 좋아하고 수필에 관심이 많은 나는 국문학과가 있는 대학원에서 '문학'을 토론하고 연구하며 장래 저명한 수필가의 길을 가고 싶었다.

대학원에 전화를 하니 원서 마감이 끝나 내년에 입학하라고 한다. 조금은 서운하였지만, 전공을 살려 건대 농축산 대학원 식품유통경제학과에 원서를 냈다. 대학원 입학은 녹록하지 않았다. 전체 지원자가 100여 명이 넘었고 내가 지원한 식품유통경제학과는 4명을 선발하는 데에 20명이나 지원했다.

대기실에서 농업 관련 연구실 지원자와 대기하고 있는데 소식이 없어 면접실로 가니 교수님이 웃으시며 어디 있다가 이제 오시느냐고 묻는다. 나는 면접 인원이 많아 직원이 지정하는 대기실에 있었다고 하니, "그래도 시간을 보셔야지요." 하며 웃으신다.

"집으로 갈까요, 교수님?" 하니 이왕 오셨으니 "면접 보고 가셔야지요. 그냥 가면 아쉽지 않으세요?" 하시며 빙그레 웃으신다. 일주일 후 경쟁률도 높고 면접 시간에 늦어 감점을 받아 떨어졌거니 하고 합격자 명단을 보니 내 이름이 올라 있어 너무 기뻤다. 나중에 교수님이 나를 합격시킨 이유를 말씀하셨다. 원래 시간이 지나 감점인데 이력서에 나타난 직장에서의 각종 지역사회 봉사활동, 고객 관리 사례, 표창, 특히 늦은 나이에 상아탑에서 공부하려는 의욕에 감동하였다고 하신다. 이왕에 대학원에 오셨으니 열심히 하여 박사과정까지 마치라고 하신다.

대답은 하였지만 걱정이 앞선다. 영어로 수업하는 경제학 강의도 힘들었지만, 학기 중에 실시하는 영어 시험을 통과해야 하니 밤에 잠이 안 온다. 대학원은 아무나 가는 곳이 아닌데 나이 들어 괜히 사서 고생을 한다.

식품 · 축산 · 유통 · 경제 · 금융 분야에 내로라하는 직위의 책임자와 직원, 농축산 분야의 사업을 하는 경영자들, 농축산 식품부의 사무관 이상 공무원이고 보니 자존심도 강하고 학문의 열기 또한 대단했다. 토론에 집중하다 일감호로 나오면 청둥오리들이 꽥꽥하며 반갑다고 따라온다. 하늘에는 수많은 별이 머리 위에서 장난을 치고, 인근 스타시티의 휘황찬란한 불빛에 비친 일감호에 가마우지 한 쌍이 불빛에 취해 졸고 있다.

5월 축제는 화합의 장이고 한마음이 되는 건국 사랑의 날이었다. 과별로 삼삼오오 모여 앉아 술잔을 마주치며 축배를 들다. 흥이 나면 서로가 학과를 초월해 어울린다. 학부와 대학원생 선배들이 술잔을 마주치며 상허 유석창 박사님의 제자에 대한 자긍심과 학교의 무한한 발전과 영광을 위해 건배를 하였다. 초대 가수와 함께하는 야외무대에서 학부생과 술잔을 마주치며 손뼉을 치고 환호하던 시절이 떠오른다. 함께 어울리며 젊은

피가 되고, 청춘의 물결 속에 동화되어 〈젊은 그대〉를 열창하던 그때가 그립다.

축제를 즐기다 와우도로 향하는 보트 위에서 젊음을 만끽하며 환호하는 학부생에게 손뼉을 치고 불같이 환하게 타오르는 청춘의 나래를 부러워하며, 흘러간 세월의 아쉬움을 남몰래 달래고는 하였다. 젊음에 동화될 수 있었기에 상아탑의 생활은 마냥 즐거웠고 흘러간 세월의 향수 속에 낭만을 즐기며 어울릴 수 있어 좋았다. 식품유통경제학과에는 20여 명의 대학원 원우들이 학문을 연구하고 학업에 열중하는데, 연령층이 다양하지만 항상 화기애애하고 즐겁다. 학문을 논하고 시험 때는 서로 경쟁을 하지만 한잔 술에 회포를 풀고 서로 존경하고 농축산의 오늘과 미래에 대한 이야기를 나눈다.

한 달에 한 번 실시되는 현장경영학습은 은근히 기다려진다. 대학원 관련 분야 기업이나 선배 회사를 찾아 경영의 노하우와 경영관, 경영 사례 등을 학습하며 현장 체험을 하고 학문을 토론하는 시간을 갖는다. 서산에서 현장체험학습을 하고 우리 일행은 지인을 따라 선상 낚시를 떠났다. 배 위에서 선장이 낚싯대를 걸어 주고 미끼를 바다에 던지면 낚싯대에 소식이 온다. 건져 올리니 조그만 광어가 한 마리 걸려 나온다. 시작이 반이라고 좋아하는데 여기저기서 광어와 도다리가 걸려 나왔다.

한동안 소식 없던 내 낚싯대에서 짜릿한 감촉이 온다. 낚싯줄을 살살 당겼다 놓아 주길 몇 번 하며 끌어 올리니 커다란 농어 한 마리가 걸려 나온다. 선장님과 합동으로 재빨리 농어를 배 위로 끌어 올리니 푸드덕푸드덕하며 놀란 듯 큰 눈으로 나를 쳐다본다. 선머슴에 걸려든 눈먼 농어였지만 제법 큰놈이라 기분이 좋았다.

선상에서 소주를 반주 삼아 먹는 농어, 광어, 도다리회는 너무 맛있고 입에 살살 녹는다. 산들바람에 수줍은 속삭임은 우리의 마음을 포근하고 아늑하게 한다.

술잔을 부딪치며 외치는 '건배' 속에 우리는 하나가 되고 신선이 되어 구름 위를 훨훨 날아가는 것 같았다. 호사다마라 할까. 맑은 하늘이 서서히 어두워진다. 갑자기 하늘에서 비가 쏟아지기 시작하고 바람이 분다. 배가 이리저리 흔들리고 선장은 제자리를 지키라고 크게 소리친다. 배가 흔들리자 모두가 뱃전을 잡고 구명조끼가 벗겨지지 않게 안간힘을 썼다. 한 사람이 나뒹굴고 토하니 또 다른 사람이 맛있는 회를 바다에 쏟아 낸다. 재미있고 조금은 힘들었지만 그래도 오랜만의 나보다는 너를, 우리 '식품유통경제학과'를 생각하는 뜻깊은 하루였다.

섬진강 인근에서의 고택체험학습은 잊지 못할 추억으로 남는다. 오랜만에 향교가 있고 양반들이 후학을 가르치는 서당에서 옛날로 돌아가, 조상을 생각하며 학문을 논하는 장소여서 숙연하며 조심스럽고 경건한 마음을 가졌다. 주제의 결론은 나지 않고 밤은 점점 깊어 가고 있다. 토론 중 마신 술 때문에 자리에 들었는데 비몽사몽간 옆에서 부스럭 소리와 이상한 소리가 들렸다. "아유, 추워! 내 이불! 내 이불! 어디 있는 거야!" 나는 소리 나는 쪽을 쳐다보았다.

이원우가 석좌교수님의 이불을 홀랑 끌어가 덮고 있었다. 이어 반주로 들려오는 소리. "형님! 술 한잔! 술맛 좋아요! 어서 들고 주세요!" 하며 잠꼬대를 하고 있었다. 얼마까지 장관이셨던 석좌교수님의 이불을 끌어간다는 것은 감히 엄두도 못 낼 일이었다. 나는 벌떡 일어나 재빨리 관리실에서 이불을 가져다 덮어 드렸다. 그날 아침 편안하게 잘 주무셨느냐고 하니, "자긴 잘 잤는데, 저녁에 비가 왔는지 이불은 덮었는데도 약간 추웠어." 하신다. 옆에 있는 원우를 슬쩍 꼬집으며 나는 웃었다. 영문도 모르는 그는 "왜 그래요, 형님? 간밤에 무슨 일 있었어요?"란다.

"아냐! 나도 몰라. 저녁에 비가 많이 왔나 봐! 나도 이불을 덮었는데 추웠어."

영문을 모르고 곤히 단잠을 자고 난 학우를 실망시킬 수 없었다. 대학원에서 5학기는 아쉬움이 남는 시간이다. 얼마 안 있으면 상아탑의 문을 나서고 정든 원우와 헤어져야 하기 때문이다. 대학원 과정을 마치려면 전공을 살려 논문을 작성하든가, 종합시험에 통과되어 석사 학위를 받는 방법이 있다.

나는 논문으로 석사 학위를 취득하고 싶었다. 논문은 기록으로 남아 있어 다른 사람이 내가 연구한 논문을 읽어 보고 인용할 수 있다고 생각하니 마음이 뿌듯해졌다. 막상 논문을 쓰려고 하니 잘 안 된다. 머리가 아프고 몇 번이고 포기하고 싶은 마음이 든다. 포기도 힘들다. 여기까지 왔는데 남들이 뭐라고 할까? 창밖을 보니 화창한 날씨가 나의 마음을 자꾸 유혹한다. 일감호를 바라보니 와우도 쪽으로 흰 구름이 짝을 지어 두둥실 흘러간다.

노송이 우거진 와우도 나뭇가지 위에 흰 구름이 걸터앉아 까치와 장난을 치며 놀고 있다. 유혹을 뿌리치지 못하고 계단을 나서는데 유석창 박사님이 보인다.

독립운동가이며 농촌운동가인 건국의 아버지 상허 유석창 박사님! 앞에만 서면 나는 항상 존경하고 작아지는 마음을 느낄 수 있다.

"영호야! 포기하지 마라! 네가 걸어온 길을 한번 되돌아보아. 너는 할 수 있다." 하시며 내가 어느 위치에 서야 하는가를 뒤에서 포근하게 토닥여 주신다.

청심대에 이르면 마음이 포근해진다. 많은 선배가 학문을 연구하다 지친 마음을 추스르고 재충전하며 미래의 희망을 쌓아 가던 청운의 장소였다. 청심대 벤치에 앉아 흘러간 세월 속에 그리운 얼굴을 추억의 언덕 너머로 떠올려 본다. 지도교수이신 최승철 교수님의 온화하신 얼굴이 떠오른다.

내가 논문을 포기하고 학점 학위 졸업을 하고 싶다고 하면 빙그레 웃으시며, "대학원에 오신 목적이 있으시죠? 경륜도 있고요. 그럼 하셔야죠? 결승점이 보이는데 통과하셔야죠. 되돌아가시겠어요?" 하시며 격려해 주셨다.

김기현 교수님은 나에겐 잊지 못할 교수님이다. 논문을 쓰다 지친 몸으로 일감호의 벤치에서 생각에 잠겨 있으면 연구실에서 내려오셔서 "피곤하시죠?" 하며 자판기에서 음료수를 가져다주시며, "힘내세요! 지점장님! 이제 다 왔는데 마지막 관문을 통과하셔야죠? 여태까지의 경륜과 노력이면 걱정 안 하셔도 됩니다." 하시며 환하게 웃으시던 그 모습이 지금도 아스라이 떠오른다.

늦게 시작한 대학원 과정이지만 공부에 대한 열의는 남달랐다. 학문의 내용이 고객과의 대화에서 인용될 수 있을 때는 너무나 즐겁고 뿌듯했다. 젊은 피들과 어울려서 토론하고 술잔을 마주치며 건배할 때는 내 마음이 점점 젊어지는 것 같고 젊음의 파도 속에 소용돌이치는 것 같아 너무나 좋았다.

논문이 통과되고 졸업하는 날, 왠지 나의 상아탑 생활이 끝나는 것이 너무 허전하고 아쉬웠다. 대학원 교정을 거닐다 몇 번이고 되돌아보며 꿈이 아니기를, 정든 강의실 맨 앞자리 내 책상과 걸상을 어루만지며 아쉬운 석별의 정을 수없이 표현해 보았다. 이대로 이 자리가 영원히 계속되었으면 하는 마음이 든다.

상허 유석창 박사님의 앞에 서니 오늘은 더욱 인자하신 모습이다. "영호야! 이제 졸업이구나. 그러나 끝이 아니다. 이제껏 배운 학문을 인용하고 사회에 환원하며 앞으로 더욱 공부에 정진해야 한다." 하시며 등을 두드려 주신다.

졸업식장에서 석사모를 쓰고 총장상을 받을 때는 더욱더 아쉬움이 앞선다. 졸업장을 반납하고 몇 년 더 다니고 싶다. 내일부터 나는 강의실도 없고 책상도 없다. 이 시간엔 나는 무엇을 할 것인가. 젊은 피들과 어울려 미래의 농업에 대해 연구하고 토론하던 그 시절이 그립다. 지치고 힘들 때 대화하며 거닐던 일감호에 추억은 다시는 머무를 수 없는 순간이고, 나를 되돌아보는 사색의 시간이었다.

나는 대학원 생활의 애증이 깃든 일감호의 길을 너무 좋아한다. 항상 나에게 힘을 주시는 상허 유석창 박사님이 계시고, 대학원에서 정담을 나누고 강의를 해 주시던 교수님들과 대학원 동기들의 아기자기한 정겨움과 사랑의 추억이 알알이 스며 있기 때문이다.

일감호는 나에게 항상 꿈을 주고 사랑을 일깨워 준다. 힘들고 어려운 일이 있을 때 찾아오면 마음이 평온해지고 때로는 숙연해지는 생활의 안식처, 나의 대학원 시절의 젊은 피들과 학문을 토의하며 낭만과 꿈이 서린 애증의 호수로 마음속에 영원히 남아 있기 때문이다.

초대받지 않은 축하연(祝賀宴)

– 고객의 가슴에 내 마음을 심고서

축하연은 가족이나 친지의 경사스러운 일이 있을 때 축하해 주기 위해 여는 잔치다. 대부분 가까운 사람이 모여 정담을 주고받으며 기쁨과 고마움을 나누는 시간이다. 요즘은 가까운 사람을 초대하거나 식당에서 소박하고 조졸한 자리를 마련하고 있는데, 아마도 서양 문화에 익숙해져 가는 현실을 보는 것 같다.

아직도 일부 계층에서는 많은 사람을 초대해서 흘러간 추억을 회상하고 정담을 나누며 흥겨운 행사를 하곤 한다. 이들 행사에 금융기관 지점장은 단골손님이다.

주위에 금융 점포가 10여 개가 넘는 지역이다 보니 예금과 대출, 보험 상품 유치경쟁이 치열하고, 특별추진 기간이면 뭉칫돈이 여기저기로 물 흐르듯 넘나들고 있다. 지금은 오만 원권 돈다발이 졸부들이 이용하는 지하 금고 속에 숨어 있지만, 당시는 예금이율이 높아 큰돈이 수면 위에서 숨 쉬고 있었다.

고액 예금주 대부분이 여성 고객이라 우리나라가 여성상위시대로 변해 가는 느낌이 든다. 물론 나이가 지긋하신 고객이나 젊은 사업가도 많지만, 그분들은 접대하기가 단순하다.

정현지 고객은 내가 지점장을 하면서 잊지 못할 고객 중의 한 분이다. 며칠 전 대규모 아파트단지 대출을 추진하고 오니 많은 예금이 K은행으로 빠져나갔다.

특별추진 기간이라 예상은 했지만, 믿었던 고객이 5억을 K은행으로 가져간 것은 뒤통수를 맞은 것처럼 너무 아쉬웠다. 지점장으로 부임해서 처음 공들여 추진한 예금이 1년

후에 다시 빠져나가니 너무 허전했다. 며칠 전 일이 떠오른다. 점심 식사를 모시겠다고 하니 호호호 하고 웃으며 "지점장님! 감사합니다. K은행 지점장님과 선약이 있어요. 그분은 저하고 6년 거래를 하였지만, 지점장님은 1년밖에 안 되었잖아요. 다시 신중히 생각해 볼게요. 점심 맛있게 드세요. 호호호!" 하며 전화를 끊던 여운이 되살아난다.

그날 저녁 집으로 찾아가니 안 계셨다. 전화 약속을 했는데…… 특별한 약속이 있어 외출했다는 가족의 말을 듣고 선물과 수필집을 전해 드렸다. 시와 책 읽기를 좋아하는 그녀의 마음을 헤아려 보려는 심정이었다. 그런데 오늘 내가 없는 사이 창구에서 고액을 찾아가신 모습을 떠올리니 마음이 착잡하고 힘이 빠진다. 그래, 내가 K은행 지점장보다 거래 경력이 짧으니 그건 그렇다 치고, 좋아하는 시집과 수필집을 생일날 보낸 것도 공수표였나? 금융기관에서 산전수전 다 겪은 나였지만 오늘 같은 일이 벌어지면 힘이 쑥 빠진다. 어떻게 대처해야 빼앗긴 예금을 되찾아 오나? 빼앗긴 들에 봄날은 언제 오려나…… 잡풀만 무성하니.

오후에 어 과장이 결재를 받으러 왔다.

"점장님! 힘내세요, 저도 착잡한 심정인데 지점장님 마음 같겠어요. 다음 달 7일이 여사님 생신이신데, 좋은 아이디어로 잃어버린 예금 10배로 찾아오지요. 지점장님은 글쓰기를 좋아하시잖아요? 마음에 와닿는 빼어난 글솜씨로 고객님 마음을 되돌려 보세요. 시 읽기도 좋아하는데, 진정으로 생일 축하 시를 써 보내세요. 물론 선물도 여직원하고 상의해서 고르세요. 아유! 열 받아. 열 받네요, 지점장님! 디스코 춤이나 노래 부르기로 예금 추진 시합하면 내가 이길 텐데…… 힘내세요! 지점장님! 충성!" 하고 어 과장이 거수경례를 하며 나의 마음을 다독여 준다. 그래! 어 과장 덕분에 아침마다 직원들하고 기타 치며 노래하니 제법 노래 솜씨가 늘었어. 언젠가 기회가 반드시 오겠지. 이렇게 당하고만 있겠어?

생일 전날 서점에서 예쁜 시집과 수필집을 사고 백화점 상품권을 들고 집으로 찾아가니 또 안 계셨다. 문전 박대를 당한 기분이다. 여러 번 당하니 면역력이 생겨 실망은 종전보다 작아졌다.

상대는 6년 지기이고, 나는 1년밖에 안 되는데…… 어떻게 같을 수 있겠어.

내가 할 수 있는 것은 예쁜 글로 마음에 문을 열게 하여 예금을 유도하는 수밖에 없다. 친구에게 부탁하고 내가 여러 번 수정한 '생일 축하' 시가 고요한 마음의 바다에 잔잔한 바람을 일으켜 예금으로 돌아오길 바랄 뿐이다.

K은행뿐 아니라 다른 은행과 투신, 보험, 상호신용, 금고, 예금이라도 추진하자. 된다는 심정 오직 그 하나뿐이었다. 가족들 호응에 종전보다 나아졌지만 돌아오는 것은 허공에서 들려오는 메아리뿐이었다.

애교 많고 호호 웃으면서도 잡힐 듯 잡히지 않는 변화무쌍한 여심을 움직이게 할 묘안이 떠오르지 않는다. 1년은 속절없이 지나 버렸지만 앞으로 1년은 10년을 함께한 지인처럼 고객을 대하자. 정이 듬뿍 깃든 내 마음을 고객의 잔잔한 가슴속에 살포시 심어 보자고 다짐해 본다.

그날은 예금, 대출, 보험이 많이 추진되어 직원들과 회식을 하였다. 분위기가 무르익어 가고 직원과 지점장의 '건배'의 잔이 힘차게 울려 퍼지자 식당 사장님이 다가와 반갑게 술잔을 권하신다. "지점장님! 현지 시아버지 고희연 아시죠?" 하며 초대장을 보여 주신다.

"초대받으셨죠? 저야 친구니까 당연히 왔고요."

"사무실에 있겠지만 잠깐 보여 주세요. 언제인가요?"

"5월 20일 12시 W호텔이에요."

핸드폰에 입력하고 사무실에 와서 확인하니 초대장이 없다. 관리사무실에 물어보아도 다른 사람은 있어도 나에게 온 초대장은 없다. 그래, 나와 K은행 지점장을 동시에 초청하면 껄끄러워할 테니 나를 빼 버렸겠지. 나는 언제나 다음이니까. 자존심도 상하고 마음이 편치 않았다. 아! 애달픈 이 마음! 샐러리맨의 비애여!

나는 예금주 시아버님 축하연에 '초대받지 않은 금융기관 지점장'이었다.

더구나 그날은 본부에서 1박 2일 지점장 세미나가 있는 날이라 어차피 갈 수 없는 날이었다. K은행은 지점장 못 가면 그래도 부지점장이 참석할 텐데, 나는 뭐지…… 또 당한 것에 기분이 착잡하다. 여태까지의 일이 번번이 공수표가 되고 헛다리만 짚은 나 자신이 초라하고 창피해 보였다. 열 길 물속은 알아도 한 길 사람 속은 모른다고 하는데…… 더군다나 변화무쌍한 여자의 갈대 같은 마음을 내가 어떻게 아나? 그걸 알면 예금도 빼앗기지 않았지. 1년과 6년이라는 세월의 강이 이렇게 먼 거리일까? 그냥 포기해 버릴까?

그래, 속 시원히 포기하자. 그럼 다음에 이보다 더 큰 시련이 다가오면 어떻게 하지. 그때는 그때 가서 생각하자. 그럼 K은행 지점장은 쾌재를 부르며 아주 좋아하겠지. 나의 몰골은 형편없이 구겨지고…… 아냐! 일어서자! 그럴 수 없어! 하지만 자존심이 너무 상했다. 그래, 위기지만 기회로 만들자! 초대받지 않았지만, 당당히 참가하자. 어차피 밀져야 본전인데…… 본부의 연수 책임자에게 전화로 사정을 말하니 몹시 안타까워하며 나에게 더 힘을 실어 준다. 그날 축하연에 참석하여 꼭 성공하시고, 오후 늦게 참석하라고 격려해 준다.

그날은 날씨가 너무나 화창했다. 진달래가 만발하고 종달새가 지저귀는 산속 연회장인 W호텔 라운지는 많은 인파로 붐비고 있었다. 그들 중에서 두 사람, 나와 어 과장은 '초대받지 않은 하객'이었다.

당당하게 대형 화환을 앞세우고 연회장으로 향했다. 주인공에게 인사를 드리고 축하해 드렸다. 고맙다는 시아버지와 남편 옆에서 당황해 보였지만 미소를 띠는 그녀의 단아한 모습을 보았다. 호수같이 잔잔하며 물 흐르는 듯한 엷은 미소의 의미가 무엇을 뜻하는지 몰랐다.

초청 가수의 공연이 끝나고 분위기는 절정으로 달리고 있다. 주인공이신 아버지의

흘러간 옛 노래 속에 하객들은 추억의 언덕으로 향하고 있었다. 이때 어 과장이 디스코 춤을 추며 앞으로 나가 태진아의 〈동반자〉를 멋들어지게 부르며, 가족들과 사모님께 블루스 춤을 유도하고 반주로 어르신에게 세배를 드리니 분위기는 '짱'이었다. 여기저기서 "앙코르! 앙코르!" 하는 소리가 나오며 주인공인 아버지와 어머니와 하객들이 어 과장의 앙코르 송인 현철의 〈사랑은 나비인가〉 노래에 맞추어 춤을 추며 흥겨워하신다.

흥겹게 춤을 추시다 나에게 와서 어깨를 두드리며 바쁜데 참석해 줘서 고맙다고 잔을 권하시는 모습이 고향의 아버지처럼 온화하셨다. 외톨이가 된 K은행 부지점장은 자리에 없었다. 분위기를 완전히 반전시킨 어 과장이 자리에서 일어나 "이 자리에 계신 저의 지점장님은 저보다 더 잘하시는 분위기메이커입니다. 이 자리로 모시겠으니 큰 박수 부탁합니다." 하며 나를 소개한다.

나는 "오늘 저와 어 과장을 초청해 주신 가족분들과 주인공 두 분이 오래오래 장수하시고 백년해로하시길 기원합니다."라는 말씀을 드리고, 축하 자리인 만큼 나훈아의 〈건배〉를 분위기에 맞춰 멋지게 불렀다. (때로는 듀엣으로 호응하는 분위기메이커 어 과장의 리드가 일품이었다.) 퇴근하며 댁에 들러 거듭 축하드린다고 하니 두 손을 잡고 반가워하시는 시어머니의 손이 따스하고 포근하게 느껴졌다.

2주일 후, 25주년 결혼기념일에는 장미꽃 100송이와 서점에서 예쁜 시집과 음악 CD를 샀다. 친구에게 부탁한 생일 축하 시를 dear you 축하 카드로 이메일 발송하였다. 한편으로 축하 시를 감미로운 음악과 함께 음성 녹음하여 카톡으로 보냈다.

며칠 후 고객님은 화사한 웃음과 함께 지점을 방문하셨다.

"호호호, 지점장님! 고마워요. 제가 한번 튕겨 보았어요. 속마음 떠보려고요. 전에도 다른 은행에서 여러 번 찾아오셨지만 10여 년을 주거래 은행으로 거래한 K은행에 푹 빠졌거든요. 지점장님도 다른 지점장님처럼 생각하고 얼마나 가나 튕겨 보았지요. 호호호. 허공에 뜬 메아리에 실망하셨겠지요?

저는 매우 흥미진진했어요. 시나리오가 어떻게 전개되나 하는 궁금증도 생기고요. 시도 잘 쓰시네요. (사실은 친구가 써 주고 첨삭을 했음) 제가 아름답고 화사하며 우아한 공주처럼 보이네요. 호호호, 감사해요. 그런데 요즘은 변화의 물결로 한 발짝씩 빠져드는 것 같아요. 지점장님은 한결같으시고 열성적이세요. 그리고 팔방미남의 부하직원을 두셔서 너무 부러워요. 호호호! 행복하시겠어요. 지점장님.

장미꽃 100송이 정말 고마워요. 25주년 결혼기념일에 남편한테도 받지 못한 좋은 선물을 지점장님한테 받으니 기분이 너무 좋아요. 오늘 보답하러 왔어요."

하시며 20억 원을 정기예금과 금융 상품에 가입하셨다. 그 후 친구와 지인들을 모시고 와서 30억 원을 예금으로 유치해 주셨다. 이제는 우리 지점의 충성 고객으로 활동하고 계신 고객님을 생각하며, 오늘도 고객의 마음속에 내 마음을 심는다고 다시 한번 다짐해 본다.

10여 년을 거래한 은행을 하루아침에 바꾸기는 어렵지만, 창구를 찾는 고객에게 새로운 1년을 십년지기처럼 고객 응대를 하는 진솔하고 소박한 마음가짐, 고객의 마음까지 파고들어 혼과 정성을 다하는 튼실한 고객 응대 자세가 중요하다고 생각한다.

고객이 처한 환경과 분위기 파악, 다양한 인간관계, 다른 고객 니즈 등 삼고초려의 심정으로, 고객이 부르면 잠자리를 빼고는 어디든지 간다는 고객 감동의 마인드를 실행한다면 고객을 위한 금융 세일즈는 성공할 수 있다고 생각한다.

농협중앙회 청주교육원 공모전
'나의 금융 세일즈 성공 사례' 최우수 수상작

홍 노인과 농민신문

　농민신문은 농사 정보와 경제 · 문화 · 금융 · 스포츠 소식 등 다양한 정보를 농민과 고객에게 전해 준다. 요즘은 농산물 홍보 매체로 독자들에게 농산물 사은품 증정과 농촌 민박 알선, 전국 부동산 정보 제공, 농협 문예대전, 농민신문 서예대전 실시 등으로 농민뿐만 아니라 일반인도 많이 보고 있다.

　농협에 적을 두고 있는 나에게는 농민신문은 삶의 일부였고 많은 에피소드를 남겨 주었다. 토요일 근무를 할 때의 일이었다. 어음교환 수표가 돌아오지 않아 마감을 못 하고 직원들과 잡담을 하고 있는데, 탕탕탕! 하며 정문 셔터 두드리는 소리가 났다. 비상문을 열어 드리니 아주머니 한 분이 들어오시면서 수표(10만 원권 10장) 분실신고를 하러 왔다고 한다. 월요일에 어음교환을 통해 돌아온 수표 10매를 부도 처리를 하고 선의의 피해자들과 합의하여 아주머니에게 최소한 금액인 20만 원만 손해를 보게 하였다.

　문제는 며칠 후에 일어났다. 홍 노인이 영업장에 나타나 큰소리를 치며 나를 부른다. "이봐! 김 과장! 너 혼 좀 나 볼래? 내가 어떤 사람인지 똑똑히 보여 줄까? 은행에서 20만 원을 왜 떼먹어! 금쪽같은 내 돈 당장 내놔!" 하며 야단법석을 떤다. 응접실로 안내해서 자초지종을 얘기했지만 소용이 없다. 수표를 잊어버린 사람은 딸이었다. 인근 식당에 모시고 가서 앞으로 사무실에 오실 때마다 20만 원만큼 음식 대접을 하기로 하고, 쌀 막걸리 한 잔을 따라 드리니 순대와 함께 맛있게 드신다. 사무실로 모시고 와서

차를 대접해 드리고 신문을 갖다 드리니 다른 신문은 제쳐 놓고 농민신문만 열심히 보신다.

농사짓는 데 도움이 되어 본다고 하신다. 감나무의 병에 대한 기사를 열심히 읽고 계셔서 사무실에서 파는 농약을 드리니 고맙다고 하며 빙그레 웃으신다. 괄괄한 성격에 사무실에서 또 소란을 피울까 걱정되었는데, 뜻밖에도 농민신문에 약한 면이 있으셨다. 집에 여러 가구가 사는데 신문이 가끔 안 온다고 하신다. "신문이 안 올 때 제게 연락하시면 제가 보는 신문이라도 보내 드리죠." 하니 "정말이야? 고마워!" 하시며 내 손을 꽉 잡으신다.

그해 어느 여름날의 일이었다. 하루 휴가를 내어 지인 집에 있는데 신문이 안 왔다고 집까지 가져다 달라고 한다. 휴가 중이라고 하니 화를 내시면서 "이 사람아! 지난번에 나하고 철석같이 약속하고 인제 와서 거절하면 어떡해!" 하며 짜증을 내신다. 분실 수표에, 농민신문까지 얽혀 휴가도 마음껏 못 보내는 나 자신이 매우 원망스러웠다. 겨우 진정시켜 놨는데 또 떠들면 내가 큰 죄인처럼 보이고 사무실 체면이 말이 아닌데······ 그래, 가자! 휴가 반납하고 내가 좀 더 희생하자. 고객인 농민과의 약속인데 지켜야지. 헐레벌떡 신문을 가지고 집에 도착하니 마당 한가운데 있는 감나무에 감이 주렁주렁 열려 있다. 가지 한쪽에는 병이 들어 썩어 가는 감이 보인다. 지난번에 농약을 드렸는데 안 치셨나. 집 안을 여기저기 살펴도 할아버님이 보이지 않는다.

허름한 방문을 열다가 나는 깜짝 놀랐다. 커다란 개가 나를 보고 짖으며 곧 나에게 덤벼들 자세다. "아이고! 큰일 났구나." 가는 날이 장날이라고 저놈한테 걸리면 나는 이제 끝장이다! 문을 급히 닫고 나오는데 뒤가 좀 이상해서 돌아다보니 백구가 줄을 끊고 나와 으르렁거리며 덤빌 태세이다. 얼마나 놀랐는지 정신이 없다. 나는 얼떨결에 방문 앞의 지팡이를 잽싸게 잡고 방 안으로 뛰어들어 문을 쾅 닫았다. 그래도 내 딴엔 순발력이 좀 있었던 것 같다. 창문에서 밖을 쳐다보니 동구 밖 논에서 일하고 계시는 노인이 보였다.

뒷문을 살짝 열고 호신용 지팡이를 들고 낮은 포복으로 살살 걸어 나오는데 저쪽에서 백구가 쏜살같이 나에게 달려온다. 나는 홍 노인을 향해 정신이 없이 뛰었다. 개가 점점 나와의 거리를 좁히며 달려온다. 그래, 안 되겠다. 저놈하고 나하고 기 싸움을 한 번 하자.

속으론 매우 무서웠지만 어찌할 방법이 없다. 숨을 쥐구멍도 없는 외나무다리이다. 갑자기 내가 서서 눈을 크게 뜨고 뒤돌아보자 백구도 경계심을 가지고 뒷발을 탁탁 차며 으르렁거리고 덤빌 자세를 취한다. 나는 호신용 지팡이를 빙글빙글 돌리며 백구를 노려본다. 백구가 점점 거리를 좁히고 다가온다.

순식간에 내 앞으로 달려들자 얼떨결에 백구의 주둥이를 힘껏 내려쳤다.

지팡이에 주둥이를 정통으로 얻어맞자 백구가 '어이쿠! 아파! 백구 아파!' 하며 잠시 주춤하더니 씩씩거리며 다시 달려들려고 한다. 나는 점점 힘이 빠져 논바닥 물에 빠질 각오를 하며 재빨리 손에든 농민신문을 속옷 가슴에 넣었다.

벼를 좀 상하게 할지라도 물리는 것보다 논에 빠지는 것이 나았다고 생각했다. 그때 논에서 이 광경을 본 노인이 "백구야! 백구야! 이리 와." 하고 부른다. 순간 백구는 나를 뒤로하고 주인에게 쏜살같이 달려갔다.

개에게 혼난 나는 안중에도 없이 논두렁에 앉아 신문을 읽어 내려가는 홍 노인이 야속했다. 덤으로 장마에 허물어진 논둑을 3시간 동안 고쳐 드렸다. 기진맥진한 몸으로 논두렁에 앉아 쉬고 있는 나에게 홍 노인은 시원한 막걸리 한 잔을 따라 주시며 올가을 풍년이 들면 일한 품삯을 쌀로 주신다고 하신다.

나는 속으로 오늘 휴가로 액땜했다고 생각했다. 이 노인이 오는 날, 사무실에서 어떻게 피하는가를 생각해 보았다. 사실 골이 좀 쑤시고 아픈 하루였다. 그 후 열흘에 한 번꼴로 찾아오시면 신문을 모아 두었다가 드리고 인근 식당에 모시고 음식을 대접했다. 처음에는 힘들었지만, 이제는 농담도 하며 제법 친해졌다.

그해 어느 가을날이었다. 아침에 사무실로 오신다는 전화를 받고 모아 놓은 신문을 챙겨 드리면서 본부 회의 때문에 외출한다고 인사를 하니 좀 기다리라 하신다. 잠시 후 사무실 근처 꽃집에서 빨리 오라고 전화가 왔다.

꽃집에 들어서니 홍시 한 상자와 쌀 두 말을 나에게 주신다. "이게 무엇이에요?" 하니 나를 쳐다보며 빙그레 웃으신다.

"자네가 감나무 병 농약 사 준 덕분에 올해 감이 주렁주렁 많이 열렸어! 자네 주려고 가져왔네."

"고맙습니다. 감은 직원들하고 맛있게 먹겠습니다. 그런데 쌀 두 말은 가져가세요. 제가 받을 자격이 없거든요."

"이 사람아! 이건 품삯이야! 자네가 농민신문 가져온 날 생각나?"

"아이고, 그날은 생각하기도 싫어요. 그놈의 백구에 물려서 한동안 병원 신세 질 뻔했는데요. 생각만 해도 소름 끼치고 끔찍해요."

"하하하, 그때 우리 집 허물어진 논두렁 고쳐 준 품삯이야! 내가 가을에 추수해서 준다고 했잖아. 자네한테 여러 번 점심 대접받은 것도 미안해서 인심 한번 쓰려고. 나도 한번 자네 대접해야 명분이 서지. 어서 이 쌀 집에 가져가. 아키바레(추정벼) 쌀인데 기름이 좔좔 흐르고 얼마나 맛있는지 몰라."

"그래도 좀 곤란한데요. 염치없고요."

"이 사람이 아직도 내 맘을 몰라? 자네가 안 가져가면 내가 가만 안 있어. 또 영업장에서 큰소리치고 떠들 거야. 지난번 수표 사건 생각나잖아. 사무실에서 소리 지르고 떠들어 볼까?"

"아, 아닙니다. 제가 가져가야지요. 힘들게 가져오셨는데요."

"백구가 보고 싶어 하는데 한번 찾아와."

"백구! 그놈이 요새는 저한테 덤비지 않고 꼬리를 살살 흔드는 것만 보아도 저는 감지덕지한대요. 하하하."

"이 사람아! 백구가 자네 오는 발걸음 소리만 들어도 펄떡펄떡 뛰며 얼마나 좋아하는데. 이젠 자네 팬이 되었어."

"여기 있는 쌀 두 말은 제가 가지고 가겠습니다. 안 가져가면 혼나겠어요."

그 후 나는 항상 나 자신을 더 겸허하게 반성하는 시간을 가졌다. 사무실에 방문하실 때마다 더 신경 써서 잘해 드렸다. 참으로 농심이 무엇인가를 나에게 가르쳐준 홍 노인. 우직하면서도 성격은 급하고 괄괄하셨지만, 평생을 농사를 지으시며 땅의 철학 속에서 살아오신 '농민신문 마니아'이셨다.

나는 신문을 읽고 난 다음, 버리지 않고 열흘 동안 쌓아 놓는 습관이 있다. 홍 노인에게 모아 주던 그 시절의 생활이 습관화되어 지금도 나를 추억의 울타리 속으로 한없이 빠져들게 한다.

모두가 농민신문에 대한 아련한 향수병 때문이 아닐까. 신문을 보면 지난날 추억 속의 한 분인 홍 노인과 끊을 수 없는 인연의 끈이 세월의 언덕 너머로 아스라이 물안개가 되어 떠오르기 때문이다.

농민신문 창간 50주년 기념
'농민신문에 얽힌 에피소드' 수필 우수상 당선작

어떤 편지

　라일락의 은은한 꽃 내음이 물씬 풍기는 5월의 어느 날, 책장을 정리하다 빛바랜 한 통의 편지를 발견했다. 하나로마트에서 점장으로 근무하던 시절, 이 대리의 깜찍하고 유머러스한 모습이 화사한 미소와 함께 눈앞에 아스라이 떠오른다.

　그 시절 간부 직원의 승진고시는 너무 어려웠다. 1년에 수백 명의 응시자 중에서 몇 명을 선발하고 ○×문제에도 문제당 0.5점의 감점이 있었으며 실무도 90점은 넘어야 겨우 합격할 수 있었다. 힘든 나날이었지만 그래도 서로를 늘 격려해 주는 직원들이 있었기에 3과목에 합격한 나는 실무 한 과목을 자신을 가지고 공부했고 시험 성적도 좋아 마트 가족과 축배를 들었다. 그러나 발표하는 날, 나의 이름은 없었다. ○×문제의 감점이 나의 발목을 잡은 것이다.

　쥐구멍에라도 숨고 싶은 절박한 심정 때문에 가시밭길의 나날이었다. 나의 마음을 더욱더 슬프게 했던 것은 나를 의지하고 격려하며 자신들도 할 수 있다는 자신감을 가졌던 마트 가족의 실망한 모습을 먼발치에서 보고 차마 얼굴을 마주 대할 수 없었던 것이다.

　저들은 힘든 일상 속에서 나의 합격으로 대리 만족을 얻으려고 했는데…… 방황과 좌절 속에서 20여 일의 시간이 흘러간 어느 날 오후, 나의 책상 위에 장미꽃 한 다발과 수필집 한 권이 배달되었다. 언제나 힘들고 어려울 때 늘 나를 위로해 주고 격려해 주면서 미소를 잃지 않았던 미스 리의 정성스러운 편지가 들어 있었다.

'점장님! 힘드시죠^^ 꼭 합격하실 줄 알았는데…… 제 마음이 이렇게 아프고 눈물을 평펑 쏟을 지경인데 점장님 마음은 오죽하시겠어요? 그래도 저희를 위해 힘내셔야죠? 언제까지 이렇게 좌절하고 계실 거예요? 저희도 힘들어요. 힘내세요, 점장님!!! 파이팅!!! 내일부터 다시 예전의 활기찬 모습으로 당당하게 돌아와 주세요! 저희가 곁에 있잖아요? 수필집 한 권 사 보았어요. 마음에 드실지…… 저희 마음이라 생각하시고 읽어 주세요. 점장님 파이팅!'

유안진 님의 『솔로에서 듀엣으로』라는 수필집을 읽으며 나 자신이 한없이 부끄러움을 느꼈다. 그래! 다시 시작하자! 마트 가족을 위해서도…… 몇 해 전 친구들과 시내에서 거리를 거니는데 누가 뒤에서 "지점장님!" 하고 부른다. 반가운 그 목소리에 뒤를 돌아보니 미스 리가 예쁘고 해맑은 모습으로 웃고 있었다. 어찌나 반갑던지…… 정답게 손잡고 이야기를 나누는데, 뒤에서 신랑이 웃으며 인사를 한다. 결혼식장에서 보았지만, 더 얼굴이 화사하고 젊어 보였다.

"지점장님! 저 잊지 않으셨지요?"

"내가 어떻게 이 대리를 잊겠어? 고생도 많이 했는데…… 잘 대우해 주지 못하고…… 언제나 미안한 마음뿐인걸. 힘들고 어려울 때마다 화사하고 명랑한 그 모습이 많이 생각나."

그때 명랑하고 은은한 미소와 함께 "정말요?"라고 했다.

"그럼 언제 신랑하고 셋이서 식사 한번 해야지. 옛날에 마트 식구들하고 내가 한번 멋지게 쏠게! 그나저나 더 예뻐졌어. 신랑이 잘해 주나 봐."

화사한 미소와 정감 어린 목소리 너무나 행복하고 사랑스러운 모습 속에서 하나로마트에서 근무할 때의 재치와 유머, 다정다감한 모습이 아스라이 물안개 되어 떠올랐다. 힘들고 어려웠던 그 시절의 마트 직원의 화사한 웃음과 모습들도 떠오른다.

해마다 2월이면 승진고시가 실시된다. 지금은 과장자격시험으로 한 단계 완화되고 수월하여 수십 명씩 합격을 하고, 승진한 사람은 기분이 날아갈 듯이 기쁘지만 하나로마트나 경제사업장에서 어렵게 근무하며 탈락하는 직원도 있기 마련이다.

한순간 마음은 쓰라리고 좌절감을 느끼겠지만 너무 실망할 필요는 없다고 생각한다. 한 해 먼저 승진했다고 반드시 승자가 되는 것은 아니다. 늦게 승진했어도 자기의 역량과 환경에 따라 빨리 승진할 수 있는 것이 사회가 아닌가? 그러기에 우리 인생은 후회하며 살아가는 길고 끝없는 항해의 연속이 아닐까?

라일락의 그윽한 모습과 아카시아의 은은한 꽃향기가 풍겨 온다. 지금은 어느 하늘 아래서 오순도순 행복하고 아기자기하게 꿈을 키우며, 행복의 파랑새를 잡기 위해 살아갈 동인의 모습을 창공 위에 흘러가는 흰 구름 사이로 살포시 그려 본다. 늘 건강과 행운 속에 가족의 다복을 함께 꽃피우길 기원하면서……

어머니의 텃밭

3장
······

꿈에 본
내 고향

아버님 칠순연에 부쳐

산세 좋고 인심 후한

내 고향 이천 땅에

김해 김씨 김령군파

둥지를 엮으셨네

모진 풍파 헤치며

오 남매를 키우실 때

오뉴월 보릿고개

섧다 섧고

다 큰 자식 시름에

동구 밖 은행나무 잎처럼

떨으신 아버님 어머님

종달새도 서러워

소리 내지 못한 가난의 굴레

이제야 봄볕처럼 아스라한

그 시절이 그립습니다

주름 잡힌 농사 걱정에도

자식 사랑 넘쳐 활짝 피어난

아버님, 어머님

오늘 그 넓고 푸른 은혜 앞에

작은 정성 바치오니

오래오래 지지 않고

푸른 세상 즐기소서

산세 좋고 인심 후한

내 고향 이천 땅에

부모님 닮은

라일락 꽃향기 가득합니다

당숙 아저씨

　며칠 전 친척으로부터 당숙 아저씨가 병원에 입원하셨다는 소식을 듣고 나는 황급히 병원으로 향했다. 병원에 도착하니 아저씨는 나의 손을 잡으며 말없이 눈물을 흘리셨다. 언제나 건강하시고 활달하며 뜨겁게 느껴졌던 아저씨의 손은 따뜻했으나 힘이 없으셨다.

　나는 눈물을 참으며 "아저씨! 왜 여기 누워 계세요? 이 자리는 아저씨가 누워 계실 자리가 아니잖아요. 어서 빨리 일어나세요. 아저씨!"라고 말했다.

　오랜만에 찾아온 내가 반가워서일까? 아니면 바쁘다는 핑계로 늦게 찾아온 나에 대한 원망의 눈물일까? 아저씨는 계속 눈물을 흘리셨다.

　아저씨의 얼굴 속에서 흘러간 학창 시절이 조용히 머리를 스치고 지나간다.

　중학교 때 잘나가던 집안이 빚보증 때문에 기울기 시작하면서 서울에 일가친척이 별로 없던 나는 늘 고향에 대한 향수에 방황하고 공부를 제대로 하지 못했다. 그런 나에게 위안이 된 것은 행당동에 살고 있으셨던 당숙 아저씨였다.

　어릴 때부터 이웃에 사시며 친부모나 다름없던 아저씨가 서울로 이사를 오셨으니 나는 너무 기뻤다. 행당동에서 쌀가게를 차리신 아저씨는 처음에는 많은 고생을 하셨다. 눈 감으면 코 베어 가는 그 시절, 순박한 시골 사람이 서울에 가게를 차렸으니 기존 가게와 동네 사람들의 텃세가 나날이 심해졌다. 자신의 지인이나 친척을 이용해 쌀 주문을 시켜 배달하러 가면 허탕이고 주인이 없어 나중에 쌀값을 받으러 가면 쌀값을 떼이기 다반사였다.

아저씨는 묵묵히 초심을 잃지 않고 정직과 성실한 마음으로 쌀가게를 운영하셨다. 시간이 지나며 동네 사람들은 품질이 좋은 이천 쌀을 싼 가격에 판매하는 아저씨의 순박함과 우직함에 감동하여 쌀 주문이 쇄도했고, 인근 동네까지 주문이 늘어나며 사업이 나날이 번창했다.

수박, 참외, 고추 등의 특용작물을 제외하면 수입이 없는 농촌에서는 가을에 추수해야만 돈이 나오니 언제나 나는 돈이 궁핍했고, 돈 잘 쓰는 친구들이 부러웠다.

3/4분기 등록금은 늘 아저씨한테 빌려서 내고 돈이 필요하면 동생과 함께 아저씨 댁에 들렀지만, 어린 마음에 눈치가 보였다. 염치없이 찾아가면 아저씨는 언제나 웃으시며 "영호야! 힘들지? 고생하는 엄마, 아빠 생각해서 공부 열심히 해라! 돈 걱정하지 말고. 나 돈 잘 벌어. 돈이 필요하면 언제든지 아저씨한테 찾아와." 하시며 등을 두드려 주셨다.

아저씨 댁에 돈을 빌리러 가는 날은 포식하는 날이었다. 친어머니 같은 아주머니는 쌀이 귀한 5~6월에도 추정벼 쌀밥에 쇠고기로 나와 동생을 포식시켜 주시며 집에서 먹으라고 부식과 멸치, 뱅어포, 김치, 깍두기를 싸 주셨다.

살기 어렵던 그 시절, 장사하시며 친자식도 아닌 친척에게 6~7개월씩 무이자로 돈을 빌려주고 싶은 사람이 어디 있을까?

가을 추수가 끝나 아버지가 약소하다고 원금과 얼마의 돈을 봉투에 넣어 건네면, 아저씨는 "형님! 이러시면 저 화나요. 우리 사이가 남입니까? 공부하는 애들이 힘들지요. 제가 힘듭니까? 저 힘들지 않아요. 형님! 돈도 잘 벌고요." 하시며 내려가실 때 교통비를 하시라고 얼마의 돈을 더 넣어 주셨다.

서울에서의 중학교 시절은 나에게 시련의 세월이었다. 경제적 어려움과 사춘기의 방황으로 나는 원하던 고등학교 입시에 떨어지고 말았다.

주위 환경도, 삶도 싫고 모든 것이 허망했다. 모두가 나 자신의 노력이 부족했고 방황 때문에 실패한 것인데, 공연히 엉뚱한 곳에 분풀이만 하였다. 동생에게는 내색도 안 하고 이튿날 장충단 공원으로 향했다. 서울 지리는 잘 몰랐지만, 중고교 농구 경기 때문에 장충체육관은 친구와 자주 들러서 겨우 알았다.

장충단공원에 많은 사람이 삼삼오오 모여 정담을 나누고 짝을 이루어 산책하는 모습이 몹시 행복해 보였다. 저들 속에 내가 있지 않고, 왜 나만 이렇게 힘들게 살아가는가. 나 자신이 너무나 서글퍼졌다. 남산을 지나서 이런저런 생각을 하며 한강 다리를 무작정 걷고 있는데, 소리 없이 내리던 하얀 눈이 진눈깨비가 되어 나의 몸에 떨어지고 있다.

그래! 진눈깨비라도 실컷 맞으며 정신 차리고 살자. 그때 누군가 뒤에서 "영호야!" 하고 나를 불렀다. 뒤돌아보니 당숙 아저씨가 웃으며 서 계셨다.

"눈이 많이 내리는데 네가 여기 웬일이니?"

"남산에 들렀다가 한강 구경 좀 하려고요. 아저씨는요?"

"오늘 이 근처에서 친목회가 있어서 술 한잔했다."

술 깨려고 바람 쐬러 나왔다고 하시면서 나의 어깨에 손을 가만히 얹어 놓으셨다.

그날 저녁 아저씨는 동생과 함께 나를 근처 식당으로 데리고 가서 저녁을 푸짐하게 사 주셨다. 소고기 불백에 육개장, 구수한 동태찌개가 얼마나 맛있었던지 그동안의 힘들고 고통스러웠던 마음이 아저씨와 정담을 나누며 스르르 녹는 것 같았다. 아저씨는 버스정거장까지 배웅 나온 나에게 말없이 2만 원(지금의 20만 원)을 쥐여 주셨다. 괜찮다고 했지만 억지로 주머니에 넣어 주셨다.

그날 집으로 향하면서 나는 그런 아저씨가 곁에 계신 것이 얼마나 감사하고 눈물겨웠는지 모른다. 고교 입시 철, 눈 내리는 저녁에 한강을 거닐고 있는 나의 모습을 보고 측은하게 생각하시고 큰돈까지 주시며 나를 격려해 주시던 그때 아저씨의 모습을 나는 한시도 잊지 못했다.

취업하고 아저씨, 아주머니에게 조그만 선물을 들고 찾아갔을 때 내 일처럼 펄쩍펄쩍 뛰며 반가워해 주시던 아저씨! 그때 모습이 나의 머리를 스치고 지나간다.

직장 생활을 하고 나서는 가끔 아저씨 집에 들렀지만, 그 후 아저씨가 다른 곳으로 이사하시면서 자주 찾아뵙지 못했는데…… 아저씨를 병원에서 뵙게 될 줄이야. 바쁘다는 핑계 아닌 핑계로 은덕도 모르고 생활인으로 안주해 온 나 자신이 한없이 부끄럽고 송구스럽다. 개구리 올챙이 시절 생각 못 한다는 말이 나를 두고 하는 말같이 느껴져 아저씨 얼굴을 똑바로 바라보지 못했다.

그러기에 인간의 마음은 간사하고 자가당착적인 삶을 살아가는 허무한 존재가 아닐까. 자신이 힘들고 어려웠던 일들은 잘 기억하고 살아가지만 남이나 친지에게 도움을 받고 있던 과거의 추억들은 까마득히 잊어버리고 살아가는 것 같다.

그들 중의 한 사람이 나 자신처럼 느껴져서 송구스럽고 괴로웠다. 편안하게 주무시는 아저씨의 손을 가볍게 잡으며 추억의 언덕을 넘어서는데 창문 사이로 라일락의 그윽한 향기가 은은하게 스며 왔다.

학창 시절에 2/4분기 등록금을 내기 위해 아저씨 댁을 방문했을 때 화단에 피어 있던 라일락의 그 향기처럼 점점 더 진하게 나의 콧등을 스치면서 그 시절 아저씨의 온화하고 화사한 얼굴과 함께 지나간다.

"아저씨! 늦게 찾아와서 죄송해요! 용서해 주세요. 빨리 완쾌하셔서 옛날로 돌아가서 함께 정담을 나누시고, 지나간 시절 은혜에 보답할 기회를 주세요. 아저씨!"

아저씨는 나의 말을 들으셨는지 얼굴에 가볍게 미소를 지으셨다.

추억의 정거장

(친지, 지인)

　어려운 시절 방황하고 있을 때 나를 이끌어 주시고 격려해 주신 지인의 다정한 모습이 떠오릅니다.

　깜박 잊고 무심코 지나온 세월을 반성하며 추억의 그 시절로 돌아가 정담을 나누세요.

　며칠 후 시간을 내어 감사의 마음을 전해 보세요. 지인은 활짝 웃으며 등을 두드려 주시겠지요.

박종흡, 〈조약돌과 파도 수채〉, 2011년

박종흡

화가, 수필가, 서울대 법대졸, 국회사무처 입법차장(차관), 그림과 수필집 『사과 한
알 때문에』, 개인전 인사아트 센타(2013.10.23.)

메밀묵과 찹쌀떡

얼마 전 지인의 집에서 식사하며 정담을 나누는데 어디선가 작은 소리가 들려왔다. 그 소리는 집 근처로 점점 크게 들려왔다.

"메밀묵, 찹쌀떡. 메밀묵 사려어, 찹쌀떡."

오랜만에 들은 정겨운 소리에 나는 반가운 마음이 들어 밖으로 나가서 "아저씨! 메밀묵 아저씨!" 하고 불렀다. 나이 지긋하신 아저씨가 나를 쳐다보신다. "아저씨! 메밀묵 여섯 모하고 찹쌀떡 열일곱 개 주세요." 하니 아저씨는 나무상자에서 메밀묵과 찹쌀떡을 건네며 고맙다고 연신 허리를 굽히신다.

아저씨의 허름한 모습 속에 지나간 60~70년대의 추억이 머리를 스치고 지나갔다. 지금은 쌀이 남아돌지만, 그때는 쌀이 부족하던 시절이었다. 논 모양도 지금같이 바둑판 모양으로 되어 있지 않고, 비가 와야 모내기를 할 수 있는 천수답의 논이 절반이었다. 비가 오지 않아서 농사를 지을 수 없는 논이나 밭에는 메밀을 심었다. 황무지에 심은 메밀은 비가 안 내려도 죽지 않고 잘 살았다.

늦가을이면 수확한 메밀을 도리깨로 털어 앙금을 만들어 놓았다가 겨울철 긴긴밤을 보낼 때 야식이나 손님 접대용으로 사용하였다. 찹쌀도 귀해서 추석, 생일, 설날 등 겨울철 긴긴밤에 마을 노인들께 찹쌀떡 모찌를 만들어 대접하였다.

겨울이 되면 동네 할아버지들이 우리 집 사랑채에 모이셨다. 한쪽에서는 마작이나 바둑, 장기를 두시고, 또 다른 방에서는 삼국시대 설화나 조선시대의 실록이나 왕비열

전 등을 아이들에게 읽어 주시곤 하였다.

초등학교 시절의 시골에는 라디오가 있는 집도 몇 집 안 되었기 때문에 호롱불이나 등잔불 밑에서 할아버님들이 번갈아 읽어 주시는 설화나 실록, 야사의 이야기는 너무 재미가 있었다. 할아버님들은 아이들의 흥미를 끌기 위해 재미있고 무서운 내용은 실제처럼 흉내를 내며 읽어 주셨다. 무서운 이야기를 듣다 캄캄한 밤에 화장실도 못 가고 쩔쩔맸던 기억도 있다.

날씨는 어찌나 추웠는지 장작불을 화로에 담아서 방 안에 넣고 추위를 달래고 있었다. 호롱불 앞에서 어른들이 읽어 주시던 이야기를 초롱초롱한 눈망울로 귀담아듣고 있노라면, 화로에 얹어 놓은 군고구마의 구수한 향기가 옛이야기에 빠진 우리를 한없이 유혹한다. 책 읽기가 끝나면 어머니와 아주머니들은 어른들과 아이들에게 줄 메밀묵과 찹쌀떡, 녹두빈대떡을 만들어 야식으로 주셨다. 메밀묵과 찹쌀떡이 너무 맛있어서 부엌으로 가면 어머니는 조금 남겨 두었던 메밀묵과 찹쌀떡을 주시곤 하였는데, 따끈따끈한 부뚜막에 앉아 먹던 그 맛이 지금도 생각난다.

서울에서 동생과 같이 자취 생활을 할 때도 '메밀묵과 찹쌀떡'은 아련한 향수를 불러왔다. 눈 내리는 겨울날, 보름달은 중천에서 온 세상을 환하게 비추었다. 12시가 가까워져 오면 구성진 가락으로 골목 여기저기를 누비고 다니는 낯익은 소리가 들려왔다.

"메밀묵 사려어, 찹쌀떡. 메밀묵 사려어, 찹쌀떡."

문밖을 내다보면 메밀묵 장수 아저씨가 보였다. 배에서는 벌써 꼬르륵꼬르륵 소리가 나며 어서어서 하고 나를 재촉한다. "아저씨!" 하고 부르며 천 원을 내밀면 아저씨가 메밀묵 한 모와 찹쌀떡을 일곱 개를 주신다. 원래는 여섯 개지만 어린 내가 부르면 안쓰러운지 하나를 더 주셨다. 기분이 좋으시면 깨어지고 부서진 메밀묵 덩어리를 덤으로 주셨다.

용돈을 절약해서 가끔 사 먹던 메밀묵과 찹쌀떡 맛이 어찌나 꿀맛이었는지…… 아마도 힘들고 배고픈 어린 시절의 흘러간 추억담이라고 할까?

지금은 살기가 좋아졌지만, 그 당시 70년대의 우리나라 농촌은 너무 살기 어렵고 빈곤하였다. 보릿고개가 있었던 어린 시절의 쓰리고 가슴 아픈 사연들…… 그러기에 추억은 아름답고, 흘러간 세월이 아쉬움으로 남는 것이 우리의 인생사가 아닐까?

그 시절을 겪지 않은 지금의 아이들은 어떻게 생각을 할지 모른다. 지금도 그때가 가끔 생각난다. 올망졸망 둘러앉아 할아버지들이 이야기책을 읽어 주시던 사랑방은 세월의 흐름 속에 허물어져 갔다. 어른들은 세상을 떠나고 안 계시지만 고향 사랑방의 따스함과 정겨움의 사연들은 아직도 떠오르며 그리워진다. 지인 집 근처에서 사 먹은 메밀묵과 찹쌀떡은 옛 맛은 아니었지만, 정겹고 아기자기한 향수 속에 머무른 세월 속의 여운은 변함이 없다.

돌아오지 않는 추억의 강 속에 흐르는 어린 시절의 메밀묵과 찹쌀떡의 애환이 버팀목 되어 오늘의 내가 있었다고 생각한다. 찬 바람이 세차게 불어오는 겨울날이면, 소복이 쌓인 하얀 눈을 '뽀드득뽀드득' 밟으며 들려오는 추억의 연가가 나의 귓전을 스치며 지나간다.

"메밀묵, 찹쌀떡. 메밀묵 사려어, 찹쌀떡. 메밀묵 사려어, 찹쌀떡."

고향 예찬(故鄕禮讚)

　고향은 언제나 나의 마음을 포근하고 아늑하게 감싸 준다. 힘들거나 괴롭고 어려운 일이 있을 때 고향을 방문하면 형언할 수 없는 무엇이 마음속에 솟아나 나를 즐겁게 한다. 고향은 나에게 꿈과 희망, 사랑을 안겨 주는 보금자리이며 마음의 둥지다. 그래서 사람들은 고향의 흙냄새와 싱그러운 풀 향기가 그리워서 기쁜 날, 명절이면 조상의 얼이 깃든 고향을 찾고 향수를 달래는 것이 아닐까.

　나의 고향은 경기 이천이다. 이천(利川)은 한자 뜻대로 하면 이로운 하천이라는 뜻으로 한강의 상류인 복하천(福河川)이 시내를 흐르고 있다. 이천의 유래는 주역에 나오는 이섭대천(利涉大川)이라는 말에서 유래되었다.

　이섭대천(利涉大川)은 큰 내(복하천)를 건너가니 이로운 일(전쟁에서 승리)이 발생했다는 뜻으로 쓰인다. 고려 왕건이 후백제군과 전투하기 위해 복하천에 도착하였는데, 홍수로 범람하여 건널 수 없어 후퇴하려고 하였다. 그때 이천의 위인인 서희 장군의 선대조 '서목 선생'의 도움으로 내를 건너 후백제와의 전쟁에서 승리하였다. 태조 왕건은 이천 복하천에 이르러『주역』에 나오는 이섭대천이라는 글귀에 첫 글자인 利와 끝 글자 川을 따와 이천(利川)이라 명명하였다고 한다.

　한강 지류인 이천은 역사적으로 인근의 죽주산성과 함께 삼국시대의 치열한 영토 전쟁의 중심지였던 곳으로 유명하다. 땅이 비옥하여 옛날부터 왕의 진상품인 임금님표 이천 쌀과 도자기의 특산지로 알려진 나의 고향 이천. 서울에서 한 시간 이내의 거리로 구만리 넉고개를 넘으면 설봉산과 설봉공원이 눈앞에 와닿는다.

설봉호수는 60년대 보릿고개 시절
의 장날이면 아버지와 어머니가 소머
리국밥을 드시고, 호숫가를 거닐며 인
생 설계를 하시던 사랑과 애정이 깃든
호수다. 복하천은 평소에는 농업용수
를 제공하지만, 장마철이면 인근 이포

나루에서 황쏘가리와 황복, 잉어, 가물치 등이 몰려와 많은 사람이 강가에서 고기를 잡
으며 산치를 벌이고 복매운탕을 맛있게 끓여 먹었다.

이포대교를 거쳐 영월사로 향하는 송말리, 도립리, 경사리에는 100년 넘은 산수유나
무가 마을을 뒤덮고 군락을 이루며 노란 강물이 수줍게 흘러가듯 한 폭의 수채화를 보
여 주고 있다. 산수유 향에 묻혀 영월사를 지나 원적산에 이르면 용 비늘처럼 표피가
붉은 소나무 가지들이 마치 봉황이 용트림하듯 올라가는 반룡송(蟠龍松, 천연기념물
381호)이 의연하게 나타난다.

고려 성종 때 거란군 80만 명이 쳐내려와 나라가 풍전등화처럼 어려웠던 때 이천 출
신 서희 장군이 단독 필마로 적진을 뚫고 들어가 적장 소손녕과 대적하여 능숙한 외교
술로 담판하여 거란군을 물러가게 한 당당한 모습처럼 하늘을 향해서 우렁차게 용트림
하며 서 있다.

복하교 주위엔 노란 유채꽃이 만발하여 마음을 설레게 하고, 이름 모를 벌들은 시새
움하듯이 유채꽃과 어울려 놀고 있다. 유채꽃이 만발한 밭 한가운데 관광객을 유혹하
는 원두막과 그네가 보인다. 그네를 타고 놀다 원두막에 올라 노란 유채꽃 물결을 바라
보니, 산들바람에 수줍어 고개 숙인 유채꽃의 은은한 향기가 그윽한 풀 내음과 어우러
져서 싱그럽게 스며 온다.

복하교를 건너면 현대전자가 있는 나의 고향 대월면이 보인다. 나의 마음을 차분하고 평온하게 하는 아늑한 사랑의 보금자리, 초지리, 사동리, 부필리, 돈이울(도리리), 군량리, 구시리, 대대리, 대흥리를, 해룡산 자락이 용이 하늘로 올라가는 형상을 하고 아늑하게 감싸 돌고 있다. 복하교 오른쪽으로는 장록리, 고담리, 단월리, 대포리를 진명산이 포근하게 감싸고 있다.

내가 태어난 돈이울은 동네가 둥글게 마을을 형성하고 있다고 하여 붙여진 이름이다. 마을 한가운데에 500여 년 된 은행나무가 마을의 수호신으로 긴 세월 희로애락을 주민과 함께하고 있다.

2007년에는 농축산부에서 녹색체험마을(명품 이천 쌀 체험마을)과 현대화의 상징인 정보화마을로 지정되었다. 삼한 때부터 마을의 문화행사인 '소도(蘇塗)축제'가 이어져 내려오고 있는데 소도는 마을의 천신(天神)을 모신 봉우리(소도니봉)에서 행하던 추수 감사축제를 말한다.

명절이면 까치들이 감나무 위에서 깍깍 울어 대며 고향을 찾는 반가운 손님을 맞이한다. 농사철이면 뻐꾹새가 뻐꾹뻐꾹 울고, 뜸부기는 논두렁에서 뜸북뜸북 하며 새끼 찾는 소리가 귓가를 스쳐 오던 정겨움이 가득한 봄날이 그립다.

추석에는 마을회관에 모여 동네 청년들이 연출하는 〈장화홍련〉 연극을 보다 귀신의 모습이 무서워 저녁에 화장실을 가지 못해 쩔쩔매던 기억이 스친다.

여름방학이면 시내 고등학교 누나들이 봉사활동을 하며 초등학생인 우리에게 노래와 공부를 가르치던 그때가 떠오른다. 어두운 등잔불, 남포등이 깜박이는 마을회의실에 둘러앉아 모기에 물리면서 풀벌레, 반딧불이와 장단을 맞춰 노래하고 공부하던 그 시절로 한번쯤 돌아가고 싶다.

가을은 농촌에서는 풍성한 수확의 계절이다. 학교에 갔다 오면 논둑에서는 메뚜기, 황가치가 여기저기서 뛰놀며 자태를 뽐내고 나를 유혹한다. 참새는 왜 그리도 많았는지, 새막에 앉아서 '휘이휘이' 하고 새를 쫓으면 순철이네 논으로 날아간 새들이 우리 논으로 날아오고, 다시 둑 위에 나가 깡통을 두드리고 탈구를 치며 '휘이휘이' 하고 새들과 숨바꼭질하던 기억이 귓전을 스친다.

추수가 끝나면 동네에서는 고사떡을 이웃에 돌린다. 무시루떡, 감나뭇잎떡, 찹쌀떡을 맛있게 먹다 대파가 무르익은 시원한 동치미 국물을 한 사발 마시면 그 맛이 어찌나 시원하고 꿀맛이던지 지금도 추억의 한 모퉁이에 떠오른다.

고향 뒷동산에 팔베개하고 누워서 하늘 높이 올라가는 잠자리 떼를 보며 어린 시절 술래잡기하며 뛰놀던 추억을 회상해 본다. 그 시절의 아름다운 자연의 모습이 현대화의 물결 속에 세월의 언덕 너머로 하나둘 사라져 가니 참으로 안타깝다.

추운 겨울날, 널빤지 교실에서 공부할 때 조개탄 난로에 올려놓은 도시락에서 구수한 누룽지 냄새를 맡으며 선생님의 풍금 소리에 맞추어 힘차게 노래 부르던 그 시절이 한없이 그리워진다.

초등학교 시절 친구들과 장난치며 걷던 추억의 오솔길은 지금은 거의 없어져 아스팔트 속에 묻혀 버리고, 문명의 이기 속에 자취를 감추며 변해 가는 내 고향 이천은 아쉬움만 남긴 채 추억의 강 속으로 흘러간다.

어린 시절의 낭만과 꿈이 서린 영원한 안식처, 힘들고 어려울 때 꿈속에서 만나 보던 애증이 깃든 내 고향 이천. 마을마다 아기자기하고 정겨움이 깃든, 옛 모습이 깃든 축제를 매년 한 번씩 재현하여 이웃이 한자리에 모여앉아 추억을 회상하고 덕담을 나누며 하루를 보내고 싶다.

이제는 그 옛날의 정겨움과 아기자기함이 깃든 이웃사촌의 끈끈한 정은 추억 속으로 사라져 가지만, 옛 모습을 이어 온 '임금님표 이천 쌀, 도자기의 고향, 공예 문화의 허브'로 옛 향기가 물씬 풍기는 내 고향, '유네스코 창의도시, 문학 · 관광 · 온천의 도시'로 재도약하길 기원해 본다.

모내기

이웃사촌의 정이 듬뿍 쌓여 있던 70년대의 우리 농촌은 생활이 어려웠다. 재래식 농기구에, 인구도 얼마 안 되어 농사철이면 동네가 열 팀으로 나누어서 반별로 모내기를 하였다. 오늘은 7반인 우리 집이 모내기하는 날이다.

탁 트인 산등성이를 따라 조금 올라가니 눈앞에 넓은 들판이 나타나고, 저쪽 산모퉁이에 오늘 모를 심을 논이 보인다. 모판에서 막 자란, 파릇파릇한 모들이 논 여기저기에 묶여서 쌓여 있다. 한편에서는 아저씨들이 논에서 모판에 있는 모들을 열심히 오늘 모내기할 논으로 운반하시고 아버지는 모를 심을 논에 소를 부리며 장비로 부지런히 논을 평평하게 고르고 계셨다.

"여러분! 모심을 준비되셨나요? 이제부터 올해 풍년 농사 시작합시다!"

못줄을 잡은 아저씨의 둥둥둥 북소리와 함께 모내기가 시작되었다. 바람은 살랑살랑 불어오고 모내기하는 반원들의 일손은 점점 바빠지기 시작한다. 정신없이 모를 심다 보니 따스한 햇볕이 살포시 나의 등을 어루만져 주고 있다.

"여러분! 인제 그만 심으시고 점심 드시고 하시죠."

아버지의 말씀에 모두 모내기를 멈추고 논둑으로 나간다. 울퉁불퉁하고 갈라진 논두렁에 둥그렇게 둘러앉아 구수한 된장을 넣어 끓인 아욱국과 오곡밥을 먹으며 농담이 오고 간다.

"반장님! 올해 농사도 잘되겠지요?"

"그럼요, 틀림없이 풍년이지요. 반원들이 이렇게 열심히 땀 흘려 도와주고 있는데 하느님도 무심하시지 않겠지요."

시원한 막걸리 한 잔에 싱싱한 풋고추를 안주 삼아 고추장에 찍어 먹고, 꽃상추와 호박잎에 돼지고기 삼겹살을 된장에 찍어 싸서 먹으니 더욱 맛이 좋다. 조금 전에 마신 농주 때문인지 모내기는 점점 빨라져 가고 누구의 입에서인지 농민의 노래가 시작된다.

"강산도 아름답다. 기르잔 터전. 여기서 나고 자란 정든 내 고장, 이 땅은 피땀 어린 농민의 나라. 농촌이 살아야만 나라가 산다."

때맞추어 불어오는 시원한 소슬바람은 송이송이 맺힌 이마의 구슬땀을 닦아 주고 이름 모를 풀벌레와 산새들도 흥겨워서 노래한다. 자운영 꽃이 만발한 논두렁 사이로 백로와 왜가리들은 분주하게 먹이를 찾아 헤매는데, 저 산 너머 산등성이에는 아스라이 뭉게구름이 하나둘 짝을 지어서 두둥실 흘러간다.

은은하게 풍겨 오는 아카시아의 그윽한 꽃향기는 풋풋하고 싱그러운 땅 내음에 흠뻑

취해 있는 우리의 마음을 마냥 농심으로 돌아가게 한다. 뒤를 돌아보면 온통 녹색 물결이 너울너울 춤을 추며 반갑게 손짓을 하고 저 멀리서 구성지게 들려오는 풍년가 소리는 우리의 마음을 한결 흥겹게 한다. 서쪽 하늘에 황혼이 깃들고 땅거미가 질 무렵에야 모내기가 끝난다.

오늘 모내기한 논의 평수가 얼마 되지 않지만, 그 형언할 수 없는 무엇이 나의 가슴을 뭉클하게 하는 것은 무엇 때문일까? 소외 계층의 하나인 우리의 부지런한 농민들, 그들은 조상 대대로 땅만 의지하고 살아온 우리의 우직한 이웃이다. 사람은 땅을 속이지만 땅은 사람을 속이지 않는다는 평범한 진리와 흙의 철학을 믿고 오늘까지 묵묵하게 농사를 천직으로 알고 살아왔지 않는가!

나는 믿고 싶다. 농심이 천심이라고, 언젠가 이 땅에도 피땀 흘려 고생한 농민이 잘 살 수 있는 그날이 꼭 오리라고 확신한다. 비록 오늘 하루 고향에서 이웃과 함께 힘든 모내기를 하였지만 그들의 소박하고 해맑은 마음에 동화되어서인지, 육체적 피곤함도 덜어지고 마음도 훨씬 평온해졌다.

농사는 정말 힘들고 어렵다. 농민들은 힘들게 모내기를 하지만 가을날에 누런 황금 들판에서 추수하면서 힘들고 어려움을 날려 버리는 희열과 기쁨 때문에 즐거운 마음으로 모내기하는 것이 아닐까? 이 기쁨과 즐거움의 쾌락은 힘들고 어렵게 모를 심고 가을날에 추수를 해 보지 않은 사람은 아마 모를 것 같다. 오늘 논에 심은 벼들이 수마와 병충해 속에서도 무럭무럭 자라나서 올해 농사도 풍년이 되길 바랄 뿐이다. 황혼이 짙게 물들어 가는 저녁 하늘 사이로 풍년을 기약하듯 꾸르륵 소리를 내며 둥지를 찾아 정겹게 날아가는 이름 모를 새들의 모습이 올해도 풍년을 기원하는 농민의 소리처럼 다정스럽고 평화롭게 들려온다.

아버지, 흘러간 시간을 돌려놓고 싶어요!

　5월의 햇살이 어버이 마음처럼 아늑하고 포근하게 살포시 가슴에 와닿습니다. 아버지는 텃밭 원두막에서 볏짚을 옆에 두고 얼기설기 새끼를 꼬고 계셨습니다.

　"아버지! 또 새끼 꼬세요? 추수하려면 아직 멀었는데요?"

　"아저씨 누구야! 우리 영호 안 와? 보고 싶어."

　"여기 있잖아요."

　"아니야! 배고파!"

　어린아이처럼 응석을 부리는 당신의 초점 잃은 눈동자 속에 흘러간 세월 속의 아쉬움이 뭉게구름처럼 스쳐 지나갑니다. 빈농의 아들로 태어나 평생 고생하시다 황혼기에 치매까지 걸리신 아버지! 멈출 수 없는 흘러간 세월에, 거울 속에 비친 당신의 모습은 너무나 쓸쓸하고 허망하여 못다 한 효가 한없이 송구스러워집니다.

　아버지! 흘러간 시간을 돌려놓고 싶어요! 주마등처럼 흘러간 세월의 시계추를 잠시 멈추게 하고 싶어요. 초등학교 시절 교내 백일장에서 '아버지'란 제목으로 장원했을 때, 상장과 글을 보고 또 보시며 기뻐하시던 모습이 눈앞에 아른거려요.

　먹고살기 어려웠던 보릿고개 시절의 유일한 소득인 참외농사를 지으시며 원두막에서 서리꾼을 지키고 가을 추수에 사용할 새끼를 꼬거나 벼를 널 멍석을 만드셨어요. 어느 날 원두막에서 주무시다 잠버릇이 심한 내게 계속 떠밀려서 밑으로 떨어지신 아버지! 아프다는 말 한마디 못하고 가슴에 덕지덕지 파스를 붙이고 다니시던 그 모습이 눈앞에 아스라이 떠오릅니다.

지식에게 가난을 대물림하지 않기 위해 일찍부터 서울로 보내 공부를 시키면서 힘들어도 기죽지 말고 당당하게 살라고 하시던 그 말이 오늘도 가슴에 찡하게 와닿는데…… 당신은 나를 알아보지 못하시니 응어리진 마음의 한을 누가 풀어 줍니까?

중학교 시절 판자촌에서 자취하던 추운 겨울날, 연탄가스에 중독되어 동생과 병원에 실려 갔을 때 초라한 모습으로 눈물 흘리시던 당신의 모습이 아련하게 떠오릅니다. 자식을 좀 더 편안하게 하려고 이사했지만 몇 년 동안 고리의 장리쌀을 먹어야 했던 당신의 지고지순한 그 마음을 이제 알 것 같습니다.

연탄가스 후유증으로 병원에 입원하였을 때 새우잠을 자며 병구완하던 당신의 모습이 때로는 애처롭지만, 재탕, 삼탕 끓인 고깃국이 먹기 싫어 침대 옆으로 슬쩍 밀쳤을 때 당황한 모습으로 환자 가족에 사죄하던 그 시절이 흘러간 추억 속에 안쓰럽게 스쳐 갑니다.

어린 시절엔 이 세상 누구보다 제일 힘이 셀 것으로 보였던 아버지!

그런 당신이 세월의 뒤안길에서 몇 해 전 병원 입원실에서 보았을 때 너무나 초라해 보였던 작은 가슴과 나약한 모습을 보며 덧없는 인생사를 되돌아보았습니다. 자식을 키워 봐야 부모의 마음을 안다고 하는데 부모의 길은 힘들고 어려워요. 힘들어도 말 못하고 평생을 살아오신 당신의 하해 같은 마음을 이제 조금 알 것 같은데…… 애달픈 이 심정을 어디에 하소연합니까?

아버지! 언젠가 제게 말씀하셨죠. "영호야! 세상이 다 변해도 변하지 않는 게 있다." 제가 "그게 뭐죠?" 하니 당신은 땅이라고 말씀하셨죠? "사람은 땅을 속일 수 있지만, 땅은 사람을 속이지 않아! 땅은 내가 노력한 만큼의 대가를 가져다주지. 우리에게 먹거리를 제공하고 돈을 벌게 하고 너의 등록금도 만들어 준다. 공부는 네가 가진 학문의 땅이라고 생각해라! 네가 학문의 땅을 얼마만큼 잘 가꾸느냐에 따라 너의 장래가 결정

되니 말이다." 하시며 어깨에 손을 가만히 올려놓으시던 온화한 모습이 오늘따라 한없이 그리워집니다.

아버지! 오늘 하루만이라도 흘러간 시간을 돌려놓고 싶어요!

개나리와 진달래 만발한 뒷동산에서 뜸부기 울어 대던 봄날이 그리워요.

아버지는 소를 몰며 쟁기로 논을 갈고, 어머니는 텃밭에서 냉이, 달래를 캐고 있을 때, 자운영 꽃이 만발한 논두렁 사이로 백로와 왜가리는 먹이를 찾아 헤매고, 냇가에서 고기를 잡고 물장구치던 철부지 시절로 돌아가고 싶어요. 그때는 아버지는 병도 걸리지 않고 얼마나 좋아요. 힘들고 어려워도 옛날의 씩씩하고 당당한 당신의 모습을 보고 싶어요!

오늘 하루만이라도 옛날 보릿고개 시절의 순박하고 아기자기한 땅의 철학을 당신의 텃밭인 원두막에서 다시 듣고 싶어요! 늦은 봄날, 메마른 천수답 논에서 가족들이 모여 호미로 모를 심다 우둘투둘한 논두렁에 앉아, 구수한 아욱국에 가져온 호박잎과 상추를 곁들인 흑돼지고기를 고추장에 싸 먹던 그 시절로 돌아가고 싶어요.

그날, 따라 주시던 막걸리 한 잔이 얼마나 맛이 있고 시원했던지…… 세월이 흐른 지금도 비 온 후의 강가의 피어난 무지개처럼 영롱하게 떠오릅니다.

정겨움과 사랑 속에 흘러간 '머무르고 싶은 순간순간'이 캔버스에 그려진 한 폭의 수채화처럼 추억의 앨범 속을 맴돌고 있는데, 상념의 언덕에서 불러 보는 사부곡은 치매로 인해 전달되지 않고 허공에 메아리쳐 되돌아오니 섧고 서러운 불효자의 한 맺힌 절규는 어디에다 하소연합니까? 아버지!

밤은 깊어 삼경인데 보름달에 비친 당신의 그 얼굴이 오늘따라 더욱 그립고 보고 싶습니다. 이제 당신은 지난날처럼 자식의 편지를 읽을 수 없고 듣지 못하지만, 중천에 떠 있는 보름달처럼 환하게 피어난 불효자의 속죄 편지를 한 많은 세월 속에 새카맣게 타들어 간 가슴에 눈물로 고하고 지성으로 고이 묻어 보내 드립니다.

아버지! 사랑합니다. 고맙습니다. 오래오래 장수하세요!

2011년 5월 17일
불효 영호 드림

추억의 정거장

(아버지)

    초등학교 시절 아버지가 밭에서 참외를 지고 내려가시다 발을 헛디뎌 참외를 밭둑에 쏟으시고 허탈해하시던 모습이 떠오릅니다. 넘어진 자신보다 깨진 참외가 더 아쉬웠던 아버지! 보릿고개 시절 자식의 공납금으로 납부할 참외가 많이 깨졌으니 마음이 아프셨지요.

    보릿고개 추억 속의 아버지 모습이 그립습니다.

    아버지! 힘드셨지요? 감사합니다.

    아버지와 추억의 사연을 편지로 적어 보세요. 아버지는 멀리서 또는 꿈속에서 한결같이 자식을 응원하며 힘을 보태시겠지요. 아버지와 추억의 언덕을 거닐며 정담을 나누세요.

어머니의 반지

금방이라도 비가 쏟아질 것 같은 후덥지근한 날씨 탓인지, 등에서 땀이 주르르 흐른다. 무더위 속에서도 어머니는 수수와 찹쌀을 머리에 이고서 서울로 오셨다.

"어머니! 이런 것 안 가지고 오셔도 돼요. 이 더운 날씨에 힘들어요."

"어미가 자식 생일인데 가져와야지."

"어머니! 손 한번 보여 줘요."

"손은 왜?"

"이야! 우리 어머니 손은 처녀같이 아직도 보들보들하네? 어머니! 반지가 참 잘 어울려요? 반지가 닳아 없어질 때까지 오래오래 사셔야 해요."

어머니의 눈가에는 어느덧 이슬이 맺힌다. 지나간 40여 년의 일이 조용히 머리를 스치고 지나간다. 중학교 2학년 봄방학을 맞이하여 시골로 내려간 다음 날이었다. 아버지와 어머니는 심하게 다투셨다. 친척의 빚보증을 아버지가 서셨는데, 친척이 도망치는 바람에 빚을 떠안게 된 우리는 부녀회에서 운영하는 '장리쌀'을 먹게 되었다. 장리쌀은 5부의 이자였다.

한 가마를 먹으면 가을에 추수해서 한 가마니 반(5말)을 갚아야 했다.

더구나 그 시절에는 쌀이 구했고 보릿고개가 있어서 한 번 장리쌀을 먹으면 원금을 갚기가 어려웠다. 부녀회 장리쌀은 점점 늘어났고, 어머니는 텃논이라도 팔아서 부녀회 장리쌀을 정리하라고 독촉하셨다. 그러나 아버지는 땅에 대한 애착 때문에 장리쌀을 계속 이용하려 하셨다. 아버지와 다투시던 어머니는 다음 날 오후 어디론가 말없이 떠나셨다. 불안한 나날을 보내던 어느 날, 어머니는 돌아오셨다. 그리고 조용히 아버지를 부르셨다. 나는 밖에서 문틈으로 방 안을 들여다보니, 어머니는 조그만 종이쪽지 한 장을 아버지 앞에 내놓았다.

'차용금증서'. 어린 마음에도 차용금증서가 돈을 빌려 간 사람이 돈을 언제까지 몇 퍼센트의 이자로 갚기로 약속하고 작성하는 대출 서류라는 것을 알고 있었다.

"어떻게 당신이 이 많은 돈을……." 아버지는 말을 잇지 못하셨다.

외할아버지와 통화를 하신 아버지는 긴 한숨과 줄담배만 피우셨다. '금반지 20돈'이 오늘의 우리 집 빚을 삶을 수 있었다. 25년 전 결혼 당시, 어머니는 예물로 받으신 금반지 20돈을 팔아서 훗날 자식들의 장래를 위해서 '장리쌀'을 놓으셨다. 보릿고개가 있던 시절 어렵게 농사를 지으시던 어머니에게는 목적이 하나 있으셨다.

지금은 금싸라기 땅으로 변한 강남의 청담동에 친척이 많이 살고 있었다. 뚝섬에서 배를 타고 건너던 그 시절의 청담동은 경기도 광주군 언주면이었고 땅값도 이곳과 별 차이가 없었다. 그래도 서울이 가까운 것을 아신 어머니는 장리쌀을 모아서 목돈이 되면 청담동에 논을 사려고 하셨다. 한 푼 두 푼 모은 돈이 알알이 열매 맺어서 거의 목적이 달성될 무렵 빚보증 때문에 낭패가 되고 말았으니 얼마나 서운하고 암울하셨을까.

이튿날 서울로 향하는 나의 마음은 뛸 듯이 기뻤다. 버스가 동네 어귀를 지나자 나는 시트에 고개를 묻었다. 차가 어느 정도 마을을 지났다고 생각한 나는 무심코 차창 밖을 돌아보았다. 저 멀리 언덕 아래 은행나무 뒤에 숨어서 손을 흔들다가 손수건으로 눈물을 닦으시는 어머니! 비가 오나 눈이 오나 3년 동안을 혹시나 차가 언덕 아래로 구르지 않을까 걱정하고 서서 손 흔들고 계신 어머니의 참사랑!

어머니는 자식들이 어렸을 때 행여 다칠까, 병나지는 않을까, 춥고 배고프지 않을까 노심초사하시면서 자식들을 돌보셨다. 나이가 들어서도 자신의 안위는 생각하지 않으시고 늘 자식이 안타까운 모양이다. 그러기에 한 해도 거르지 않으시고 자식 생일을 기억하고 서울로 올라오시는 것이 아닐까? 서울에서 살자고 하면 며칠 쉬시다 내려가신다. 성냥갑 같은 도심의 아파트 숲, 탁한 공기와 매연 자동차들의 홍수 속에서 하루도 견디기 어려우시다는 어머니! 그래도 금반지는 주무실 때 꼭 끼고 주무신다. 그만큼 반지에 대한 애착과 장리쌀에 대한 추억이 깊으신 모양이다.

밤하늘에 수많은 별이 아름다운 자태를 뽐내고 있고 보름달은 대낮같이 온 세상을 비추고 있다. 저 멀리 북녘 하늘에는 북두칠성이 반짝이고 있는데 그 위에 북극성은 자식의 앞길을 걱정하는 어머니의 얼굴처럼 더욱더 환하게 비추고 있다.

멀리서 개 짖는 소리가 가끔 들려오는데 어디선가 갑자기 소리가 들린다.

"아범아! 금반지 여기 있다. 내가 어떻게 그걸 팔아서 장리쌀을 놓겠니?"

자식과 금반지에 대한 추억을 아직도 간직하고 계신 어머니! 오죽하셨으면 꿈속에서조차 잠꼬대하실까? 평온하게 주무시는 어머니의 얼굴을 보면서 다시 한번 어머니의 무병장수를 기원해 본다.

어머니의 텃밭

 따스한 햇볕이 내리쬐는 텃밭에는 얼갈이배추와 상추, 쑥갓이 여기저기 보이고 아욱과 참깨 사이에는 잡풀들이 돋아나 있다. 호미로 잡풀을 제거하다 한쪽 모퉁이에서 자태를 뽐내고 있는 노란 상다리꽃을 발견했다. 장다리꽃 무리 사이로 흰 나비와 잠자리들이 떼를 지어 술래잡기 놀이를 하고 있다.

 이름 모를 철새와 종달새들이 시새움하며 지저귀는 한낮의 오후는 포근하며 정겨웠다. 한쪽 모퉁이에 무리 지어 피어 있는 장다리꽃을 보니 흘러간 향수가 머리를 스치고 지나간다. 텃밭은 어린 시절의 추억이 서린 어머니의 정성이 깃든 마음의 안식처였다.

 지금은 옛이야기처럼 묻혀 버린, 아기자기하고 사랑이 깃들었던 추억의 파노라마 속 어머니의 텃밭. 해방되고 얼마 안 된 농촌 마을은 살기 어려웠다. 전기가 안 들어오고 호롱불 밑에서 군불로 식사를 하던 꿈같은 시절이 있었다.

 어머니의 꿈과 애증, 인생의 철학이 깃든 사랑의 터전인 텃밭이 눈앞에 있다. 지금의 텃밭은 어머니가 산등성이에 새로 일구어 내신 제2의 텃밭으로, 어머니의 사랑과 인생의 삶이 아로새겨진 땅이다.

 지금은 마을회관과 동네마트 경로당이 들어서 있어 어린 날의 아기자기하고 사랑스러운 정경은 세월 속에 묻혀 버렸지만, 마음속에는 아직까지 뚜렷하게 떠오르는 어린 날의 추억이 깃든 사랑의 터전, 어머니의 텃밭.

텃밭은 우리 가족의 생계와 자식의 등록금을 마련하는 유일한 터전이었고, 마술 상자였다. 어린 자식들이 커 가는 모습을 보며 힘들고 어려운 시절을 보내셨지만 늘 즐거워하시던 어머니의 땅.

텃밭 주위에는 조그만 실개천이 흐르고 있었다. 장마철 밭에서 어머니를 도와드리다 지치면 실개천에서 얼개미로 붕어와 미꾸라지를 잡던 추억이 새롭다. 동생이 위에서부터 몰고 나오면 푸드덕거리며 수없이 잡혀 나오던 붕어와 미꾸라지, 그 시절에는 자연이 오염되지 않아 물 반, 고기 반이었던 기억이 난다. 길섶 산 위에는 커다란 참나무가 있어 한낮의 무더위를 피하는 쉼터 역할을 하고 있었다.

봄날의 오후 친구와 네잎클로버가 만발한 밭둑 위에서 보리피리를 불며 뛰놀던 초딩의 추억이 떠오른다.

학교에서 공부를 마친 학생들과 시내에 장 보러 나갔던 사람들이 마을회관 앞 버스에서 내리고 있다. 지금의 마을회관, 어린이 놀이터와 정보화교실이 있고, 마을 마트가 있는 땅은 보릿고개 시절 어머니의 텃밭(지번 359-2번지)이었다.

밭에서 나오는 감자와 참외, 고구마, 수박은 어려운 시절 우리 가족을 먹거리를 책임지는 효자 노릇을 했다. 힘들고 울적한 마음이 들 때는 텃밭을 찾아 산새들과 벌, 나비들과 대화하며 보내시던 모습이 떠오른다.

정겨움과 이웃사촌의 끈끈한 정은 점점 메말라 가지만 어머니는 오늘도 사라진 텃밭의 추억을 생각하며 인근 산속에 조그만 텃밭을 일구며 살아가신다. 마음속에 묻어 버린 텃밭을 생각하시며 조그만 컨테이너를 가져다 놓고 지나간 세월에 아기자기한 사연을 나누며 오늘도 살아가신다.

텃밭은 어머니의 영원한 친구이자 추억의 산실이고, 인생의 여울목이다. 꿈과 낭만 속에 피땀 흘려 가꾸어 온 분신과도 같은 어머니의 텃밭은 세월에 묻혀 가지만, 이 세상의 그 무엇과도 바꿀 수 없는 보물이며 어머니의 사랑이 보금자리이기 때문이다.

텃밭과 부녀회 그리고 마을회관

60년대 농촌에서는 부녀회 중심으로 절미운동을 시작하여 집집이 아침이면 밥 한 공기씩 쌀을 모아서 조그만 항아리에 담아 부녀회 기금으로 운영하였다. 힘든 시절 부녀회장을 맡은 어머니는 완모, 윤경, 미숙, 근화 엄마가 주축이 되어 마을 부녀회를 운영하였다. 교통이 불편하던 때여서 행죽으로 가는 막차를 놓치면 시내에서부터 물건을 머리에 이고 걸어오시곤 하였다.

섣달그믐 전날은 동네 잔칫날이었다. 집집마다 모은 부녀회 이용권을 가지고 배당금을 나누어 주며 공돈처럼 기뻐하던 마을 사람들의 모습이 떠오른다. 메밀묵과 도토리묵, 찹쌀떡을 정성껏 담아 오랜만에 마련한 소고깃국을 동네 어른들에게 대접하고 피곤한 몸으로 휘영청 밝은 달을 보며 마을의 안녕과 행복을 기원하며 서로 위로하고 토닥여 주던 그때가 그립다.

참외농사는 농촌의 많은 소득을 올려 주었다. 아버지는 남의 밭까지 빌려 참외와 수박을 심었다. 그해 농사는 대풍이었고, 밭농사도 잘되어 가을이 오기 전에 마을 사람들이 풍년가를 부르며 한 해의 풍작을 기뻐하였다. 그러나 세상일은 마음대로 되지 않았다. 그해 태풍이 불어와 밭농사와 논농사를 또 망치고 말았다. 아버지는 부녀회에서 빌린 돈을 마련하기 위해 텃밭과 논 일부를 매물로 내놓았다.

부녀회 기금 중 절미저축으로 모아진 돈을 텃밭을 찾기 위해 내려놓으신 어머니! 너무나 아깝고 금싸라기 같은 생명과도 같은 돈을 빚 갚는 데 쓰고 나니 너무 허전해하시며 방 한구석에서 눈물을 흘리시던 어머니의 모습이 떠오른다.

농사를 지으며 마음고생을 하고 살아온 아버지가 서울대학병원에 입원하여 수술을 받았다. 담석증으로 치료를 받은 아버지의 너무 야위었고 가엾어 보였다. 한 달을 병원에 입원해 있는 동안 많은 치료비가 들었다. 치료비를 줄이려고 임신한 몸으로 서울대학병원까지 시아버지 병구완을 다니는 며느리를 보고 안쓰러워하시던 어머니!

처음 직장의료보험이 시작되어 경제적 부담을 덜 수 있었다. 만약 의료보험이 없었으면 텃밭과 논의 일부를 팔아야 할 형편이었다. 텃밭은 생활에 중심이고 보물덩어리였고, 우리 가정의 산 역사의 산실이었다.

어느 날 아버지는 텃밭을 동네에 기부하고 싶다고 하셨다. 병원에 입원할 때 많은 분이 서울까지 병문안도 오고 또 얼마의 돈을 치료비로 내놓기도 하여 고마운 마음이 있으셨나 보다. 그리고 이제 먹고살 만하니 나도 동네를 위해 좋은 일 한번 하고 살고 싶다고 하셨다.

어머니는 텃밭으로 향했다. 텃밭으로 나오면 언제나 마음은 평온하고 포근해진다. 대화 상대를 하는 사랑의 친구들인 밭작물과 새들, 벌과 나비가 있어 즐거워서였다. 텃밭은 어려운 시절, 어머니의 꿈의 무대였고 구세주였으며 마음을 열고 대화하던 친구이고 남편과의 정이 깃든 사랑의 둥지였다.

사랑과 애증이 깃든 추억이 서린 땅을 마을에 기부하면 영영 없어질 것이고, 과연 동네 사람들이 사연이 깃든 땅을 기부했을 때 어떻게 생각할지도 의문이었다. 며칠 밤을 뜬눈으로 고생하시다 동네를 위해 텃밭을 흘러가는 세월과 자신의 가슴속에 묻어 버리자고 다짐하시던 어머니 모습이 떠오른다.

정성과 꿈이 알알이 맺혀진 옥토와 꿈동산이 트랙터에 의해 흙으로 서서히 덮이면서 대지로 변하는 것을 보며 눈물을 흘리시던 어머니. 꿈이자 삶의 보금자리가 서서히 사라져 가는 것이 너무나 안타깝고 눈물이 흐른다. 그러나 힘든 결정을 다시 번복할 수 없었다. 텃밭에서 흘러간 추억들이 주마등처럼 나의 머리를 스치며 정과 사랑, 애증이 깃든 보금자리는 세월 속에 묻혀 버렸다.

그러던 어느 날 어머니께서 마을회관에 들렀는데, 젊은 아낙네들이 회관 안에서 음식을 끓여 먹고 있다가 황급히 감추는 것을 보고 실망하셨던 모습이 떠오른다. 이 땅이 누구의 땅인 줄 알지 못하고 저 사람들이 나를 홀대하는 것일까? 하기야 원주민만큼 나그네들이 많이 사는 농촌 마을. 동네 중심인 마을회관 앞의 이 땅을 기부한 사람의 누구인지 모르는 모양이다. 그 땅이 어떤 땅인데. 자신의 분신이자 우리 집의 효자 노릇을 톡톡히 한 사랑과 애증이 깃든 땅이 아닌가!

그날 어머니는 아버지의 묘소에서 하소연하셨다. 인근 산을 일구어 조그만 텃밭을 하나 만드셨다. 일하다 잠시 쉬실 컨테이너도 가져다 놓으셨다. 평생을 가꾸어 오신 텃밭에 애증과 사랑이 아직도 남아 있으신 것이다.

오늘도 마을버스를 기다리며 학교에 가는 아이들이 줄을 서 있다. 떠나가는 버스를 보면서 추억을 회상하시는 모습이 보인다. "어머니! 또 텃밭 생각나서 그래요?" 하고 물으면 "아냐! 동네에 기증했는데 뭘 그래!" 하며 웃으신다.

초등학교 시절, 텃밭에서 노란 장다리꽃이 은은하게 피어날 때 흰나비들이 술래잡기 하고 호미로 캔 홍감자가 주렁주렁 매달려 나올 때 들려오던 풍년가 소리가 그리워진다. 그때는 컨테이너 대신 커다란 도토리나무 그늘이 있어 밑에서 쉬시며 새참을 드시곤 했다. 추억 속에 사라져 버린 나무가 아쉬워진다.

마을회관과 정보화센터를 보며 때로는 허전하고 아쉬워하시던 어머니! 동네 사람들이 그 자리가 어떤 자리인지 모르고 자신이 가끔 찾아가도 무관심한 모습을 볼 때마다 울적하다고 하신다. 은공도 모르고 저 먹을 것만 챙기는 철부지 마을 아낙네들. 내가 평생 농사지은 땅을 왜 기부했는지…… 어떤 때는 되돌려 받고 싶은 마음이라 하신다.

이제는 오지 마을에서 정보화 마을로 변하여 한껏 문명의 이기를 받고 서울에서 아이들이 농촌체험을 위해 방문을 한다. 농사지으며 평생을 살아온 텃밭은 억대의 땅으로 대지화되어 사랑방이나 마을회관, 정보화교실, 마을 마트, 어린이 놀이터로 이용되고 있다. 지금도 절미운동과 부녀회장으로 고생하며 연말에 호롱불 밑에서 마을상점의 이용권 배당을 집마다 분배히며 공돈처럼 즐거워하던 모습이 떠오른다.

보릿고개의 어려움과 이웃사촌의 정이 물씬 풍기는 그 시절이 너무나 좋다고 하신다. 부녀회원들과 마을 구판장에서 팔 물건을 머리에 이고 걸어오다가 차에 치일 뻔하면서도 물건을 떨어트리지 않은 이야기를 지금도 하신다.

추억은 아름답고 세월 속에 보낸 날이 흘러간 영화처럼 생각되지만, 그 시절로 한 번쯤 되돌아가고 싶으신 모양이다. 거기엔 텃밭의 꿈과 사랑, 희로애락, 마을 부녀회에서의 어렵고 힘든 끈끈한 정이 깃든 추억이 한 폭의 동양화처럼 간직되어 언덕 위로 뭉게뭉게 피어오르기 때문이다. 어려울 때 서로 도우며 반별로 모를 심고 김매고 논둑에 둘러앉아 앉아 풍년을 기약하며 오손도손 이야기하던 이웃사촌들은 도시나 다른 지역으로 흩어지고 지금은 나그네들이 많이 살고 있다.

정겨움과 이웃사촌의 끈끈한 정은 점점 메말라 가지만 어머니는 오늘도 사라진 텃밭의 추억을 가슴에 품고, 인근에 조그만 텃밭을 일구며 살아가신다. 어머니가 앞으로의 여생도 텃밭을 일구시며 무병장수하시길 기원해 본다.

초딩(초등학생)의 추억들

얼마 전 지인의 팔순연이 있어서 고향에 다녀온 적이 있다. 초등학교 근처에 이르니 졸업식 노래가 은은하게 들려왔다.

빛나는 졸업장을 타신 언니께
꽃다발을 한 아름 선사합니다.
물려받음 책으로 공부 잘하며
우리는 언니 뒤를 따르렵니다.

문득 지나간 초등학교 시절의 추억이 머리를 스치고 지나간다. 가슴에 이름표 달고 어머니 손에 매달려 정문을 들어서던 코흘리개 시절이 떠올랐다. 해방되고 얼마 되지 않아 자원이 부족했던 농촌에서는 미국의 구호품을 받아 생활하였다.

학교에서는 일주일에 한 번씩 전지분유나 구호물자인 옥수숫가루, 우유를 학생들에게 나누어 주곤 했다. 학교 앞의 다리는 흙과 나무로 얼키설키 만들어졌는데, 장마 때만 되면 무너져 내리곤 했다. 어느 날 하천을 건너던 경철이가 센 물살 때문에 떠내려가는 것을 동네 어른들이 구해 주던 기억이 새롭다.

인근에 있는 넓은 하우스의 채소밭을 보며 초등학교 시절의 추억을 떠올려 본다. 여름방학 때 밤에 친구들과 수박밭으로 몰래 들어가 주인 몰래 따려다가 발견되어 두 손들고 벌 받고 반성문을 써서 드린 기억이 떠올랐다.

생활이 힘든 시절이어서 우리의 처지를 아는 아저씨는 잘 익은 수박 두 통을 주면서 "너희가 수박을 따 가야 얼마야 따 가겠니? 기껏 한두 통 따가지만 한두 사람이 그래야지. 수박밭 망가지고 많은 수박이 밟혀 깨지면 나는 손실이 너무 크다. 수박 먹고 싶으면 낮에 와라. 못난 수박 줄게. 그레도 맛은 좋아. 학교에서 배웠지? 바늘 도둑 소도둑 된다." 하시며 반성문을 돌려주셨던 아저씨 얼굴이 떠오른다.

아저씨에게 연신 고맙다고 머리 숙이고 재현, 현성, 철호, 현석, 두성이와 경호네 밭으로 향했다. 경호네 밭둑에는 벌들이 큰 집을 지어 놓았는데 며칠 전에 보니 대야만 한 벌집이 보였다. 우의를 겹겹이 두르고 머리에는 방독면 비슷한 걸 뒤집어쓰고 수건으로 감쌌다. 철사로 둥그렇게 만든 솜에, 아주까리기름을 적셔 벌집 앞에 불을 댕겨 집어넣으니 아닌 밤중에 침입자를 만난 벌은 벌집 앞으로 떼를 지어 나오고 일부는 우리에게 덤벼든다.

완전히 무장한 우리에게 벌이 달려들어야 별 소용이 없다. 일부분이 벌에게 쏘일 때도 있지만, 벌집은 우리 손에 들어온다. 벌집을 뜯어내면 수많은 애벌레가 나오는데 이들을 준비한 기름에 튀겨 먹으면 바삭바삭하며 고소하고 얼마나 맛있는지, 그 맛은 먹어 본 사람만이 안다. 벌의 애벌레를 튀겨 먹고 후식으로 먹은 수박 맛은 꿀맛이었다.

겨울철에 눈이 너무 많이 내렸다. 장독에 수북하게 쌓인 새하얀 눈을 아침마다 쓸던 어머니의 모습이 떠오른다. 2학년 겨울방학이 시작되자 우리는 마을 앞 진명산으로 토끼와 고라니 사냥을 나갔다. 어린애들한테 무슨 무기가 있을까? 가냘픈 두 주먹과 혹시 만날지 모르는 멧돼지를 위해 몽둥이와 우리의 든든한 보호견 경철이네 검둥이와 우리 집의 불도그. 7명의 전사는 의기양양하게 산으로 올라갔다. 진명산은 멧돼지가 우는 산이라고 이름 붙여진 만큼 멧돼지가 많이 살고 있었다. 키만큼 쌓인 눈에 푹푹 빠지며 올라가는데 옆에서 경철이가 "야! 산토끼다!" 하며 소리친다. "내가 어디야?"

하고 부르니 눈앞에서 먹이를 찾던 토끼 세 마리가 보였다.

우리는 양쪽으로 포위하며 토끼를 우리가 친 덫으로 유도했지만, 꾀 많은 토끼가 엉성한 우리한테 잡힐 리 없다. 토끼들은 굴속으로 들어가 나오지 않는다. 우리는 토끼굴에 한참을 불을 지펴 넣으니 꾀 많은 토끼들이 한참 후에 캑캑 하며 튀어나온다.

눈먼 토끼 한 마리를 잡고 두 마리째 쫓아가는데 갑자기 참나무 뒤에서 커다란 물체가 우리에게 다가온다. 명수가 "멧돼지다! 도망가!" 하고 소리쳤다. 우리는 눈먼 토끼마저 버리고 걸음아 날 살려라 삼십육계 줄행랑을 쳐서 6·25 때 파 놓은 방공호로 달려가 숨었다. 재빨리 문을 닫고 겁이 나서 웅크리고 있는데 멧돼지가 캑캑거리고 씩씩거리며 머리로 받고 발로 차며 들어오려고 한다. 우리는 겁에 질려 온몸으로 출구를 막고 있었다. 밖에서는 경철이네 검둥이와 우리 집 독구가 멍멍거리며 멧돼지를 향해 짖

고 이리저리 뛰며 난리다.

한참의 시간이 지났는데 밖에서 동네 사람들이 우리를 부르고 있다. 밖으로 나가니 멧돼지가 쓰러져 있고 검둥이와 독구가 반갑게 꼬리를 흔들며 우리에게 달려온다. 개들이 놀라서 멍멍 짖으며 마을로 달려와 위험을 눈치챈 동네 사람들이 허겁지겁 산으로 달려와 멧돼지를 발견해 경철이 아버지가 엽총으로 멧돼지를 잡을 수 있었다. 그날 산에서 잡은 멧돼지는 70㎏이었다.

온 동네 사람들이 멧돼지 고기로 파티를 하고 있는데 옆의 순철이 아버지가 말씀하신다. "이놈들아! 멧돼지 맛이 그렇게 좋아? 또 한 번 산에 갔다간 몽둥이맛 보여 주마. 얼마나 맛있는지, 산토끼 잡으러 갔다가 인토끼 잡을 뻔했잖아! 너희 멧돼지 밥 되지 않은 것 다행으로 알아!" 하시며 혼을 내셨다.

얼마 전 마을에서 아저씨를 만나서 막걸리를 대접해 드리며 이야기를 해 드리니 껄껄 웃으시며 "네가 벌써 이렇게 나이가 들었느냐? 참 세월도 빠르지?" 하시며 나의 얼굴을 쓰다듬어 주셨다.

그 당시 초등학교는 아담한 학교였다. 헌 마룻바닥 교실은 학기 초 장학사의 방문 때문에 들기름과 초를 가지고 걸레로 반들반들하게 닦던 기억이 생각난다.

철판과 나무로 지어진 학교 옆으로 조그만 실개천이 흐르고 붕어, 미꾸라지, 송사리들이 헤엄치며 놀았다. 가을에는 코스모스, 봄에는 봉선화, 진달래, 수국, 민들레, 과꽃이 만발한 화단 위쪽에 작은 관사가 있어 멀리서 사시는 선생님들이 생활하고 계셨다.

관사 한쪽에 커다란 종이 있어 땡땡땡 울리곤 했는데 언제나 마지막 수업을 알리는 종소리를 우리는 제일 좋아했다. 지금은 현대식 콘크리트 지붕에, 바닥은 시멘트로 지어서 생활하기는 편하지만, 그 옛날의 아기자기함과 정겨운 운치는 사라진 지 오래다. 학교 곁을 지날 때마다 옛 추억의 향수에 젖어 들곤 했는데 오늘 운동장에서 졸업식을 하는 후배들의 모습을 보니 그 옛날의 추억의 언덕이 더욱 새로워진다.

졸업식이 끝나고 배웅하는 선생님과 후배들의 손을 맞잡고 눈물을 흘리던 추억의 초등학교 교정. 그때의 코흘리개 초딩 학우들과의 만남을 기대해 본다.

반세기 세월의 뒤안길에 서서 언제 시간을 내어 추억 어린 초등학교를 방문해 보고 싶다. 지금은 없어진 교실이지만 그때의 그 언덕 아래 소박하게 서 있었던 널빤지 교실에서 내 책상 의자에 앉아 초딩 시절의 아련한 추억을 회상해 보고 싶다.

자취생

　1970년대 살기 어려웠던 농촌이었지만 부모님은 자식의 장래를 위해 서울로 유학을 보냈다. 참외, 수박, 쌀, 고추, 참깨, 들깨, 잡곡을 팔아야 돈이 되기 때문에 자취할 방도 허름한 집에서 시작하였다.

　검정 다리가 있던 청계천 근처로 지금은 맑은 물이 흐르고 물고기와 새들이 지저귀는 아름다운 모습이지만, 당시는 공장 폐수와 구정물로 악취가 풍기는 하천이었다. 천막과 슬레이트로 얼기설기 지어진 지붕은 큰비가 오면 처마 밑이 새곤 하였다.

　비좁은 땅에 다닥다닥 붙은 방이 십여 개가 넘었다. 어려운 시절 돈을 벌고 가난을 극복하기 위해 전국에서 청운의 꿈을 안고 서울로 몰려온 사람들이 살고 있던 천막 마을. 학생, 노동자, 견직공, 재봉사, 버스안내원, 연탄 배달원, 페인트공, 철공소 직원 등 거의 처지가 비슷해서인지 조그만 먹을 것이라도 있으면 주고받고 격려하며 다정하게 살아갔다. 그 당시 농촌에서 말하는 이웃사촌이었다. 분기에 한 번은 푼돈을 모아 파티를 열어 생일이 있는 사람을 축하해 주고 조그만 선물을 마련해 주었다.

　상을 받거나 집안에 경사가 있는 사람은 자진해서 소주와 막걸리를 마련하여 '축배'를 하면서 내 일인 양 기뻐하고 회포를 풀었던 천막촌 가족들.

　어머님이 서울에 종종 오셔서 먹을 것을 도와주었지만 바쁜 농사철에 어려운 건 밥하고 빨래하기였다. 동생이 어머니한테 전수받은 기술로 김치와 깍두기를 담그고 손빨래는 내가 했다. 휴일은 서대문의 4·19독서실로 공부하러 다녔는데, 집에서 먹던 김치, 깍두기, 어묵을 담은 도시락을 4층 옥상에서 동생과 먹으며 허기진 배를 채우던 추억이 떠오른다.

연탄을 난방으로 사용하던 시절, 하루는 자다 보니 목이 매캐하고 앞이 안 보이고 현기증이 났다. 연탄가스가 문틈으로 새어 들어온 것 같아 무의식중에 동생을 깨우고 대문 밖으로 나와 소란을 피운 것 같은데 깨어 보니 병원 응급실이다.

농사를 지으시다 황급히 올라오신 어머니가 근심스러운 모습으로 곁에 앉아 계셨다. 판자촌 식구들이 나의 손을 잡고 위로하던 말이 떠오른다.

"야! 영호야! 너 오래 살 것 같다! 연탄가스 중독되었다가 깨어나면 장수한대. 축하한다. 인마!" 하며 어깨를 두드리며 퇴원하면 파티를 하자고 하신다.

부모님은 어렵게 100만 원(지금의 1,000만 원)을 보태어 인근 동네에 조금 나은 집으로 이사를 시켜 주셨다. 넓은 마당이 있는 개와 집으로 수양버들과 대추나무, 은행나무가 정자처럼 어울려져 있어 포근하고 아늑하게 느껴졌다. 아침이면 까치와 새들이 날아와 지저귀고, 여름철에는 매미와 종달새, 때로는 뻐꾸기의 구성진 울음소리가 고향의 향수를 달랠 수 있어 너무 좋았다.

뒷문 쪽에는 넓은 밭이 있어 배추, 상추, 파, 무를 농사지어 파는 농민과 친하게 지냈다. 배추를 파는 날은 아침 일찍 일어나 도와드리면 얼마의 배추를 노임으로 주어 김치를 담가 먹고 쌈을 싸 먹었다. 가을에는 배추를 자르고 남은 배추 뿌리와 잎을 모아 된장국에 선지를 넣고 끓여 먹으면 꿀맛이었다. 선지된장국에서 우러난 배춧잎과 커다란 배추 꼬랑지를 족발처럼 맛있게 먹던 시절이 생각난다.

자연이 오염되지 않았던 때였지만 동장군이 기세가 무서웠다. 매서운 찬 바람이 휘몰아치고 겨울은 몹시 추웠다. 눈은 산더미처럼 내려 자고 나면 장독대에 20㎝ 정도 눈이 쌓였고, 방 안에 있던 걸레가 꽁꽁 얼어 바닥에 내리치면 얼음이 떨어졌다. 문풍지 손잡이는 하얀 성애가 다닥다닥 붙어 있던 시절, 추위를 녹이고 단잠을 자기 위해 시장에서 조그만 플라스틱 물통 두 개를 사와 연탄불에 데운 물을 통에 넣고 수건으로 감싸 동생과 안고 자던 기억이 새롭다.

용돈이 부족하다 보니 아침에는 동생보다 30분 일찍 등교하고, 동생에게 버스회수권을 주었다. 객지에서 고생하며 공부하는 동생이 때로는 애처롭게 보였고, 형 노릇을 못하는 자신이 원망스러울 때가 한두 번이 아니었지만 서로 의지하며 우애는 너무 좋았다. 문밖 연탄 화덕에는 따끈따끈한 저녁밥에 조금씩 타들어 가는 구수한 누룽지 냄새가 은은하게 풍겨 오고, 보글보글 끓는 두부김치찌개의 맛있는 냄새가 코를 찌른다. 동생과 맛있게 먹으며 힘든 하루를 서로 위로하던 시절이 추억의 언덕 위로 뭉게구름처럼 떠오른다.

가로수의 은행잎이 노오란 자태를 뽐내며 한 잎 두 잎 떨어지는 어느 가을날, 옆방에 자취하는 순철 형님의 어머님이 고향에서 무시루떡과 시원한 동침이 국물, 통추어탕을 가져다주셨는데 얼마나 맛있게 먹었는지 그날은 포식했다.

깊어 가는 가을날, 중천에 떠 있는 환한 보름달이 창가를 비추며 향수를 자극한다. 타지로 보낸 어린 자식의 장래를 걱정하며 농사를 지으시는 부모님의 모습이 보름달 속 계수나무 사이로 캡처되어 나타난다. 갑자기 고향이 그리워진다. 아! 그리운 내 고향 이천 돈이울마을. 고향의 뒷동산에서 친구들과 술래잡기 하며 뛰놀던 시절이 떠오른다.

추억의 언덕을 상상하다 지쳐 현실로 돌아온 나는 책상에 앉아 위인전과 동화책을 읽는다. 이 시간만은 책 속의 주인공이 되고 부자가 되고 어렵고 힘든 모든 일이 잠시 잊히니 너무나 좋다. 그 시절 읽은 책과 나의 생활환경의 추억이 나래 되어 훗날 내가 수필가로 문단에 등단하여 활동하는 계기가 된 것 같다. 을지로6가 평화시장 서점에서 산 헌책들이 대부분이었지만, 훗날 내가 수필을 쓰며 수필가로 등단하는 데 많은 도움을 준 것 같다.

가진 것은 넉넉지 못했지만, 마음만은 풍요롭고 베풀기 좋아했던 의리 있는 판자촌의 식구들이 생각난다. 옆 동네로 이사했지만 분기마다 행사하는 회식 자리에, 구성원으로 참석했다.

여름철에는 아버지가 농사지어 가져온 수박과 개구리참외와 은천참외를 나누어 먹었다. 삼겹살에 소주와 막걸리 파티를 하다 얼큰하게 술에 취해 어깨동무를 하고, 〈고향의 봄〉 노래를 부르며 서로를 사랑으로 위로해 주던 추억의 강 속에 아스라이 떠오르는 이웃사촌의 그리운 얼굴들. 억척스럽고 검소하지만, 내일의 행복과 꿈을 안고 다정하게 살아가던 천막촌의 가족들이 오늘은 몹시 보고 싶다.

막내인 우리를 친동생처럼 생각하고 챙겨 주셨던 형님, 누나들의 지고지순하면서도 인정이 물씬 피어나는, 흘러간 세월의 언덕 위에 사랑의 보금자리가 꿈속에서 영롱하게 떠오른다. 어렵고 힘들지만 건강한 몸 하나로 타오르는 내일의 태양과 파랑새를 잡기 위해 알콩달콩 살아가던 평화롭고 다정다감한 모습이 주마등처럼 스치며 지나간다.

지금은 성공한 인생으로 어느 하늘 아래 오손도손 이야기하며 즐겁고 풍요로운 삶을 살아갈 보릿고개 세대의 이웃사촌이 늘 행운과 축복이 함께하길 기원한다. 그 시절, 어려운 환경 속에 자취하며 고생한 덕에 금융기관 지점장으로 근무하며 농민과 고객을 위해 봉사하고 있다.

교육에 뜻이 컸던 동생은 서울 시내 초등학교 교장으로 이 나라를 이끌 동량을 지도하며 사회의 구성원으로 살아가고 있다. 직장 생활도 이제 30여 년을 지나고 있다. 앞으로 퇴직을 하게 되면 또 다른 분야에서 참여하고 봉사하며 인생을 살아가고 싶다.

자취 생활은 내 삶의 한 페이지이며 오늘의 나를 키워 준 하나의 구심점이었다고 생각한다. 어린 나이에 타향살이하며 추위에 떨고 고독과 싸우며 부모님과 고향을 그리워하기도 하였지만, 매서운 사회를 간접적으로 경험하며 이웃의 따뜻하고 자애로운 인정의 보금자리에서 나 자신의 꿈과 의지를 강하게 만든 시기였다. 이때의 생활 중 끈끈한 인간의 정과 풋풋한 사랑과 의협심은 훗날 내가 직장 생활을 하며 인간관계에 큰 도움이 되었다. 때로는 오해도 받았지만, 어려울 때마다 항상 나 자신을 반성하고 상대방 입장에서 생각하는 시간이 되었다.

지금도 종종 그 시절이 그리워지기도 한다. 지금처럼 풍족한 시기는 아니었지만 힘든 속에서도 내일의 꿈을 이룰 수 있도록 노력하는 시기였다. 노력한 만큼의 성과도 나타나고 자연과 인간 생활이 오염되지 않았던 순박한 이웃사촌의 인정이 활짝 꽃피던 시절이었다.

추억의 삼립빵

　며칠 전 마트에서 물건을 사던 나는 식품 매대에서 발을 멈추었다. 어린 시절의 추억이 깃든 '삼립빵'이 진열되어 있었다. 빵은 전보다 매우 작아졌지만, 크림 맛의 감촉은 옛날과 변함이 없다. 힘들고 어려웠던 그 시절이 머리를 스치며 지나갔다.

　그 시절 내가 살던 동네에는 조그만 구멍가게가 하나 있었는데, 생필품과 음료수 담배, 호떡, 삼립빵을 판매하였다. 학교가 별로 멀지 않고 버스비를 절약하면 빵을 먹을 수 있어 주로 걸어 통학했다. 삼 형제 우물을 지나면 아카시아가 만발한 작은 동산이 있고, 길섶에 피어난 개나리와 진달래를 보며 걷노라면 고향의 향수를 느낄 수 있어 너무 좋았다.

　가방에 넣어 둔 빵을 조금씩 먹으며 걸었는데 혀에 상큼하게 와닿는 크림 맛의 달콤하고 감미로운 감촉이 너무 좋았다. 며칠 후 가게에 가니 할아버님이 반갑게 맞이하신다.

　"할아버지! 빵 3개 주세요."

　"오늘 아침 안 먹었니?"

　"아니요. 친구 주려고요."

　"그래! 착하구나! 300원이다."

　주머니에 손을 넣으니 지갑이 없다. 문방구에 들렀다 깜빡하고 책상 위에 놓고 나온 것이다. 할아버지는 허둥대는 나를 보더니 "영호야! 아무 때나 학교 갈 때 가져와. 네가 이 할아비 돈 떼어먹겠니. 어서 학교 가라. 늦는다." 하시며 나의 등을 토닥여 주신다.

갑자기 집안 행사가 있어 며칠 지나 가게에 가니 문이 닫혀 있다. 어디 편찮으신가? 300원 드려야 하는데…… 깜박 잊고 이제 왔으니 매우 화를 내실 것 같았다. 학교가 끝나고 가게에 들리니 할아버지가 매우 반색을 하신다.

"영호야! 돈 가져왔니?"

"네, 여기…… 죄송해요! 늦게 갖다드려서…… 집안일 때문에 며칠 내려갔다 왔거든요."

"아니다. 가족 여행 다녀오느라 문을 못 열어 내가 손님들한테 미안하구나. 300원 안 줘도 된다. 어린 네가 고생이 많구나." 하시며 빵을 하나 가방에 넣어 주신다. "괜찮아요. 할아버지!"

빵을 도로 내놓자 "어서 가지고 가! 학교 늦어." 하신다.

동네에는 조선시대에 쌓아 놓은 성이 있었는데, 성 밑 도로를 따라 중학교에 다녔다. 버스와 전차를 기다리는 시간이 길어 주로 걸어 다녔으나, 도착 시각은 비슷하였다. 현철이, 동성이, 나는 하굣길 삼총사다. 등굣길에는 자주 못 만나지만 방과 후는 같이 성의 길을 따라 집으로 향한다. 현철이와 나는 자취를 하며 생활하지만 동성이네 집안은 사업을 해서 빵을 자주 사 주었다. 우리는 2주일에 한 번씩 장난도 치고 빵 따 먹기 놀이를 하였다.

이른바 삼립빵 몰아주기 놀이다. 부전승하면 바로 결승전에 오르지만, 준결승에서 지면 탈락이다. 가위바위보 놀이를 삼세번 해서 이기는 사람이 빵 세 개를 모두 차지하게 되는데 지는 사람은 이틀 동안 빵을 먹지 못한다.

친구가 맛있게 먹는 빵을 쳐다보다가 기분 내키면 주는 조각빵의 맛은 꿀맛이었다. 져 주자! 하고 마음을 비우면 때로는 거푸 이긴다. 그날도 이틀 연속 이기다 보니 마음이 안 좋다. 동성이는 자주 빵을 사 주지 않는가. 애초부터 져 주려고 나왔는데 왜 나한테 질까? 억지로 져 주기도 때로는 힘들구나.

우리가 누구인가? 하굣길 3총사가 아닌가! 애들이 하나씩 도로 가져가고 마지막 한 개를 가방에서 꺼내어 조금씩 떼어 먹고 있는데 갑자기 누군가 내 등을 콱 밀면서 달려 갔다. 순간 손에 들고 있던 빵이 앞집으로 데굴데굴 굴러떨어졌다. 아! 내 빵 삼립빵! 삼립빵! 하면서 쫓아내러 가니 강아지가 한입에 넣고 맛있게 먹고 있었다.

나를 보더니 얌얌! 하고 입맛을 다시며 혀를 앞으로 내민다. 친구야, 맛있다! 메롱메롱! 하며 나를 약 올리는 것 같았다. 그래! '개 팔자가 상팔자'라는 것이 너를 두고 하는 말이구나. 지금의 내 처지가 개만도 못하니…… 맛있게 먹는 네가 부럽구나. 자업자득이지. 오늘 내가 너무 욕심을 내었구나. 애당초 일등 하려고 생각도 안 했는데 내 덕에 견공까지 맛있게 먹었으니 그것으로 만족해야지. 그날 배는 매우 고팠지만 많은 것을 생각하고 느끼며 산 하루였다. 그리고 생각했다. 세상에 공짜는 없다고. 그날 일은 내가 인생을 살아가는 데 많은 자극이 되었다.

얼마 전 학교로 가던 그 길을 따라가 보았다. 내가 삼립빵을 사 먹던 가게는 없어져 버리고 고층 아파트가 들어서 있다. 삼 형제 우물이 있고, 아카시아, 개나리, 진달래가 만발하고 뻐꾸기가 울던 능선길은 대로로 변하여 옛날의 아기자기한 기억은 추억의 언덕 너머로 홀연히 흘러가고 있었다.

하굣길 삼총사가 장난치며 걸어가든 성곽길만 옛 추억을 말해 주듯 상념에 잠긴 나를 반겨 주고 있다. 희희낙락거리며 뛰놀던 친구, 동성이와 현철이가 보고 싶다. 지금 어느 하늘 아래 살고 있는지…….

구멍가게에서 나를 토닥여 주시며 손자처럼 다정하게 감싸 주시던 할아버지. 지금 살아 계시면 구순이 넘으셨을 모습을 추억의 언덕에서 살포시 그려 본다. 성 위에 올라 새파란 창공에 흘러가는 흰 구름 떼를 향해 소리를 내어 외쳐 본다. "현철아! 동성아! 보고 싶다. 어디 있니?" 되돌아오는 것은 메아리뿐이다. 성 밑을 지나는 사람들이 이상한 눈빛으로 힐끔힐끔 쳐다본다.

오랜만에 삼총사가 걸었던 하굣길을 걸으면서 옛 추억을 떠올려 보니 너무 좋았다. 집에서 먹어 본 추억의 삼립빵은 크기도 작아졌고 그 시절의 그 맛은 아니었다. 크림 맛이 옛날 그대로의 감촉으로 혀끝에 와닿으며 흘러간 세월 속의 정겹고 아기자기한 기억을, 머무르고 싶은 순간들 속에 잠시나마 빠지게 하는 행복한 시간이었다.

어머니의 가을걷이

가을은 수확의 계절이다. 농촌에서는 서리가 오면 한 해 농사를 망치기 때문에 밭곡식을 거두는 일로 바쁘다. 고향에서의 흘러간 추억을 떠올리며 집에 도착하니 반갑게 맞이할 어머니가 안 계신다. 인근 밭에 가니 호미로 고구마를 캐시다 아들을 껴안으며 반가워하시는 어머니! 자식이 나이 들어도 어리게 보이는 모양이다. 자신의 인생 계급장이 하나둘 늘어 가는 것은 모르시며 좋아하시니 이것이 어머니의 마음인가 보다.

"아들 왔으니 오늘 할 일은 다 끝난 것 같고 마음은 포근해지네."

"어머니! 이런 것들 이제 좀 심지 않으시면 안 돼요? 밭도 이제 남들이나 동생한테 주고 편히 놀러 다니세요. 여태까지 자식들 뒷바라지해 온 세월이 힘들고 억울하지 않으세요?"

어머니는 웃으시며, "내가 여태 농사지으며 너희 공부시키고 키워 왔지만, 이 일이 좋아서 하는 거야. 농사일 안 하고 가만히 있으면 몸이 피곤하고 병날 것 같아. 무리해서 짓는 것도 아니고 힘들면 흘러간 세월 돌아보며 새소리 들으며 일하는 것이 얼마나 좋은지 몰라."

"지금 연세가 몇이세요. 이제 사실만 하신데 힘들게 일하시면 남 보기도 그렇잖아요."

"아범아! 그럼 쉬엄쉬엄할게. 이것 봐라! 이렇게 큰 고구마들이 주렁주렁 달려 나오잖아. 이 맛 때문에 농사짓는 거야."

넝쿨을 이리저리 헤치며 고구마를 캐다 보니 문득 흘러간 추억이 머리를 스치고 지나간다.

어느 해인가 뒷동산 인근 300여 평 밭에 고구마를 많이 심었다. 그러나 그해 고구마 값이 폭락해 헐값에 상인에게 넘기고 상심해하시던 아버지의 모습이 떠오른다. 고구마를 팔아 서울에서 공부하는 지식들 생활비와 등록금을 마련하고 생계에 보태려고 했는데 말이다.

고구마 수확이 끝나고 마을 앞 논둑 위에 심어 놓은 서리태를 베러 떠났다. 논둑에 가득 심어진 서리태들이 고향을 찾은 나를 반갑게 맞이한다. 주렁주렁 매달려 있는 까만 서리태가 오늘따라 신기하게 보인다. 한참 낫을 들고 서리태를 베다 보니 너무 힘들고 피곤하다.

짬을 내 등심 쇠고기와 양념 통닭을 상추에 곁들여 먹으니 너무 맛이 있다. 이것이 농심이고 땀 흘린 대가가 아닐까? 어느 틈에 고기 냄새를 맡고 이웃집 삽사리가 곁에 와서 꼬리를 살랑살랑 흔든다. 한 점을 집어서 주니 맛있게 먹으며 더 달라고 가지 않는다. 세 점을 주니 그제야 좋아라 하면서 물고 집으로 향한다.

조금 있으니 참새와 까치들이 날아와 우리 주위를 기웃거린다. 그리고 보니 고향을 찾은 내가 반가워 옛이야기를 하러 찾아온 것같이 보였다. 따스한 햇볕이 포근하게 반겨 주는 논둑 위에서 갓 쪄 온 옥수수와 팥빵, 동치미 국물을 마시며 어머니와 흘러간 추억을 회상하며 이야기꽃을 피운다.

"초등학교 시절 너를 업고 내를 건너다 잘못하여 떠내려갈 뻔했던 일이 지금도 생각나. 흙으로 만든 다리는 왜 그리 잘 무너지고 장마에 떠내려갔는지."

"그때 동네에서 동고동락하며 농사짓고 고생하며 살던 사람들은 하나둘 떠나고, 이제는 나그네들이 많이 살지만, 그 시절이 매우 그리워."

"어머니! 그때 이웃사촌 다 떠나고 없으니 이제 밭일 그만하세요. 나이 드셔서까지 자식들 농사지어 줄 필요 없잖아요. 돈 주고 사 먹으면 되고 가끔 서울 올라와서 쉬었다 가세요."

"서울 가면 너무 피곤하고 답답해서 며칠 있기도 힘들어. 성냥갑 같은 아파트 숲에 가득 찬 차와 사람을 보면 숨이 콱콱 막히고 병날 것 같아. 평생 살아온 이곳에서 자연과 벗 삼아 생활하며 흙에 묻혀 보내는 세월이 아주 좋거든. 맑은 공기 마시며 새들과 대화하고 사는 것이 건강에도 얼마나 좋은지 몰라. 너희도 자주 찾아오고 이곳 아들도 곁에서 도우니 나는 얼마나 행복한지 몰라. 오늘 내려와 고구마 캐며 흘러간 추억도 되새겨 보고 서리태 수확 많이 했으니 내일 갈 때 가져가렴."

하시며 쳐다보는 어머니의 모습이 너무나 인자하고 평온해 보인다.

자식이 이제는 살 만한데 그런 것을 모르고 자신이 세상에서 제일 부자인 것처럼 가진 것을 자꾸 주시려 하니 이것이 가없는 모정이 아닐까?

인생에서 수확이란 무엇인가? 자식이 잘돼 입신출세하며 사는 것이 수확인가, 자식들 근심 걱정 털어 버리고 편하게 여생을 보내는 것인가. 평생 힘들고 어렵게 살아온 인생 항로를 즐기며 사시길 바라는데 어머니는 일에만 묻혀 사시며 자식들 걱정만 하시니…… 어머니의 가을걷이를 도와드리고 나니 힘들고 피곤했지만, 어머니의 지고지순한 사랑이 포근하고 아늑한 자장가처럼 들려오는 즐거운 하루였다.

'어머니의 가을걷이'를 도와드리며 나는 매우 기뻤다. 내가 직장 생활을 하며 받은 그 어떤 크고 많은 상보다 풍요롭고 값지며 온정이 스며든 지고지순한 '수확의 상'을 어머니로부터 받았기 때문이다. 어머니가 사시면 이제 얼마나 더 사시겠는가? 수시로 찾아뵙고 흘러간 추억과 정담을 나누며 아기자기한 이야기의 꽃을 피우고 싶다.

청초하고 아름다운 젊을 때 모습은 세월의 뒤안길로 사라져 가지만 언제나 자애롭고 온후하신 우리 어머니! 떠날 때 대문 앞에서 손을 잡고 아쉬워하는 어머니의 까칠까칠하고 무딘 손마디가 평생 자식들을 위해 노심초사하며 살아오신 인생의 계급장같이 느껴져 너무 가슴 아프고 눈물이 났다.

다음 고향에 갈 때는 손에 바르는 로션을 한 묶음 사다 발라 드려야지.

그러면 어머니는 빙그레 웃으시며 "아유, 우리 아들 최고다!" 하시며 등을 두드려 주시겠지. 화사한 얼굴로 자식을 몹시 반가워하시는 어머니의 인자한 모습을 다시 한번 눈앞에 그려 본다. 어머니 고맙습니다! 사랑합니다! 오래오래 장수하세요.

추억의 정거장

(어머니)

　어머니의 손을 잡고 오늘은 추억의 언덕에서 정담을 나누세요. 어머니의 자식 사랑은 한결같습니다. 무심코 던진 말에 속으로 서운해하시지만 자식을 끔찍이 사랑하시는 어머니!

　까칠까칠한 어머니의 손과 주름 잡힌 인생 계급장은 평생 자식을 위해 살아온 하해 같은 사랑이 아닐까요. 얼마 전 초등학교 앞 시멘트 다리 위를 지나며 추억을 회상해 보았습니다. 초등학교 시절 장마 때 흙다리가 무너져 어머니의 손을 잡고 냇가를 거닐던 추억이 떠오르네요.

　오늘은 어머니와 지난날을 회상하며 추억의 언덕에서 편지를 써 보세요.

4장
......

사랑과 감동의
세월

어떤 선행

　얼마 전 공공기관 행사에, 가까운 지인이 상을 받아 축하객으로 참석한 일이 있었다. 문화, 홍보, 복지, 주민 등 지역사회를 위해 봉사한 선행자들을 시상하는 자리였다. 끝으로 대상을 발표하는데, 어디서 많이 본 듯한 얼굴이다. 안경은 끼지 않았지만 수줍어하며 은은한 미소와 함께 상을 받는 모습이 너무나 평온해 보였다.

　몇 년 전의 일이 머리를 스치고 지나간다. 요즘은 미용실에서 젊은이들이 이발을 많이 하는 편이지만 대부분 남성은 이용실을 선호한다.

　내일 중요한 업무 보고가 있어 이발하려고 하니 하필 오늘이 화요일이다. 혹시나 하여 동네를 돌아보아도 모두 문을 닫았다. 인터넷을 찾아보니 가까운 이웃 동네에서 한 곳이 영업하고 있다. 나는 이게 웬 횡재냐 하고 그곳으로 급히 향하는데 근처에 지하 이발소가 보인다. 가까운데 아무 데서나 빨리 이발하고 가자. 내일 할 일도 많은데……
지하로 내려가니 단골 이용실과는 분위기가 좀 달랐다.

　20대의 종업원이 방끗 웃으며 얼굴을 팩으로 덮는다. 조금 있으니 상체에 다리를 올려놓는다. 아마 전신마사지를 하려는 모양이다. 퇴폐 이용실인데 잘못 왔구나. 어떻게 하나. 그때 핸드폰 전화가 울렸다. 나는 기회는 이때다 하고 재빨리 일어나 밖으로 와서 전화를 받았다. 지나가는 사람이 이상한 눈으로 쳐다봐서 거울을 보니 얼굴에 팩을 붙인 채 걷고 있었다.

　이웃 동네 이용실에 도착하니 50대의 종업원이 반갑게 맞이한다. 면도부터 하시라고 하며 옆쪽 의자로 안내하는데 이상한 눈치가 보여 조금 망설이니까 미소를 띠며 "오시기 전에 언짢은 일 있으셨어요?" 하고 말한다. "여기도 팩 붙이고 면도하나요?" 하고 말하니 "선생님은 팩 마사지 좋아하세요? 어쩐지 얼굴이 동안이세요." 하며 웃는다. "아니에요. 팩 아주 싫어해요." 하니 "걱정하지 마세요. 이곳은 팩 마사지 안 하거든요." 하며 호호 웃는다. 첫눈에 보기에도 이용실에 근무할 종업원 같지 않았다. 면도하는 솜씨도 단골 종업원처럼 능수능란하지 않았지만, 교양은 있어 보였다. 어머나! 어쩌지! 하는 말을 듣고 눈을 뜨니 이마 쪽을 살짝 베고 말았다. 어쩔 줄 모르고 당황해하는 그녀를 보고 나는 괜찮다고 말했지만, 속마음은 찜찜했다.

어찌 오늘은 제대로 되는 일이 없으니. 어제 머리만 깎았어도 오늘 같은 일은 일어나지 않았을 텐데. 그래도 퇴폐 이용실을 탈출해서 다행이라고 생각했다.

그곳에 있었으면 나는 지금 어디쯤 가고 있을까. 면도를 잘못해 드려 죄송한 마음으로 세수까지 시켜 드린다고 하며 세수를 정성껏 시켜 주는 그녀에게서 초등학교 시절 어머니 손 같은 포근함과 따스한 촉감을 받았다. 며칠 후에 지인 집에 가다 보니 한 모녀가 손수레에 종이 상자를 쌓아 끌고 간다.

한 사람은 어디서 본 것 같은데 기억이 나지 않는다. 호기심에 너무 다정해 보이는 모녀를 뒤따라가 보니 허름한 집 옆 골목에 상자가 많이 쌓여 있다. 나는 골목 주위에 몸을 감추고 모녀의 대화를 엿들었다.

"매번 수고해서 어쩌지…… 고맙기는 한데."

"괜찮아요, 아주머니. 제가 좋아서 하는 일인데요."

골목길을 걸어 나오는 그녀를 보고 나는 황급히 옆길로 달려갔다. 오늘은 왜 이발소에서 근무를 안 하고 가족도 아닌데 여기서 상자 줍는 것을 도와드리나. 그 후 나는 집이나 이웃의 상자를 수집해서 그녀 몰래 할머니 집에 갖다 놓곤 하였다.

다음 달 이용실에 가니 그녀가 없다. "먼저 아주머니 그만두셨어요?" 하고 말하니,

한 달에 두 번, 첫째, 셋째 화요일만 봉사하러 온다고 한다. 일당도 다른 종업원에 두 배(주인이 일당을 더 보태 줌)를 받는데, 그 일당에 열 배를 보태어서 불우 이웃을 위한 선행을 10여 년 넘게 해 오셨다고 한다. 어쩐지 면도 솜씨가 서툴고 교양이 있어 보였는데…… 죄송하다고 하며 정성껏 얼굴을 씻겨 주던 모습이 정겹고 형식적으로 보이지 않았다.

명절날 자기 집 앞에 버려진 선물상자를 서로 차지하려는 할머니들을 보고 어린 시절 고생하시며 자식 키우시던 어머니 모습이 떠올라 선행에 참여하기 시작했다는 그녀. 미용실과 식당에서 자원봉사를 하며 불우 이웃을 돕는다는 그녀의 선행에 저절로 고개가 숙어졌다. 자신보다 더 큰 선행을 하는 사람들이 수없이 많은데 상을 주신다고 해서 많은 고민 끝에 참석했다는 그녀의 수줍음 섞인 말 속에서 우아함과 숭고함이 떠올랐다.

선행은 마음속에서 우러나오지 않으면 한두 번은 쉬워도 계속해서 남모르게 하기는 쉽지 않다. 지금도 어디에선가 선행하고 있는 수많은 수호천사가 있기 때문에 우리 사회는 밝아지고 있다. 그녀처럼 선행을 일상으로 하지 못하고 가끔 불우 이웃 돕기에 참석한 나는 부끄러울 뿐이다. 자신의 가족에게 더 베풀고 싶지만, 그녀는 어려운 이웃에게 베푸는 선행이 더 풍요롭고 부유하기 때문이라 생각한다.

대상을 받으신 수호천사가 늘 이웃과 주위에 풍요로운 사랑과 정을 주며 건강하고 행복한 나날이 되길 기원해 본다.

과유불급(過猶不及)

과유불급이란 논어에 나오는 말로 제자 자공이 "자장과 자하 중 누가 현명합니까?"라고 공자에게 물었다는 데서 유래한 말이다. 이에 공자가 "자장은 지나치고 자하는 미치지 못하지만 지나침은 미치지 못함과 같으니라." 하며 중용(中庸)의 중요성을 일깨워 주었다 한다.

우리가 일상을 살아가며 한번쯤 되새겨 볼 만한 문구다. 얼마 전 은행에 들렀는데 창구 입구를 외제차가 막고 있어 많은 사람이 반대편 출구로 돌아가며 짜증을 내고 있다. 자전거를 타고 온 80대 후반 할아버지가 창구에 들어서며 큰소리로 외친다. "외제차 ○○89 주인 차 좀 빨리 빼요. 은행에 들어가기 불편하잖아!" 하고 소리를 질렀다. 창구에서 거래하던 사람이 할아버지에게 공손히 허리 굽혀 인사하며 "죄송합니다. 급한 일이 있어서요. 곧 빼겠습니다." 하며 인사를 하는데 40대 후반쯤 되어 보인다.

할아버지는 화가 나서 "빨리 차 빼 이 사람아! 당신 때문에 여러 사람 불편하잖아! 이 은행 자네 거야! 자네가 샀어!" 하며 창구에서 마구 떠든다. 경비 직원이 "할아버지! 죄송합니다. 거의 다 하셨어요." 하며 안쪽으로 모시며 차를 권하자 업무를 마친 사람이 나가며 할아버지에게 한마디 한다.

"할아버지! 나이 드신 게 벼슬은 아니에요. 죄송하다고 했잖아요."

"뭐야, 이 ○○○! 네가 버릇고개를 알아! 이놈의 세상." 하시며 화를 내신다. 은행을 나서며 조금 전의 일을 곰곰이 떠올려 보았다. 은행은 공공장소인데, 외제차 때문에 유모차를 몰고 온 아주머니, 창구를 찾는 사람들, 나이 많은 어른들이 반대편으로 돌아가서 은행 업무 보기가 좀 불편했다.

처음에는 할아버지 말에 공감하고 있었다. 내 생각엔 그 사람이 은행의 단골 고객처럼 같아 보였다. 그러기에 경비 담당 직원 양해를 구하고 거래를 한 것으로 보인다. 급한 마음에 주차 공간도 마땅치 않아 빨리 업무를 처리하고 가려는데 할아버지에게 무안을 당했으니 기분이 상한 것 같다.

할아버지 입장에서 보면 60년대 전형적인 보릿고개 시대를 이끌어 온 우리나라 격동기의 주인공이다. 힘들게 살아온 지난날엔 이런 경우 거의 없어 큰소리치신 것 같았다. 한번 하시고 그쳤으면 하는 아쉬운 마음이다. 나이 젊은 사람이 죄송하다며 빨리 업무를 끝내고 가겠다고 했는데…… 가만히 계셨으면 여러 사람에게 마음의 박수를 받으셨을 텐데…… 하는 아쉬움이 들며 과유불급이라는 말이 머리를 스치고 지나간다. 요즘 인터넷에는 편법으로 기업을 송두리째 어린 자식에게 증여한 기업가의 이야기로 떠들썩하다.

몇천 억대의 자산을 세금 포탈해 가며 자식에게 증여한 기업가를 여론은 비판하고 있다. 몇십만 원 월세 낼 돈이 없어 지하 셋방에서 세상을 떠난 사람의 이야기가 생각난다. 그분도 이 회사가 생산한 제품을 먹고살다 세상을 등졌다. 세금을 포탈하기에 앞서 자선단체나 불우 이웃에게 얼마의 기부금이라도 내놓았으면 많은 사람에게 지탄받지 않았을 텐데…… 하는 아쉬움이 든다. 농민이 힘들게 생산한 상품을 바탕으로 성공한 기업, 국민의 먹거리로 부를 축적해 재벌이 된 사람이 아닌가.

수십 년의 세월을 봉급생활자로 많은 세금을 내며 살아온 나로서는 도저히 이해가 안 간다. 또 다른 기업인 A회사의 창업주 회장은 300억을 장애인 복지재단에 남몰래 기부한 것이 사후에 알려져 세상을 보름달처럼 환하게 비추고 있다.

금융감독원에서 많은 주식이 감소한 것을 세금 포탈로 생각하고 감사한 결과 나타난 사실이라 한다. 세금감면 혜택도 받지 않고 남모르게 사회에 기부한 것을 보고 많은 사람이 고인을 칭찬하고 있다. 아버지 재산을 상속한 아들은 1,000억 원 대의 상속세를 5년간 나누어 낸다고 세무서에 정직하게 신고했다 한다. 탈세를 안 하겠다고 작심한 그를 보며 국가를 위해 사업을 하는 참신한 기업가의 일면을 보는 것 같다. 사람은 영원히 사는 것도 아니고 그 재산을 잠시 이용하다 가는 것이다.

과유불급에는 무소유의 개념이 포함되고, 어쩌면 상통하는 부분이 있는 것 같다.

세계를 정복하며 살다간 마케도니아의 알렉산더대왕은 유언에서 자신을 묻을 때 내 손을 무덤 밖으로 빼놓고 묻어 달라 했다. 스무 살에 왕이 되어 페르시아제국과 이집트, 유럽, 아시아, 아프리카에 걸쳐 많은 땅을 정복한 대왕도 죽으면서 과유불급과 무소유를 실천하고 세상을 하직했던 것 같다. 무소유를 실천하신 법정 스님의 말이 머리를 스치며 지나간다.

"아무것도 가지지 않을 때 모든 행복을 얻는다."

물건이 하나도 없이 산다는 의미가 아닌 욕심의 마음을 조금이라도 비웠을 때 진정한 무소유가 된다. 무소유란 타인에게 베푸는 자비가 아닌, 나를 나 자신이 거두어들이고 마음의 평정을 찾는 일이라고 말씀하신다. 용서란 타인을 위한 용서가 아니라 나의 마음에 평화, 무소유를 의미하고 있다. 세상 사람이 과유불급의 말과 뜻은 알지만, 막상 실천하려고 하면 '나는 아니지. 다른 사람의 일이야.' 하고 생각하니 잘 안되는 것이 현실이다. 요즘 인터넷에서 회자되는 두 기업의 사례를 보며 과연 나는 어느 쪽을 택할 것인지 생각해 본다.

나는 A 회사를 운영하는 기업인처럼 살고 싶다. 지탄받고 살아가기는 힘들 것 같다. 과유불급은 공자님이 제자들에게 말씀하신 말이지만 많은 세월이 흐른 오늘날 각박한 세상을 살아가는 우리에게 교훈이 되는 말이라고 생각한다.

지나치지 않을 만큼 마음에 여유를 가진 사람이 사는 사회는 선진사회다. 이런 사회가 지구상에 얼마나 될까? 가진 것이 많은 사람이 수익의 일부를 사회 공동체에 환원하면 무소유도 자연스레 실현될 수 있다. 기업가나 졸부들이 축적한 부를 사회단체에 기부하며 더불어 공생하면 우리 사회는 더 행복하고 살맛 나는 사회가 될 것 같다. 지금 우리 사회는 온기보다 냉기, 사치, 이기심, 일확천금의 꿈이 넘쳐 나고 있다. 모든 사람이 과유불급의 말뜻을 이해는 하지만 그냥 흘러가는 말로 남의 일처럼 나는 아니라는 안일한 생각을 하며 살아간다. 가진 자는 더 많은 재산을 모으기 위해 상대방을 헐뜯고 모함하며 살아간다.

기업이 축적한 부는 가난한 서민과 국민이 의식주를 해결하기 위해 쓰인 피땀 어린 작은 결정체들이 모여 생긴 것을 모르고 있다. 인생은 잠시 왔다 가는 나그네의 길이고, 내가 소유한 재산은 잠시 사용하다 남기고 가는 남의 물건인 줄 모르고 살아가는 허무한 인생사가 아닌가! 이제라도 과유불급의 참뜻을 이해하고 사회를 위해 작은 나눔을 실천하며 살아가고 싶다. 공자님의 말씀은 국가라는 큰 화단이 있다면 자장은 기업가와 졸부들이고, 자하는 국민들의 마음이라고 생각한다. 기업가, 정치인, 학자, 사회 각층 모두가 과유불급을 한번쯤 생각하며 살아갈 때 행복하고 살기 좋은 나라가 된다고 생각한다.

공생(共生)과 기생(寄生)

　공생은 각기 다른 두 개 이상의 생물이 서로 영향을 주고받고 서로를 위해 살아가는 관계를 말한다. 여기에는 무조건적인 공생도 있지만, 악어와 악어새, 개미와 진딧물처럼 서로를 위해 상생하는 공생도 있다. 며칠 전 소철나무에 우연히 공생하는 식물을 발견했다. 어디에서 날아왔는지 끈끈이 대나물 꽃과 잔대가 어울려 살아가고 있다. 대나물 꽃의 끈끈한 부분이 소철나무에 기어 다니는 개미나 모기 해충을 잡아 주고 있다. 높이 자란 잔대는 보라색 꽃이 예쁘게 만발하여 소철나무 주위의 그늘 가리개 역할을 하며 무더위를 식혀 주는 것같이 다정스레 보였다.

　기생은 서로 다른 생물이 함께 생활하며 한쪽은 이익을 얻고 다른 쪽은 손해를 입는 경우를 말한다. 소철나무 뒤편을 보니 바랭이와 쇠비름, 명아주 등의 잡초가 나무의 영양분을 먹고 있고, 일부 줄기가 소철나무를 겹겹이 감싸고 있다.

　그냥 두면 소철나무가 답답하고 양분을 너무 빼앗아 먹을 것 같아 잡풀을 뽑아 주었다. 자연에서 기생하는 식물 중에 '야고'가 있다. '야고'는 억새에 기생하며 살아가는 식물이다. '야고'는 10~20㎝에 한 개의 엷은 자주색 꽃이 피어나는 한해살이 꽃인데 제주도 한라산에서 많이 볼 수 있지만, 상암동 하늘공원에서도 가끔 볼 수 있다. 드센 억새에 기생하며 가녀린 꽃을 피우는 야고를 보며 공생과 기생을 생각해 본다. 공생과 기생은 식물에서 많이 볼 수 있지만 동물과 인간사회에서도 흔히 볼 수 있다.

　얼마 전 A 회사 노동조합에 대한 기사를 본 적이 있다. 노조와 회사가 공생하기로 소

문난 소위 잘나가는 기업이다. "회사가 있어 우리가 존재한다. 우리는 회사의 주인이자 경영자다. 오늘도 행복한 마음으로 힘차게 일하자! 우리의 내일의 꿈을 키워 주는 회사를 위하여! 오늘도 열심히 파이팅!" 사원들은 아침마다 이 문구를 음미하며 출근한다. 회사와 사원이 더불어 살아가는 공생 노조로 타 회사의 부러움을 사는 기업이다.

회사 경영이 모두를 만족시킬 수는 없는가 보다. 언제부터인가 경영방침에 반대하는 직원이 생겨나기 시작했다. 일부 직원은 회사에 터무니없는 복지와 인센티브를 요구했다. 이들은 승진에서 탈락하거나 신변에 불이익을 당한 직원을 포섭하여, 노조 대표 선거에서 경영에 불만을 가진 직원을 노조위원장에 당선시켰다. 노조위원장은 집행부 조직을 자기 사람으로 바꾸었다. 소위 말하는 강성노조였다. 이전에 없던 대규모 집회가 열리고 회사와 마찰이 자주 생겼다. 노조의 주장을 따르려니 많은 경비 지출로 회사의 운영이 어려워졌다.

사원의 복지를 앞세워 자신들의 이익을 챙기려는 기생노조원 때문이었다. 대다수 직원의 뜻에 반하는 노조, 회사와 공생이 아닌 자신만을 위한 기생노조 때문에 사원은 동요하고 주위에서 회사를 보는 눈이 달라지기 시작했다. 회사를 생각하는 사원이 중심이 되어 또 다른 노조를 설립했다. 대부분 사원이 새로운 노조에 가입했고, 소수의 사람만 남게 되었다. 소수만 남게 된 이들은 사원의 복리후생과 상여금, 임금 인상을 위한 극렬 투쟁을 선포하였지만 따르는 직원이 별로 없었다. 다수 직원이 회사와 상생하는 노조의 뜻을 따랐고 기생노조에 눈길을 주지 않았다. 회사에서는 소수만 남은 노조원의 요구를 일부 수용하기로 하고 새로운 노조 가입 협상을 하였으나 응하지 않자 해직시켰다.

설상가상으로 경쟁사의 투서로 회사가 세무감사를 받게 되었다. 다수 사원이 앞장서 투쟁하기를 주저했고, 회사 경영이 점점 어려워졌다. 회사가 어려워지자 해고된 기생노조원들이 세무서 앞에서 1인 시위를 돌아가며 실시하였다.

세금 추징의 부당성과 A 회사의 세금감사를 빌미로 B 회사를 유리하게 하는 표적 감사다. 회사가 지역사회와 상생하는 사례와 공헌도를 언론에 홍보하고 국민과 지역사회에 눈물로 호소하였다. 많은 사람이 대기업도 아닌 지방의 유능한 A 회사의 세무 감사의 의문을 품게 되었다. 여론은 점차 A 회사에 대해 우호적으로 기울고 지역사회에서도 장기 감사로 인한 경기 침체에 대한 반발과 동요가 일고 국민들도 동정심과 관심을 갖게 되었다. 이에 동조하여 사원들의 대규모 시위가 매일 일어나자 지역사회의 동조가 일기 시작했다. 적은 추징금으로 회사 운영이 정상화되자 회사 대표는 기생노조원의 노고를 위로하고 포상하며 전원 복직시켰다.

회사가 잘나갈 때는 권리를 주장하고 기생하는 사원이었지만 위기에 처한 회사를 살리자는 생각은 노사가 한마음이었다. 회사가 풍전등화와 같이 어려울 때 서로 얼굴을 맞대고 토의하면 기생도 공생할 수 있다는 것을 우리에게 시사하고 있다. 어려운 일이 닥쳤을 때 서로의 입장에서 한번쯤 생각하고 어우르며 소통하고 공생하며 살아가는 사회는 살맛 나는 사회다.

　기생이 만연한 사회는 튼실한 사회가 될 수 없다. 가만히 않아 상대방을 등치고 해를 끼치는 사람이 많은 사회는 퇴보하고 패망할 수밖에 없다. 그렇다고 기생을 무조건 배척해서는 안 된다고 본다. 때에 따라서 서로의 생각과 가치관 때문에 포기한 일을 기생이 할 수 있는 경우도 생기니 말이다.

　끈끈이, 대나물 꽃과 소철나무의 자생적 공생, 드센 억새 속에서 공존하며 한 떨기 가녀린 예쁜 자주색 꽃을 피워 내는 야고의 자연에서의 기생처럼, 인간사회에도 포옹과 협치 속에 어우러진 공생과 기생이 필요할 때도 있다고 생각한다.

　무조건적인 기생, 반대보다는 토의하고 협치하며 화합하는 경우도 때론 필요하다. 우리 사회에 필요한 것은 화합과 공생이지만 기생을 어우르며 화합하고 상생하는 사회가 진정 필요하다고 생각한다.

어머니의 텃밭

단수이(danshui)

단수이는 타이완 북서부에 있는 항구도시로 풍광이 아름다워 '동방의 베니스'로 불린다. 1980년 후반까지 타이완 제1의 수출항이었으나 하구에 모래가 쌓이고 퇴적층이 생기며 대형 선박의 입항이 어려워져, 지금은 관광을 위한 휴양도시로 변모하였고 단수이강의 일몰은 유명하다.

역사의 소용돌이의 주인공인 홍마우청(홍모성)이 있고, 대만 배우 주걸륜이 감독과 주연을 맡은 로맨스 판타지 영화 〈말할 수 없는 비밀〉의 촬영지, 단감중학교와 진리대학교의 캠퍼스를 거닐다 보면 아름다운 풍광과 피아노의 선율 속에 영화 속으로 흠뻑 빠져든다.

홍마우청(홍모성)의 원래 이름은 '세인트 도밍고 성'으로 스페인에 의해 세워졌으나, 네덜란드 동인도회사가 이 지역을 차지하며 홍마오청(홍모성)이라 부르고 있다. 붉은 머리를 한 사람들(서양인)이 세운 성이라는 뜻으로 1867년부터 영국, 미국 등의 영사관으로 사용되었는데, 이 건물을 차지했던 나라의 깃발이 펄럭이고 있다.

서구적인 느낌이 풍기는 세련되고 우아한 모습, 정원과 조화를 이루며 어우러진 붉은빛 건물이 감명 깊게 다가온다. 건물 내부 화랑과 집무실은 포근하고 따뜻한 인간애가 느껴지며, 자연과 새소리에 동화되어 흘러간 역사의 파노라마에 빠져든다.

성 아래 강물은 역사의 아픔도, 이방인의 애틋한 그리움과 사랑도 묻어 두고 고요와 적막 속에 흐르고 있다.

영화 〈말할 수 없는 비밀〉에서 주걸륜과 계륜미가 걸었던 단감중학교 교정을 거닐며, 피아노의 아름다운 선율에 푹 빠져 풋풋하고 달콤한 로맨스의 주인공이 되어 본다.

> 사오이(계륜미): 널 만난 것 자체가 내게는 기적이거든.
> 상륜(주걸륜): 내가 친구라며 왜 그렇게 비밀이 많으실까? 우리 공주님.
> 사오이(계륜미): 나 잡아 봐라! 나 잡으면…… 말해 주지.

계륜미의 풋풋하고 그윽하며 의미심장한 미소가 눈에 선하다. 아름다운 학교 풍광에 흠뻑 빠져들며 흘러간 학창 시절의 아련한 추억을 되돌아본다. 친구들의 얼굴이 떠오르며 그리운 선생님 모습이 스치고 지나간다.

인근 진리대학교 정문을 등지고 경상대학으로 들어가니 왼쪽 교장실이 있던 피아노 방이 보인다. 두 대의 피아노를 사이에 두고 상륜과 학교 선배가 대결하는 '피아노 배틀'이 떠오른다. 어디선가 상륜과 샤오이가 걸어 나올 것 같은 느낌이 들며 함께 시간 여행을 떠나고 싶은 착각에 빠져본다.

'첫사랑'은 달콤하고 꿈같이 아름다운 추억의 강이다. 주걸륜이 중학 시절 모교에서 겪은 첫사랑의 싱그럽고 풋풋했던 낭만의 추억을 프레임(frame)에 담은 청춘 판타지 영화, 감미로운 피아노 음악 소리와 서정적인 화면 전개로 관객을 압도하며 탄성을 자아내지만, 시간의 공간 때문에 이루어질 수 없는 애틋한 사랑이 깃든 영화. 상민이 샤오이에게 한 말이 떠오른다.

"이젠 사라지지 마. 오직 너를 연주할게, 오직 너만을 위해. 알았지? 샤오미!"

말없이 상민의 등에 지그시 눈을 감고 기대여 있는 샤오미의 모습이 너무 평화롭고 사랑스럽다. 이 순간만은 세상 모든 것을 다 가진 것 같은 성민과 샤오미의 첫사랑의 보금자리를 왠지 떠나고 싶지 않으며, 내가 영화의 주인공이 된 것 같은 착각에 빠진다. 떠나기 싫어지는 아쉬움의 발걸음을 뒤로하고 단수이강의 일몰을 보기 위해 스타버스로 향했다.

거리의 많은 젊은이와 부부들이 자전거를 타고 사진을 찍거나, 흥겨운 여흥 시간을 보내고 있다. 카페가 복잡하여 잠시 벤치에 앉아 맥주와 해산물 튀김으로 군것질을 하고 있는데, 와! 와! 하는 우렁찬 젊음의 환호성 소리가 들려온다. 놀라 주위를 보니, 사방에 붉은 노을이 하나둘 수놓아지고 석양이 강물 속으로 서서히 빨려들고 있다. 하늘은 붉게 물들어 가고 강의 물결이 찰랑찰랑 파도치며 시새움하듯 여기저기 붉은 수채화 사이를 넘나들고 있다.

젊은이들이 여기저기서 탄성을 올리며 손뼉을 치고 사진 찍기에 바쁘다. 풋풋한 젊음의 물결에 동참하고 싶어 무리 속으로 한 발 들어서 본다. 환호성을 울리며 동참해 주는 젊음의 뜨겁고 싱그러운 물결, 마음은 청춘인데 왠지 격세지감이 드는 것은 무엇 때문일까? 보릿고개 세대인 나는 경험하지 못한 풋풋하고 뜨거운 젊음이 부럽다. 바람 같은 찰나의 시간 속에 흘린 청춘이 너무 그립고 아쉽다. 돈 주고 살 수 없는 순박하고 싱그러운 뜨거운 물결, 소박하고 정이 물씬 풍기는 아기자기한 젊음의 탄성이 너무 부럽다. 아쉬운 마음을 달래려고 강가 벤치에 앉아 석양을 바라보며 사랑을 속삭이는 상민과 사오이의 모습을 떠올려 본다.

지금 나는 〈말할 수 없는 비밀〉 촬영지 '단수이'에서 시간 여행을 하고 있다. 아름다운 피아노의 선율과 판타지 로맨스에 동참하여, 음표 여행을 마치면 빠른 건반을 타고 시간의 공간 속으로 돌아가야 한다.

단수이는 아름다운 항구도시로 중화민국 혼돈의 역사의 물결이 살아 숨 쉬고 있다. 홍모성에서 흘러간 역사의 파노라마를 돌이켜 보고 단감중학교와 진리대학교의 교정을 거닐며 영화 〈말할 수 없는 비밀〉에서 주인공이 되어 흘러간 청춘을 만끽하고, 세월 속에 나를 되돌아보는 시간을 갖는 것도 좋을 것 같다.

어차피 청춘은 불같이 뜨겁고 웅장하지만 소박하고 아기자기하며 그윽한 젊음과 사랑의 향이 가슴 깊이 스며 있기 때문이다. 강가에 늘어선 먹거리 카페에서 생맥주와 간식을 먹으며 강물 속으로 붉은 섬광을 풍기며 홀연히 빨려 들어가는 일몰을 보며, 환호성을 지르고 젊음에 동참하여 낭만을 즐기는 것도 추억의 하나가 될 것 같다. 단수이 여행은 흘러간 시간 여행 속에 빠져 있던 잃어버린 자아를 발견하고 현실의 나를 재충전하는 즐거운 시간이었다.

4장　사랑과 감동의 세월

사랑의 종류

누구나 세상에서 가장 가지고 싶고 누리고 싶은 것이 있다면 행복이고, 행복 중에서 가장 소중한 것 중의 하나는 사랑이라 생각한다. 우리는 인생의 길목에서 사랑이라는 말을 수없이 쓰며 살아간다. 사랑의 종류도 여러 가지가 있는데 그중 진정한 사랑은 몇 종류나 될까?

아기가 응애! 응애! 하고 어머니의 배 속에서 세상의 문을 두드리고 나올 때부터 사랑은 시작된다. 세상 물정 모르고 어머니의 젖을 먹으며 살아가는 천진난만한 아기를 금지옥엽처럼 바라보는 어머니의 그윽한 마음은 솜사탕같이 달콤하다. 바라보면 모든 것이 선하게 보이는 아기의 순진무구한 모습을 보며 하루의 피로가 눈 녹듯 사라지는 어머니의 지고지순한 사랑.

초등학교 입학식 날, 아이 가슴에 '사랑의 이름표'를 달아 주고 학교에 따라가며 행여 비 오면 젖지 않을까? 바람 불면 쓰러지지 않을까? 눈길에 넘어지면 어쩌나? 하고 노심초사하는 어머니. 지금은 옛이야기처럼 묻혀 버린 세월 속에 살기 어려운 보릿고개 시절이 있었다. 마을 통학버스가 떠날 때 어머니는 은행나무 뒤에 숨어 손을 흔들며 가없는 모정의 사랑을 보여 주었다.

학창 시절 이성 간에 느끼는 감정은 사춘기의 사랑이며 친구나 선생님을 대하며 부모의 온정이 아닌 타인에게 연정을 느끼는 에로스 사랑에 눈뜨게 된다. 이때 이성을 느끼고 사랑에 눈뜨기 시작하니 아마도 첫사랑의 시작이 아닐까.

첫사랑은 인생을 살아가는 동안 누구나 한 번쯤 느끼고 대부분 학창 시절에 찾아오고 여운이 오래간다. 그만큼 느끼는 감정의 폭이 크고 그윽하고 풋풋하며 나 홀로의 사랑이기 때문에 첫사랑은 이루어질 수 없는 풋내기 사랑이라 말한다.

사랑이 무르익기 전에 환경이나 인위적 요소에 의해 안타깝게 떠나가기 때문이 아닐까? 훗날 우연한 만남이 이루어지거나 마음속 한 모퉁이에 숨겨 놓았다가 보기도 하고, 추억의 언덕길에서 살포시 그리운 시간을 갖기도 하는 것 같다.

첫사랑이 이루어지는 경우도 있다. 부모의 반대가 심하여 동반 자살을 시도하다 살아나자 여자친구의 집 대문 앞에서 1인 시위를 한 남성이 있었다. 대문 앞에서 석고대죄하며 큰 소리로 장래를 설계하며 행복하게 살겠다고 2년을 눈물로 호소한 끝에 성공하여 잘 살고 있는 천하제일 '막무가내' 사랑도 있다.

땅 한 평 없이 자수성가한 부부가 행복하게 보내는 노년의 세월, 풍족하지 않지만 등 따뜻하고 편안하니 언제나 세상 누구보다도 행복하다. 모임이나 지인의 경조사 때 손

잡고 참석하고, 은행이나 관공서에도 늘 함께하는 인생, 자식이 있든 누가 보든 언제나 하하 웃는 얼굴은 화목하고 정겹다.

90 평생을 한 쌍의 원앙으로 해로하며 살아온 노부부의 사랑은 월하에 맺어진 천생연분 사랑이다. 사람이 살다 보면 이성 간에 푹 빠져 무리하게 이루어지는 사랑도 있다. 결혼하여 가정을 이루며 살다 첫사랑을 만나 가정이 파탄 난 경우의 사랑은 이루어질 수 없는 사랑 불나비사랑이 아닐까. 영화배우나 문인의 제자로 활동하다 스승의 가르침에 한없이 빠져들어 육체적이고 무조건적인 사랑을 하는 경우가 있다.

독신인 경우도 있지만, 가정이 있는 스승을 맹신적으로 사랑하여 지탄받는 사랑도 있다. 본인은 로맨스 사랑, 예술적 사랑이라 하지만 만인은 불륜의 사랑, 지탄받는 사랑이라 말한다. 6 · 25전쟁이 끝나고 얼마 되지 않은 60년대 농촌에서는 밭의 참외나 수박을 팔아 오뉴월에 먹을 쌀, 보리 등 식량을 마련하곤 하였다.

원두막에서 서리꾼을 쫓기 위해 잠자다 잠버릇이 심한 자식에 밀려 원두막 아래 풀밭으로 떨어지신 아버지, 아프다는 말도 못 하고 온몸에 파스를 부치고 다니신 아버지의 마음은 온화하고 애끓는 불같은 자식 사랑이다.

맹자의 어머니가 처음 묘지 근처 살다가 시장 가까운 곳으로 이사를 하고, 다시 서당 근처로 이사를 하여 맹자를 성인으로 키운 모정의 세월은 맹모삼천지교의 사랑이라 한다.

줄리어스 시저가 이집트에 원정하여 콧대 높고 자존심 강한 클레오파트라를 정복하며 만리장성을 쌓고, 이루어진 열매는 불같이 활활 타오르는 육체적, 정열적 사랑이다.

우리는 사랑을 노래하고 사랑을 즐기며 무한 사랑 속에 인생을 살아간다.

사랑은 모든 사람이 같지 않고 사람마다 필요한 사랑을 하거나 때로는 엉뚱한 사랑, 지탄받는 사랑을 하게 되는 것이 인생이 아닐까? 물론 사랑에는 육체적이고 정열적인 에로스 사랑, 동료적이며 우정이 깊은 필리아 사랑이 있다. 순수하고 정신적으로 사랑하는 플라토닉 사랑과 희생적이고 조건 없는 아가페 사랑도 있다.

이 많은 사랑 중 가장 기억에 남는 사랑은 얼마나 될까? 사람마다 개성이 다르고 환경과 지식수준에 따라 '사랑의 방정식'이 다르니 천차만별 사랑이다.

그 많은 사랑 중에서 하나를 택한다면, 응애! 응애! 하는 울음소리로 태어나 어머니 품속에서 방긋방긋 천사처럼 웃는 아기에게 젖을 물리며 평화롭고 그윽한 대화를 나누는 '천사표 사랑'이라 생각한다. 아기는 어머니의 아늑하고 포근한 사랑 속에 살아가다 사춘기에 풋풋한 첫사랑을 경험한다. 성년이 되어 꿈같은 사랑을 경험하기도 하고 이루어질 수 없는 사랑에 빠질 수도 있다. 노년이 되어도 나이 많은 자식을 걱정하는 아버지의 마음은 애틋하고 그윽한 부정의 사랑인 것 같다.

우리 인생은 어머니의 지고지순한 사랑으로 시작하여 첫사랑에 빠지고 수많은 사랑의 터널을 지나며 서로 좋아하고 상처를 입고 재판을 받기도 하고 나 홀로 사랑 속에 끝나지만 사랑의 종류를 나열하기엔 너무 많고 힘든 것 같다.

어머니의 텃밭

진돗개 누렁이

　절친한 고객 한 분이 진돗개 한 마리를 분양해 주셨다. 예쁘고 귀여운 새끼를 집으로 데려와 목욕을 시켰다. 제법 똘똘하게 생긴 녀석이 어리광까지 부리고 졸졸 따라다닐 때는 어찌나 귀여운지 모른다. 족보가 있는 강아지여서 그런지 대소변을 잘 가렸다. 그러던 어느 날의 일이었다. 아침마다 마루에서 반갑게 꼬리를 흔들던 누렁이가 보이지 않았다. 걱정되어 여기저기 찾아보니 부엌 탁자 밑에 누워 끙끙거리고 있다.

　밤새도록 아파서 앓은 모양이었다. 측은한 마음에 '누렁아' 하고 불러도 꼬리만 천천히 흔든다. 병원으로 데려가니 감기 기운이 있다며 주사를 놓아 주고 오후에 데려가라고 한다. 병원 문을 나서는데 누렁이가 나의 옷깃을 입으로 물고 놓아 주지 않는다. "조금 있다가 올게. 참고 기다려?" 하며 머리를 쓰다듬어 주니 꼬리를 흔들면서 물러난다. 그날 오후 누렁이를 위해 따뜻한 부엌 쪽에 방을 만들고 포근한 천으로 몸을 감싸 주었다.

　누렁이는 어린아이처럼 나의 팔에 안기더니 새근새근 코를 골며 천진난만하게 자는 모습이 천사처럼 귀여워 보였다. 나는 누렁이의 머리를 쓰다듬어 주었다.

　'그래! 너도 이제는 우리 가족이지, 병나지 말고 무럭무럭 크거라!'

　누렁이가 5개월이 되자 앞마당에 내려놓았다. 2층 식구들과 친하던 누렁이는 1층에 내려오니 낯설어서 자꾸만 짖어 댄다. 누렁이는 이제 진돗개의 모습으로 돌아왔다. 꼬리도 동그래지고 식구들이 밖에서 집안으로 들어서면 멀리서도 발걸음 소리를 듣고 꼬리를 흔들며 멍멍 짖어 댄다. 나는 가끔씩 누렁이를 '진대왕'이라고 불렀다.

'진돗개 대왕 누렁이'의 약자였다. 누렁아! 누렁아! 불러도 어떤 때는 화가 났는지 쳐다보지도 않다 "진대왕 누렁아!" 하고 부르면 두 귀를 쫑긋 세우고 쳐다보며 반가워한다. 개나 인간이나 왕이라고 부르면 누구나 좋아하는 모양 같다. 누렁이는 새벽 운동을 좋아해서 매일 아침 6시이면 동네로 산책하러 나갔다. 한강 둔치를 같이 달리기도 하고 빌딩 앞의 가드레일 넘는 훈련을 시키면 어찌나 잘하는지 모른다.

그러던 어느 날이었다. 그날도 한강 둔치에서 누렁이와 달리기 운동을 하고 있었다. 잠실 대교를 향해 한참을 달리는데 누렁이가 멍멍 짖으면서 반대 방향으로 달려갔다. "왜 그래! 누렁아! 앞으로 가야지, 왜 뒤로 가니?" 누렁이는 영동교 다리 밑에까지 달려가더니 멍멍 짖고 있다. 거기엔 트레이닝 바지에서 떨어진 나의 지갑을 누렁이가 앞발로 누르고 있었다. "고맙다, 진 대왕! 누렁아!" 하고 머리를 쓰다듬어 주니 제 딴엔 한 건 했다고 펄쩍펄쩍 뛰면서 아주 좋아한다.

그러나 어찌 마음대로 할 수 없는 것이 인간사인 것 같다. 1층의 세입자들의 불만은 나날이 늘어서 이웃집 사람까지 합세하여 누렁이를 다른 곳으로 보내라고 아우성친다. 가슴 아픈 것은 누렁이의 잠잘 곳이 문제였다. 보일러실 옆의 누렁이 집은 겨울이면 춥고 눈이 많이 쌓일 텐데…… 그런 누렁이가 안쓰러워 사료 외에 갈비, 어묵, 고깃국을 주면 좋아하며 꼬리를 흔들면서 먹는다.

한집안 식구같이 정이 듬뿍 들었는데, 누렁이를 어쩌지 하는 고민 끝에 당분간 고향 집에 내려보내기로 결심했다. 회사를 마치고 집에 오니 누렁이는 영문도 모른 채 꼬리를 흔들고 대문 앞까지 나와 혀를 내밀고 몹시도 반가워한다.

하찮은 동물이지만 정이 듬뿍 들은 누렁이! 언제나 식구들을 보면 달려들어 꼬리를 치며 몹시 반가워하던 사랑스러운 누렁이! 우직하면서도 주인을 잘 따르던 명견인데 착잡한 심정이 자꾸만 들고 서글퍼진다.

오늘따라 누렁이는 몹시도 아양을 떤다. 자식! 당분간 이별할지도 모르고…… 그러나 어쩌면 잘된 일인지도 모른다. 물 맑고 공기 좋은 넓은 들판에서 친구들하고 뛰놀면서 대왕 노릇을 하고 지내는 것도 괜찮을 거야? 서울에서의 마지막 식사라고 생각하니 눈시울이 뜨거워진다.

이것이 동물과 인간 사이의 정이라는 걸까? 누렁이를 개집 속으로 넣으려고 하니 펄쩍 뛰어나오면서 멍멍! 하고 원망스러운 눈초리로 쳐다보며 짖는다. 억지로 누렁이를 달래어 개집 속에 들여보냈다. 누렁아! 하고 부르니 고개를 돌린 채로 쳐다보지 않는다. 다시 누렁아! 하고 부르니 잠시 고개를 돌리다가 머리를 땅에 들이댄다. 화난 표정이다. "진 대왕! 누렁아!" 하고 부르니 그제야 원망스러운 눈초리로 나를 천천히 쳐다본다.

누렁이 눈에서 원망의 눈물이 주르르 흐른다.

'주인님! 왜 나를 버리세요? 제가 그렇게 보기 싫으세요? 저 주인님 매우 좋아하는데, 제발 버리지 마세요.'

애원의 눈물처럼 보였다. 안쓰럽고 서글픈 마음에 머리를 쓰다듬어 주면서, "진대왕! 인마! 눈물은 왜 흘려! 영원히 이별하는 것도 아니고 잠시 떨어져 있는데 그러면 시골 가서 대왕 노릇을 어찌하겠니? 조금만 참고 기다려! 곧 데려오마!"

오늘도 아침 일찍 출근하면서 1층 보일러실을 쳐다본다. 개집 옆에 누렁이를 묶어 놓았던 쇠줄이 보인다. 금방이라도 뛰어나와서 꼬리를 흔들면서 반가워할 누렁이의 모습이 눈에 선하다. 이제 명절 때 고향에서 만나면 너는 의젓한 모습으로 몹시 반가워하면서 펄쩍펄쩍 뛰면서 이렇게 말하겠지?

"주인님! 왜 이제 오셨어요? 몹시 보고 싶었는데 제가 싫으세요?"

그러면 나는 이렇게 말하며 머리를 쓰다듬어 줄 것이다.

"인마! 네가 왜 싫어! 몹시 보고 싶었지! 떨어져 있다가 만나야 정이 더 드는 거야!"

친구

우리는 살아가는 동안 수많은 사람을 만나게 되고 친구를 사귀게 된다. 세상에 처음 태어나 엄마와 사귀는 옹알이 친구, 유치원과 초등학교 시절의 소꿉친구, 중·고등학교 때 학창 친구, 대학 친구, 사회 친구, 직장 친구, 술친구, 경마 친구, 주식 친구, 외국 친구 등등의 친구를 사귀며 만남을 지속하게 된다.

어릴 때의 소꿉친구는 처음 세상에서 사귀는 친구여서 서로에게 호감이 가고 도움을 받으며 친해지고 성인이 되어서도 평생 친구나 죽마고우로 살아가는 경우를 종종 보게 된다. 중·고 시절 친구는 학문의 길로 들어서서 사귀기 때문에 어느 정도 친구 간의 감정이 싹트고 서로 이해하면서 좋은 느낌의 친구 사이로 변하기 때문에 학창 시절 친구라 한다.

대학이나 사회에서의 친구는 서로가 마음의 문을 열고 살아가기도 하지만 서로 간에 도움이 필요해서 친목 단체나 서클 모임으로 이어져 성인 친구로 살아간다.

많은 친구 중에서 나에게 꼭 필요한 진정한 친구는 얼마나 될까? 과연 나에게 오성과 한음의 오한지교(鰲漢之交)나 관중과 포숙의 관포지교(管鮑之交)처럼 진정한 친구가 과연 얼마나 있을까 곰곰이 생각해 본다.

인생을 살아가며 내가 힘들어할 때 스스럼없이 찾아와 인적 드문 호젓한 포장마차 안에서 소주를 함께 마시며 회포를 풀고 술잔을 부딪치는 허물없는 친구. 언젠가 집이 수마에 휘말리고 어수선해져 난장판일 때 말없이 찾아와 미소 지으며 다정히 손잡고 토닥여 주던 그런 친구가 나는 좋다. 인정이 메마른 삭막한 세상에서 내가 위기에 처했을 때 다소곳이 다가와서 내 일처럼 생각하고 도와주던 친구, 먼 곳에서 전화로 위로하고 힘들어하는 나에게 어머니의 마음처럼 아늑하게 감싸 주던 다정한 친구가 그립다.

누군가에 우리 사이를 자랑하고 싶어질 때 원하지 않는 그들에게 원두커피 한 잔을 사 주며 우리의 지고지순한 감정을 고이고이 간직하고 싶어 하던 천사 같은 친구. 세월이 흘러도 5월의 햇살 같은 싱그러움과 따사로움을 간직하고 살포시 미소 지으며 정겹게 다가오는 친구가 그립다. 김이 모락모락 피어나는 강가에서 물안개를 바라보며 자연과 대화하고 낭만을 벗 삼아 풍요롭게 살아가는 풍류객인 친구가 나는 부럽다.

낙엽이 한 잎 두 잎 떨어지는 가을날 삼청동의 노란 은행나무 잎이 만발한 오솔길을 걸으며 깔깔대며 웃다가, 따끈따끈한 군고구마 한 쪽을 권하던 초딩 친구가 그리워진다. 허전한 마음을 달래며 명상에 잠겼을 때, 전화로 옛 추억을 나누며 파안대소하던 솜사탕 같은 친구 모습이 몽실몽실 떠오른다.

출세도 싫고 졸부처럼 살기를 싫어해 한적한 교외의 조그만 농가 초원에서 채소밭에 물을 주며, 종달새, 매미 소리 벗 삼아 자연과 대화하며 평생을 소년같이 살아가는 청산의 친구 모습도 그려 본다. 성인이나 학자처럼 존경받고 고고하게 살기를 원치 않지만, 다정과 사랑을 함께하는 나의 분신 같은 친구.

고향 한적한 개울가에 모래밭에서 새소리, 풀벌레 소리를 들으며 모래성을 쌓고 두꺼비 놀이와 소꿉놀이를 하며 서로의 마음을 함께하던 죽마고우가 가끔 생각난다.

인생 항로에 서리가 내리고 친구의 가야 할 길이 다가오고 있을 때, 동행은 못 해도 곁에서 추억담을 나누며 오순도순 밤을 지새우던 오성과 한음 같은 오한지교(鰲漢之交)의 친구가 나는 부럽다. 세상의 모든 일이 저가 잘났고 저 때문에 잘된다고 생각하는 부질없고 허망한 소인배들을 볼 때마다 나는 가끔 관중과 포숙 같은 관포지교(管鮑之交)의 친구를 생각해 본다.

관중이 말하기를 내가 어려울 때 포숙이 나를 도와주고 살려 줘서 내가 재상이 될 수 있었다고 한 말처럼 나에게도 관중과 포숙 같은 친구가 과연 몇 명이나 될까?

많은 친구 중에서 진정으로 내가 어려움에 부닥쳤을 때 정담을 나누고 인생의 반려

자 같은 그런 친구가 몇 명이라도 있었으면 좋겠다. 나 자신도 그런 친구로 살아가고 싶다. 과연 나는 그들에게 어떤 친구일까? 세상에서 진정한 친구는 내가 힘들고 어려울 때 모두가 내 곁을 떠나 홀로라는 느낌에서 좌절하고 허망해할 때, 말없이 내 곁을 찾아와서 다독여 주고 위로해 주며 나를 대신해서 자신을 희생하는 인동초(忍冬草) 같은 친구가 진정한 친구라고 생각한다.

과연 나 자신이 이제까지 인생의 파도를 항해하며 살아오면서 친구가 어렵고 곤경에 빠졌을 때 그들을 위해 나 자신과 바꿔도 좋을 만큼의 친구가 과연 몇 명이나 있을까? 진실과 영혼까지도 함께할 수 있는 진정성 있는 친구를 몇 명이나 사귀면서 후회 없는 인생을 살아왔나 나 자신을 되돌아본다.

콜로세움과 검투사

　콜로세움(Colosseum)의 정식 명칭은 '플라비우스 원형경기장(Amphitheatrum Flavium)'이다. 플라비우스 왕조 때 세워진 것으로, 베스파시아누스 황제에 의해 72년에 착공되어 80년 아들 티투스 황제 때 준공된 로마 최대의 건축물이다.

　콜로세움의 유래는 원형경기장 근처에 있던 네로 황제의 거대한 청동상(Colossus Neronis)의 명칭에서 왔다는 설과 거대하다는 뜻의 이탈리아어 콜로살레(Colossale)에서 유래되었다는 설이 있다. 원형경기장은 4층으로 되어 있는데, 1층은 높이 10.5m의 도리아식 반원주, 2층은 높이 11.85m 이오니아식 기둥, 3층은 11.6m 코린트식 기둥으로 되어 있고, 4층은 관중들이 태양을 피할 수 있게 벨라리움이라는 천막을 고정하는 벽으로 되어 있으며 내부는 약 5만 명을 수용하는 계단식 관람석이 설치되어 있다. 콜로세움 안쪽으로 들어서니 경기장 시설이 한눈에 들어오며 형언할 수 없는 마음이 든다. 내가 역사의 파노라마 속에 서 있는 것 같은 느낌이 오며 영화에서 본 격투기 장면과 우렁찬 함성이 들려오는 것 같다.

　1층 계단 위를 걷다 아래를 바라보니, 경기장의 검투사가 되어 싸우던 노예들의 대기실과 맹수들의 수용 시설이 보였다. 계단에 앉아 있으니 검투사(Gladiator, 劍鬪士)들이 살아남기 위해 격투하는 장면이 관중에 우렁찬 함성과 함께 머리를 스치고 지나간다. 로마공화정에 대항해 노예 해방 전쟁을 일으켰던 스파르타쿠스(Spartacus) 장군의 늠름한 모습이 떠오른다.

검투사 시절 자신과 맞붙은 동료 노예가 자신을 찌르지 않고 창을 당대 공화정의 실력자이며 거상인 크라수스(로마 삼두정치의 한 사람) 일행에게 던지는 장면이 불현듯 떠오른다. 스파르타쿠스가 장차 노예들을 해방할 혁명의 선봉장이 될 것을 예견한 듯 보였다. 본인 대신 목숨을 잃는 그를 보고 검투사 양성소를 습격하여 반란을 일으키고, 로마군과의 전쟁에서 승승장구하는 스파르타쿠스의 용맹스러운 모습이 우렁차고 스펙터클하게 다가온다.

3년 동안 전쟁을 하며 보여 주는 노예 검투사들이 아기자기하며 사랑스럽고 끈끈한 형제애와 휴머니티가 살아 감동을 주는 명화 속의 주인공 스파르타쿠스는 실레시안 해적의 배반으로 크라수스가 이끄는 로마군에 패하고 십자가에서 죽임을 당하지만 노예를 해방하고 신분을 바꾸겠다고 혁명을 외치는 위풍당당한 모습과 환호하는 관중의 모습이 우렁차게 들려오는 것 같다.

폭군 네로 황제가 로마 시내에 불을 지르고 기독교인들에게 죄를 뒤집어씌우고 잡아와 수많은 군중 앞에서 처형하는 안타까운 장면이 떠오른다. 사도 베드로가 네로의 박해를 피해 가는 도중 로마 교외에서 예수그리스도의 환영을 보고 "주여, 어디로 가시나이까(Quo Vadis Dominne)?" 하는 장면이 머리를 스치고 지나간다.

오현제(五賢弟)의 한 사람인 '마르쿠스 아우렐리우스 황제'는 통치 기간 내내 전쟁을 하면서도 글을 쓰고 틈틈이 일기를 쓰며 불후의 명작인『명상록』을 지은 문학가이자 성군이었다. 황제가 아니었으면 주옥같은 명작을 발표한 당대를 풍미할 대문호가 되실 분이었다. 그에게 황제의 자리를 물려줄 사람은 자신의 아들이 아니고 전쟁에서 승승장구하며 게르만 민족과 치열한 전투에서 승리한 로마 장군 막시무스였다. 이를 눈치 챈 코마두는 남모르게 아버지를 살해하고 황제가 되어 막시무스를 죽이려 하지만 가족만 몰살당하고 멀리 도망간다.

'스페냐드'라는 이름으로 콜로세움에서 승승장구하며 관중의 영웅이 된 막시무스! 창과 방패의 싸움인 막시무스와 불패의 검투사 타이 그리스의 격투 장면은 압권이다. 5만 관중의 우렁찬 환호성 소리와 함께 바닥에 쓰러진 타이그리스를 황제는 죽이라고 한다.

그를 살려 주며 본인이 막시무스임을 황제와 관중들에게 밝히는 장면이 눈에 선하다. 막시무스는 코마도에게 붙잡히고, 황제는 독이 묻은 칼로 막사 무스를 찌른다. 코마도와 독이 묻은 칼에 찔린 막시무스의 생명을 건 검투 장면은 영화의 압권이다. 독이 든 칼에 찔려 점점 희미해져 가는 몸을 추스르며 혼신의 힘을 다해 코마도의 목을 찌르고 승리한다. 황제 마르쿠스 아우렐리우스의 마음을 관중들에게 전하며 막시무스는 역사 속으로 사라지고, 수많은 관중의 환호성 속에 로마는 공화정으로 돌아간다.

하늘이 온통 붉어지며 콜로세움 원형경기장의 모습이 웅장하고 거대하게 보였다. 눈앞에는 콘스탄티누스 황제의 개선문이 웅장한 모습으로 다가오며 나를 반겨 주고 있다. 개선문은 로마의 손꼽히는 명소 중의 하나로 황제들이 축하 행렬을 벌일 때 택했던

길인 '비아 트리움 팔리스'에 서 있다. 최초로 기독교를 받아들인 로마 황제 콘스탄티
누스 1세가 '밀바우스다리의 전투'에서 거둔 승리를 기념하기 위해 건설되었다고 한다.

휘황찬란한 전깃불은 흘러간 역사
를 아쉬워하듯 아늑하고 따스하게 건
물을 비추고 있다. 뒤쪽으로 포로로마
노(Foro Romano)로 가는 길이 열리
며 셉티미우스 황제의 개선문이 보인
다. 포로로마노 쪽에 원로원을 바라보
며 '줄리어스 시저'가 정적인 폼페니우스를 물리치고 원로원에서 한 말을 떠올려 본다.
나는 "왔노라, 보았노라, 이겼노라." 세기의 여왕 클레오파트라와의 불같은 로맨스를
즐기던 줄리어스 시저.

정적 폼페니우스와 크라수스를 제압하고, 삼두정치의 최후 승자가 되어 로마의 공화
정을 한동안 이끌었지만, 영원한 승자는 아니었다. 원로원에서 공화정파인 '부르투스'
에게 암살당하며 한 말이 떠오른다. "부르투스 너마저……." 희미한 목소리와 클레오
파트라의 요염한 모습이 캡처되어 나타난다. 노을 진 하늘에 비친 콜로세움은 영화의
장면처럼 장엄하고 웅장하며 스펙터클하게 다가오며 붉은 노을 속으로 점점 빠져들고
있다.

한 세기를 풍미했던 고풍스럽고 우아한 자태가 역사의 뒤안길로 서서히 사라져 가고
있다. 승리한 검투사의 우렁찬 한호성과 검투사 이름을 연호하는 관중들의 함성도 점
점 작아진다. 나는 마음속으로 외쳐 본다.

"나는 왔노라, 보았노라, 느꼈노라."

로마는 하루아침에 이루어지지 않았다. 그러기에 사람들은 오늘도 로마를 여행하고
있는 것이다.

추자도(楸子島)

여명이 밝아 오는 항구는 사방이 고요의 적막 속에 빠져 있다. 이따금 들려오는 파도 소리만이 나의 마음을 한없는 사색의 나래 속으로 빠져들게 한다. 세파에 찌든 몸과 마음을 바람에 날려 보내며 푸른 바다의 물결 속에 스며들어 본다. 여기저기 솟아난 갯바위 밑으로 이름 모를 고기들이 조잘대며 속삭인다.

이따금 들려오는 새들의 속삭임이 나를 자연의 나락 속으로 한없이 끌려가게 하는데 흑갈매기 한 쌍이 갯바위에서 사랑을 나누다 나를 보고 수줍은 듯 쳐다본다. 섬 주위를 거닐고 있는데 갯바위에서 낚시하는 강태공들의 모습이 눈에 띈다. 방어, 삼치가 주로 잡혔고, 어떤 분은 농어와 도다리도 많이 잡으셨다.

갯바위를 지나 무인도에 오르니 여러 사람이 모여 삼치회를 들고 계셨다. 회 한 점을 초고추장의 찍어 소주 한 잔을 곁들여 먹으니 입에 살살 녹는다. 또 한 점을 먹으니 그야말로 꿀맛이다. 이 맛 때문에 강태공들이 끊임없이 바다를 찾고 있는 것 같다. "낚시하는 재미가 뭐예요?" 하고 여쭈어 보니 고기를 낚는 재미도 있고, 세파에 나를 잊고 푸른 물결 소리와 바람에 동화되어 세상을 낚는 재미로 낚시하신다는 나이 지긋하신 어른의 말씀이 나의 귓전을 스친다.

얼마나 촉박하고 말 많은 이 세상을 빗대어서 하는 말인가. 낚시하는 동안은 모든 잡념과 한을 자연과 대화하며 시간을 보내는 강태공들이 철학자처럼 너무 부러워 보였다.

추자도의 올레길을 걷다 보니 최영 장군을 모신 사당이 보였다. '목호'의 반란을 진압

하러 제주도를 가는 도중 풍랑을 만나 이곳에 머물면서 이곳 사람들에게 어선과 그물을 만드는 법을 가르쳐 주어 어민들의 생활이 풍부하게 해 주셨다는 최영 장군. 온화하고 인자하신 모습을 보며 백성을 아끼고 사랑하시며 "황금을 보기를 돌같이 하라."라는 장군의 말이 조용히 머리를 스치고 지나갔다. 역사 속에 살아 숨 쉬는 위인의 사당치고는 장소가 너무 협소하여 보였다.

인근에 추자초등학교도 있고 이곳을 즐겨 찾는 관광객이나 자라나는 아이들에게 홍보하고 본보기를 보이려면 최영 장군의 사당을 크게 늘리고 유품도 더 모아서 거국적인 사당으로 만들었으면 하는 바람이다. 올레길을 걷는 동안에 파란 바다와 어우러져 보이는 크고 작은 섬들의 모습이 나의 마음을 포근하고 정겹게 해 주고 있다.

눈앞에 작은 돌섬이 보였다. 철계단과 난간을 이용하여 섬 정상으로 올라갔다. 많은 추자나무로 둘러싸인 섬에는 산새들의 둥지도 보였다. 퍼런 바다 물결 위로 갈매기들이 여기저기 떼를 지어 날아다니고 흰 민들레꽃과 무궁화가 곱게 피어 있다. 푸른 바다

의 환호성과 산새들의 정겨운 속삭임을 뒤로하고 봉골래산 정상에 오르니 추자군도의 수많은 섬이 대자연의 화선지의 한 폭의 수채화처럼 어우러져 장관이다.

　제주도의 다도해이며 섬들의 천국인 추자도. 새파란 하늘 아래 출렁이는 물결 위로 보이는 건 바다와 산이 빚어낸 형형색색의 섬들의 빼어난 자태와 비경뿐이었다. 선상 낚시와 '나바론의 절벽'을 보기 위해 배를 타고 인근 바다로 나갔다. 선상에서 바라본 나바론의 절벽은 그야말로 장관이었다. 굽이굽이 소용돌이치는 절벽 아래로 파도에 휘말리는 푸른 물결들이 시새움하며 절벽에 부딪히고 하얀 거품을 뱉어 내며 장난을 치고 있다. 깎아지른 듯한 절벽 사이에는 만고풍상을 견디며 살아온 소나무들이 위용을 부리고 있다.

　문득 1960년대 제2차 세계대전을 배경으로 한 명화 〈나바론의 요새〉가 머리에 떠오른다. 당대를 풍미했던 명배우 '그레고리 펙'과 '데이비드 니본', '안소니 퀸'의 특공대가 독일군이 점령한 나바론 요새의 대포를 폭파하기 위해 가파른 절벽을 기어오르며 벌리는 스릴과 애정 넘치는 장면이 머리를 스치며 지나간다.

　수십 년의 세월이 흘러갔지만, 망망대해에 떠 있는 추자도의 나바론의 절벽이 흘러간 명화의 명장면을 연상하게 하며 나를 감회에 젖게 하고 있다.

　염섬에 이르니 물속으로 방어가 떼를 지어 지나간다. 선상에서 손을 넣어 잡으려고 하지만 어림도 없다. 여기저기서 선상 낚시를 즐기는 동호인들이 보였다. 선장님과 가이드의 도움을 받아 낚싯밥을 던지고 조금 있으니 인철이의 낚싯대가 흔들린다. 낚싯대를 조심스럽게 잡아당기니 방어 한 마리가 버둥거리며 딸려 나온다. 여기저기서 방어와 삼치, 농어가 잡히면서 횟감은 순식간에 십여 마리로 늘어났다. 소식이 없던 나의 낚싯대에도 찌릿찌릿한 감이 오고 있다. 천천히 낚싯대를 당기는 데 너무 힘이 들었다.

　선장님이 잠시 놓아 주라고 해서 놓아 주기를 여러 번 가이드의 도움을 받아 낚싯대를 잡아당기니 팔뚝만 한 방어 한 마리가 퍼드덕거리며 딸려 나온다. 너무 기뻐서 "야!

나도 큰 것 한 건 했다."라고 소리쳤다. 광천이는 눈먼 고기가 잡힌 것 같다고 했다.

"그래! 광천아, 눈먼 고기가 이렇게 크냐! 인마! 너는 왜 못 잡아! 너, 약 오르지?"

"그래! 영호야! 잘했다. 하하하!"

잡은 고기를 선상에서 회를 쳐서 쌀 막걸리 한 잔을 마시니 회가 입에서 살살 녹으며 너무 맛있다. "그래! 이 맛이야 얼씨구 좋다! 우리 선상 건배 한번 하자." 하고 태성이가 말한다. 뭉게구름이 여기저기 흘러가는 선상 위에서 친구들과 막걸리에 회를 먹는 기분은 신선이 따로 없다. 낚시꾼이 추자도를 찾는 이유를 이제 진정으로 알 것 같았다.

배를 타고 조금 더 가니 프랭이섬이 보였다. 프랭이섬은 추자군도에서 감성돔과 돌돔을 잡기 위해 낚시꾼이면 누구나 한 번쯤 가 보고 싶어 하는 선망의 섬이며 약속의 땅이다. 닭발고랑의 낚시터와 동굴이 눈앞에 보인다. 동쪽의 닭발고랑 동굴 앞에서 감성돔이 낚싯대에 끌어 올려지고 함성을 올리는 강태공들의 모습이 보였다.

신대산 전망대에 오르니 다무래이섬, 직구도, 염섬, 수령섬, 추포도, 횡간도, 흑검도, 우두도, 수덕도(사자섬), 청도(프랭이섬) 등이 파노라마를 이루고 있다. 섬 주위로 기러기들이 새파란 바다 위로 먹이를 찾아 쏜살같이 날아가고 있는데, 두둥실 흘러가는 흰 구름과 어우러져 한 폭의 수채화처럼 아름답다.

어제 비가 내려 보지 못한 '직구도의 낙조'를 보기 위해 상추자도의 다무래미섬이 있는 올레길로 향했다. 쟁반같이 둥근 해는 이제 점점 바다 쪽을 향해 기울어 가고 있다. 시퍼런 바다 내려앉은 붉은 쟁반이 바닷속으로 서서히 자취를 감추며 직구도 주위에 하늘은 온통 붉은 강을 이루고 있다. 어머니의 품속에 살포시 안겨서 젖을 먹는 어린아이처럼 직구도를 감싸고 있는 저녁노을이 연출하는 대자연의 조화를 보며 나는 넋을 잃고 말았다. 새파란 창공 위로 흰 구름이 하나둘 흘러가고 이들을 시새움하듯 자태를 뽐내고 있는 저녁노을이 한 폭의 동양화처럼 아름답다.

제부도의 저녁노을이 작은 동산과 어우러져 어린아이처럼 아기자기하다면 추자도의 저녁노을은 만고풍상을 다 겪은 어머니의 품처럼 아늑하고 우아하며 포근해 보였다. 추자도를 다녀온 사람은 새파란 바다 위에 여기저기 두둥실 떠 있는 여러 가지 모양의 섬들과 파도에 씻겨서 출렁이는 절벽들의 웅장함, 여기저기 피어 있는 들꽃과 흙 갈매기와 산새들의 매력에 푹 빠지게 된다.

구름도 쉬어 가는 푸른 바다 위에서 선상 낚시로 잡은 횟감을 소주와 곁들여 먹노라면 누구나 풍류객이 되어 시 한 수가 흥얼흥얼 읊어지며 여흥에 빠지게 되는 것 같다. 등대산의 음이온 때문에 생선 비린내가 나지 않고 바다와 사람이 동화되어 살아가는 인정이 깃든 섬, 풍류와 사랑이 샘솟고 자연과 대화하며 세파의 찌든 마음을 잠시 접어 놓고 인생을 쉬어 가는 추자군도. 그래서 사람들은 섬을 그리워하고 추자섬을 또 찾는 것 같다.

황산(黃山)의 절경(絶景)을 가슴에 품고서

유네스코 세계유산으로 등재된 황산의 옛 이름은 이산(移山)이었으나 당나라 명황이 황산이라 지칭하였다. 명나라 여행객 '서하객'은 5악(태산, 형산, 항산, 숭산, 화산)을 돌아본 사람도 황산을 보고 나면 눈에 차지 않는다고 말하였다. 황산을 칭송하는 이유는 기이한 소나무, 기암, 운해, 온천의 4가지 때문이다.

쾌청한 날씨에 황산에 도착한 우리 일행은 운곡케이블카로 제2봉인 광명정(1,840m) 정상을 향해 출발했다. 케이블카에서 바라보는 형형색색으로 펼쳐지는 대자연의 올망졸망한 모습이 한 폭의 동양화처럼 아름다웠다.

제일 높은 봉우리인 연화봉(1,864m)과 천도봉 사이 절벽과 봉우리가 병풍처럼 이어져 시새움하듯 웅장한 자태를 뽐내고 있다. 저 멀리 구룡폭포의 시원한 물줄기가 힘차게 아래로 흘러내리고 칼날 같은 수많은 바위가 꽃들이 어우러져 춤을 춘다. 여기저기 바위틈에 피어 있는 엉겅퀴의 빨간 꽃이 수줍은 듯 숨어 있고, 사람 모양을 한 바위틈에 있는 작은 소나무들이 이끼를 헤치며 반겨 준다. 모두가 와! 와! 하며 감탄사를 연발하는데, 우측에 칼날처럼 우뚝 선 비래석 사이로 시신봉과 선녀봉이 아스라이 보인다.

북해 빈관 정류장에 도착하니 농구대가 보였다. 산꼭대기에 웬 농구대일까? 그래 중국이 자랑하는 세계적 농구 스타 야오밍 때문이라 생각했다. 계단을 따라 오르니 눈앞에 뾰족하게 솟은 몽필생화(夢筆生化)의 봉우리 위로 작은 소나무가 자라고 있다. 400년 된 소나무였으나 70년대 고사해 조화로 만들어 심었다고 하나 정말 생화같이 아름답고 신기했다.

　명나라 시인 이백이 봉우리 앞에서 글씨를 쓰다 깨어나 보니 붓글씨 끝에 예쁜 꽃이 피어나 봉우리 이름을 '몽필생화'라 했다고 한다. 계단을 한참을 내려가고 동굴을 거쳐 한참을 또 오르니 좌측으로 서해대협곡(西海大峽谷)의 천 길 낭떠러지 계곡이 수없이 전개된다. 작은 뭉게구름이 떼를 지어 흘러가고 내가 구름 위에 둥실둥실 떠 있는 신선처럼 느껴지며, 기암괴석과 산봉우리들이 대자연의 캔버스 속에 그려진 한 폭의 동양화처럼 장관을 이루고 있다.

　반대편 산봉우리 돌계단 사이로 쌀알같이 다닥다닥 매달리며 올라가는 관광객들의 모습이 가무단의 무희들이 곡예를 하듯 아슬아슬해 보였다. 발아래 천 길 낭떠러지를 내려다보며 약간의 아찔한 기분도 잠시, 멋진 장면을 연신 카메라에 담았다. 구름 한 점 없는  청명한 날씨 속에 수줍은 듯 흘러가는 흰 구름을 보며 지저귀는 이름 모를 새무리들이 한가롭게 보이는 오후에 황산 뜰에서 관광객에 지친 듯 졸고 있다. 저 멀리 비래석, 연화봉, 옥병봉, 천도봉을 감싸고 있는 운해가 잔잔하게 산봉우리 사이사이를 헤엄치듯 넘나들고 있다.

　북해의 선녀봉 쪽으로는 흐르던 운무들이 뭉게뭉게 흰 구름처럼 피어오르는 안개 속으로 하나둘씩 살포시 사라지는 대자연의 파노라마를 보며 나는 탄성을 부리며 손뼉을 쳤다. 내가 마치 천상 구름 위를 둥둥 떠다니는 느낌이 든다. 정상의 하나인 북해, 서해, 천해, 남해의 구름바다가 한눈에 보이면서 기암괴석들의 절경 속에 담쟁이처럼 다닥다닥 피어난 작은 소나무들이 운무와 발맞추어 춤추고 있다. 나를 맞이하려는 기송과 기암 운무 떼를 보며 나는 신선처럼 그들의 기상, 정기와 풍치를 나의 가슴속 깊이 심어 버린 듯한 황홀함과 우쭐한 기분이 들었다.

나 자신이 이렇게 무아지경에 빠져 버리니 생전에 천하 명산인 황산을 한번 찾고 싶다는 중국인의 말이 실감 나듯 가슴에 와닿는다. 고산병이 있다는 여인을 위로하고 동행하며 계단을 같이 오르니 서해대협곡 사이에 하늘을 향해 포효하듯 웅장한 모습을 한 비래석(飛來石)이 나를 반갑게 맞이한다. 높이 12미터, 무게 540톤의 큰 돌이 어디서 날아왔는지 참 희한하다.

전설에 의하면 천도 석이라고도 하여 손오공이 구름을 헤치며 나르다 황산에 반하여 먹고 있던 복숭아를 던진 것이 비래석이 되었다 한다. 신령을 가져 소원을 빌면 5가지 소원이 이루어진다고 한다. 첫째는 관운, 둘째는 재운, 셋째는 가정과 화목, 넷째는 애인, 다섯 번째는 사랑의 씨앗이라 하여 왼손으로 세 번을 만지고 뒤돌아보니 어떤 이는 연인을 피해 다섯 번 만지는 사람을 보며 인간의 무한한 욕망을 엿볼 수 있었다.

해발 1,840m 광명정은 햇살이 눈부시게 비추고 정상은 많은 사람이 일출을 볼 수 있도록 평평하게 되어 있다. 아래를 보니 제일봉인 연화봉과 천도봉의 봉우리에 암벽 능선을 꼬불꼬불하게 오르는 인파들이 눈에 들어오고 서해대협곡의 칼날같이 뾰족하고 웅장한 봉우리들이 운해에 휩싸여서 나를 보고 미소 짓고 있다.

백운빈관(白雲賓館) 호텔에 짐을 풀고 마당으로 나오니 저녁노을이 붉게 물들어 서해 쪽으로 뉘엿뉘엿 넘어가고 있다. 체제가 다른 이국에서의 일몰이었지만 나에겐 너무 감명 깊은 시간이었고, 내일 아침 꼭 일출을 볼 수 있길 기원하며 잠자리에 들었다.

5시 30분에 광명정에 오르니 하늘은 붉게 물들어 가며 태양이 곧 떠오를 것 같은 느낌이 든다. 점점 붉게 물들어 가는 창공을 보며 숨죽이고 있는데 붉은 눈썹처럼 조금씩 모습을 보이던 태양이 쟁반만 한 모습으로 중천에 환하게 떠오르며 우리를 반겨 준다. 와와! 하는 탄성은 절정에 달하고 여기저기 환호하는 젊은이 무리 속으로 한 발 빠져들어 본다. 빙긋이 웃으며 일행으로 반겨 주는 젊음의 물결이 너무나 부럽다.

1년의 250일을 안개와 비 때문에 황산의 맑은 날씨를 별로 볼 수 없다고 하는데, 화창한 날씨에 황산의 기암괴석과 기송운무를 보고 일출과 일몰을 동시에 즐긴 나는 가이드의 말처럼 복 받은 사람인 것 같다. 젊음의 물결에 동화되어 흘러간 청춘에 머무를 수 없는 순간을 한번쯤 되새겨 볼 수 있는 시간이었다. 황산의 맑은 공기와 운해 속에서 신선놀음을 하며 기암괴석의 정기를 온몸에 가득 간직해 좋았고, 해발 1,800m에서 사장호텔에서 보낸 중국에서의 하룻밤은 평생 잊지 못할 추억의 하나가 될 것 같다.

브라질이 월드컵 5회 우승국으로 막을 내린 2002년 한일월드컵은 우리나라 축구 역사상 큰 획을 그은 기념비적 날이었다.

폴란드와의 예선 첫 경기에서 한국 축구의 월드컵 1승을 확인한 순간 너무 기쁘고 감격스러웠다. 전반전이 끝날 무렵, 이을용 선수가 골문 쪽 황선홍 선수를 향해 크로스한 센터링을 황선홍 선수가 멋진 터닝슛으로 폴란드 골망을 뒤흔들었다. 슛! 골인! 골인! 대한민국 만세! 아나운서와 해설의원의 목소리도 감격에 겨워 흥분하고 있었다. 온 국민이 얼싸안고 대한~민국! 짝! 짝! 짝! 짝! 짝! 하며 열띤 응원을 했다. 후반전 유상철 선수가 상대방 선수의 볼을 가로채어 멋진 슛이 성공하자, 전국은 유상철 만세! 대한민국 만세! 와 환호성으로 들끓었다. '월드컵' 1승, 얼마나 오래도록 기다려 왔던 우리의 소원이었던가!

6월 14일, 축구 강국 포르투갈전은 일진일퇴의 박빙이었다. 현란한 개인기로 한국 문전을 위협하는 포르투갈 선수의 볼이 발끝에 닿는 순간 아찔한 마음이 들었지만 헛발질하고 비겨 2위로 세계 16강에 오르기를 기원했다.

우리에겐 호프 박지성이 있었다. 꾀돌이 이영표의 센터링을 박지성 선수가 몸으로 받아놓고 힘차게 찬 회심의 터닝슛이 크게 골망을 흔들었다. 슛! 골인! 골인! 모두가 박지성, 이영표를 외치며 대한~민국! 짝짝! 짝! 짝! 짝을 외치는 환호성은 전국에 우렁차게 메아리쳤다. 한국 축구가 처음으로 '월드컵 16강에 1위로 진출한 역사적인 날'이

었다. 나는 감격에 겨워 '대한민국'을 외치며 거리로 뛰쳐나왔다. 만세 소리가 전국을 뒤덮고 자동차 경적에 맞춰 온 나라가 축제의 물결에 소용돌이 쳤다.

6월 18일, 이탈리아와 16강전은 우리에겐 너무 버거운 상대였다. 월드컵 3회 우승국인 이탈리아와 대전은 '골리앗과 다윗'의 싸움이었다. 차분한 마음으로 경기를 관전했지만, 시간이 지날수록 승리의 황홀감에 빠져드는 나 자신을 주체할 수 없었다. 역시 이탈리아는 축구 강국이었다. 빗장 수비수 비엘리의 골로 전반전은 1:0으로 리드당한 채 끝났다. 후반전은 일진일퇴에 박빙이었지만 우리에게 기적이 일어났다.

후반 2분 마지막 총공세를 펼친 대한민국은 골문 앞에서 기회를 만들었다. 상대 선수에게 볼을 낚아챈 재간둥이 박지성이 설기현에게 자로 잰 듯 연결하자 설기현이 1명의 견고한 빗장 수비수를 제치고 오른쪽 구석으로 힘차게 터닝슛을 쏘았다. 슛! 골인! 대한민국 만세! 전국이 환호의 물결로 출렁거렸다. 연장전이 거의 끝날 시간 이영표 선수가 안정환 선수를 향해 정확히 연결하자 안정환 선수가 멋진 헤딩으로 골망을 흔들었다. 슛! 골인! 대한민국 만세! 구성진 목소리로 해설을 하는 신문선 해설의원의 목소리도 기쁨과 흥분으로 들떠 있었다. 나도 모르는 사이 꿈은 이루어지고 있었다.

우리나라가 세계 8강의 고지를 점령하다니 도저히 믿을 수 없었다. 거리는 태극기와 붉은 악마의 열띤 응원, 환호하는 인파의 물결로 소용돌이치고 있었다. 안주가 무료인 주점이 늘어났고, 전국은 승리의 함성으로 한없이 빠져만 갔다.

월드컵을 3회 우승한 이탈리아를 물리치다니 그것은 기적이 아닌가! 한편으로 이탈리아 프로 축구 페루자팀에서 활약하는 안정환 선수가 걱정되었다. 저들이 심장에 비수를 꽂고 탈락시킨 한국 선수를 해고시키지 않을까 하는 생각이 들었다.

6월 22일, 스페인과의 8강전은 져도 괜찮다고 위안을 하였다. 그러나 마음은 4강을 향해 달려가고 있었다. 4강 진출을 확신하는 마음으로 사무실 전 직원은 붉은 악마 티셔츠를 입고 근무하였다. 영업장을 찾는 고객과 아이들도 모두 붉은 악마 티셔츠를 입고 있었지만 하나도 이상해 보이지 않았다. 고객과 직원 모두가 한국이 오늘 밤 경기에

서 스페인을 꺾고 4강에 진출한다는 확신을 가지고 하이파이브를 했다.

스페인과의 경기는 가장 긴장을 하고 손에 땀을 쥐고 관전한 경기였기에 지금도 기억 속에 선명하게 떠오른다.

세계적인 선수로 구성된 스페인에, 우리는 강한 압박으로 상대를 몰아붙이고 역습으로 골문을 위협하였다. 우리가 골을 넣을 수 있는 기회도 있었지만, 경기는 전 후반 연장전 무승부로 끝나고 승부차기에 들어갔다.

가슴이 쿵쿵거리며 손에 땀이 난다. 나 자신이 가슴이 이렇게 떨리는데, 히딩크 감독과 선수들은 얼마나 가슴 조이며 떨고 있을까? 신문선 해설위원의 유머와 구성진 목소리가 메아리 되어 떠오른다. 일반적으로 볼을 차는 사람의 골 넣기가 쉽지만, 부담감 때문에 실축이 많아서 성공률이 낮다는 목소리가 들려온다. 이 말이 스페인 선수에게 해당하기를 마음속으로 기원하며 한국은 아니다, 절대 아니다, 하고 다짐을 했다.

다만 먼저 페널티킥을 선축하는 팀이 승리한다는 전례를 생각하며 선축하는 한국이 승리한다고 굳게 믿었다. 한국팀 첫 번째 키커는 황선홍 선수였다. 황선홍 선수가 힘차게 찬 골은 멋지게 왼쪽 골망을 뒤흔들었다. 숫 골인! 골인! 하는 함성이 전국을 메아리치며 황선홍을 연호했다. 스페인 선수가 성공을 하여 1:1이 되었다. 두 번째 키커는 박지성이었다. 21세 약관으로 월드컵에 참가하여 포르투갈전에서 결승골을 터트리며 한국을 16강에 올려놓은 장본인이 아닌가! 오른쪽 골대로 강하게 찬 볼이 골망을 크게 흔들자 모두가 박지성! 박지성! 대한~민국을 힘차게 외쳤다. 2:2가 되고 나니 가슴이 조마조마하다. 3명 남았는데 빨리 끝나야 하는데…….

세 번째 키커는 설기현 선수였다. 이탈리아전에 동점골을 넣으며 한국을 8강에 오르게 한 장본인 중의 한 사람 아닌가. 이때 설기현의 골이 없었으면 한국은 8강전에 오르지 못했다. 설기현의 골이 통렬하게 오른쪽 골망을 가르자 모두가 설기현! 설기현! 하며 '필승! 코리아!'를 외쳤다. 3:3이 되자 손에 땀이 나고 속으로는 걱정이 되었다.

네 번째 키 커 안정환이 보란 듯이 골키퍼 정면으로 강하게 찬 볼이 골망을 크게 흔들었다.

온 국민이 '안정환! 안정환!'을 연호하고 '대한민국! 만세! 오! 필승 코리아!'를 힘차게 불렀다. 이어서 터진 히딩크 감독의 어퍼컷 세리머니에 온 국민이 환호하고 열광하였다. 마음이 점점 차분해진다. 이 기운이 골키퍼 이운재 선수에게 전달되길 기원했다. 간절한 마음이 통했을까? 이탈리아 선수가 찬 페널티킥을 이운재 선수가 몸을 날리며 힘차게 두 손으로 쳐 내자 나는 현기증을 느꼈다. 이게 꿈인가 생시인가 손을 꼬집어 보니 아팠다. 현실이었다. 이제는 우리의 승리가 눈앞에 다가온 것 같았다. 4:3의 스코어. 강한 승리의 심정으로 경기에 열중하였다. 다섯 번째 한국 선수는 주장 홍명보였다.

홍명보 선수가 힘차게 찬 공이 멋지게 상대방의 골망을 뒤흔들자 온 국민이 열광의 도가니에 빠져들었다. 나는 지금도 홍명보 선수 모습이 생생하게 떠오른다. 강하게 때린 볼이 상대방의 골망을 뒤흔들며 성공하자. 펄떡펄떡 뛰다 두 팔을 펼치며 원더우먼처럼 달려가 히딩크 감독에게 안기던 모습과 환호하는 선수들과 열광하는 관중들의 떠나갈 듯한 환호성이 떠오른다.

'한국 축구가 월드컵 사상 세계 4강에 오른 기념비적인 날', 내가 이 역사적 장면을 목격하고 주인공의 한 사람이 되다니 매우 기뻤다. 준결승전에서 독일에게 0:1로 패하고 4강에 만족해야 했지만, 2002년 6월 25일은 한국 축구 역사의 큰 획을 그은 역사적인 날이었다.

4승 1무 2패 승점 13점. 월드컵 4강은 한국이 2002 월드컵에서 거둔 최고의 성적이다. 명장 거스 히딩크 감독과 코치의 피나는 노력과 전술이 있었기에 가능했다고 생각한다. 여기에 밤잠을 설쳐 가며 열화같이 응원한 붉은 악마와 국민의 열띤 응원이 있었기에 가능했다고 생각한다.

2002 월드컵이 끝났지만 그날의 환희와 감동은 나의 마음속에 아직도 살아남아 있다. 그들이 있었기에 우리는 행복했다. 우리에게 감동을 안겨 준 젊은 피 때문에 즐거운 시간이었다.

2002 월드컵은 국민들에게 가뭄의 단비 같은 시원한 청량제 역할을 했다. 또한 수없이 많은 엔도르핀을 꽃피우게 한 원동력이 되었고, 보너스로 직장인들의 숙원인 주 5일제가 시작된 해이기도 하다.

추억의 정거장

(2002 월드컵)

　금년이 2002 월드컵 18주년이 되는 날입니다. 그날의 추억이 새롭게 떠오릅니다.

　상암 월드컵경기장에서, 거리에서, 식당과 호프집에서, 서로 얼싸안고 오! 필승 코리아! 대한민국! 짝! 짝! 짝! 짝! 짝!!! 외치며 친구와 지인들과 어울려 탄성을 부리며 기쁨을 만끽하던 그날을 회상해 보세요. 떠오르는 함성과 감격 속에 엔도르핀이 마구 솟아나겠지요?

　2002 월드컵의 환희와 감동의 함성은 직장인들에게 '주 5일 근무제'의 보너스를 제공한 해이기도 합니다. 그날의 감동을 가족과 친구, 지인과 회상해 보세요!

5장
......

함께 가는 길
(가족 및 지인의 글)

내 인생에 디딤돌을 놓아 주신 누님

– 누님의 구순을 축하드리며

박상근

　우리의 인생은 도움을 주고 사는 것 같다. 도움을 받을 때는 고마움을 느끼지만 잊고 사는 것이 인간사인 것 같다. 주어진 환경 때문에, 때로는 기억에 남겨 놓기 싫어, 미안한 마음 때문에 너무 힘들게 살다 보면 잊게 되고 추억의 언덕에서 후회하며 살아간다.

　내 고향은 이천 시내에서 40여 분을 버스로 가면 금당저수지가 있는 설성면 대죽리 마을이다. 보릿고개가 있던 70년대 군대에서 제대하고 앞으로의 삶을 생각해 보니 눈앞이 캄캄했다.

　시내 책방에서 책을 사서 쇠꼴을 베다가 책을 보고 있는데 누가 뒤에서 "상근아!" 하고 부른다. 뒤돌아보니 작은누님이 미소를 띠며 바라보신다. 나는 얼른 일어나 "누님!" 하고 부르는데 눈물이 났다. 어머님이 일찍 돌아가시고 힘들 때는 어머니처럼 돌보고 이끌어 주시던 누님!

　출가하셔도 항상 격려해 주시던 누님을 보니 눈물이 글썽거렸다.

　"무슨 공부 하고 있니? 여기서 무슨 공부를 해. 이천이나 서울로 가서 제대로 공부해야지."

　"갈 데가 있어야지요. 비빌 언덕도 없는데 어떡해요."

　"하긴 그렇구나. 누이가 못나서 도와주지 못하고…… 그럼 서울 가서 조카들하고 같이 있자. 시어머니가 밥을 해 주시고 있지만 내가 잘 얘기할게. 아저씨가 교육청 간부로 있으니 내가 취직도 부탁해 볼게."

누님은 청계천 인근 단칸방에서 조카들과 더부살이 생활을 하며 행정계약직으로 근무하였다. 조카들을 돌보는 사돈할머니 보기가 민망하였지만 어찌할 방법이 없었다. 누님이 힘든 농사철에도 수시로 밑반찬을 만들어 오셔서 그나마 위안이 되었다. 마침 세무 공무원 공개경쟁시험이 있어 학교에 사직서를 내고 6개월을 공부했지만, 결과는 낙방이었다.

첫술에 배부를 수 없었다. 아쉬운 마음을 달래며 학원과 독서실을 오가며 시험에 집중하여 국가직과 서울시 공무원 임용시험에 합격할 수 있었다. 1971년 국가직인 성동 우체국에 전신계 발령을 받고 근무하게 되었다. 그러던 중 7월 서울시 성동구청 공무원으로 발령받아 관악·강서·양천·성동보건소와 서울시 교통국 등 34년간 서울시 공무원 사무관으로 근무할 수 있었다. 퇴직하고 나서 여유 시간을 평소 소질이 있던 그림에 투자하였다. 어린 시절 미술 선생님이 내가 그린 그림을 보며 장차 화가가 될 수 있다는 말이 떠올랐기 때문이다.

인근 화랑에서 전시회를 보고 나서는 더욱 마음이 굳어졌다. 나도 할 수 있다는 감을 손끝으로 느끼니 저절로 신이 났다. 화가의 길로 들어선 지도 꽤 오래되어 간다. 처음에는 조금 어려웠지만 그림에 자신이 붙어 가는 나 자신이 때로는 흐뭇하다. 얼마 전 고향 지인의 축하연에서 누님의 소식을 들을 수 있었다. 지인은 누님이 얼마 전 내 안부를 물으며 어린 시절 이야기를 하셨다고 한다.

나는 너무 마음이 아팠다. 아직도 누님은 못난 동생을 끔찍이 생각하고 있는데, 그것도 모르고 안주하며 흘려보낸 세월이 너무 후회스러웠다. 누님은 평생을 동생 생각만 하며 사셨는데, 나만 힘들고 어려운 모진 세월의 언덕 때문에 누님의 그림자를 잊어버리다니 나 자신이 너무 원망스러웠다.

서울로 올라가 전화를 하니 집에 안 계신지 전화를 받지 않는다. 다시 전화하니 받으신다. "누님, 상근이에요." 하니 "내 동생 상근이니!" 하며 친근하게 말씀하신다.

"바빠? 왜 이리 소식이 없어!"

나는 목이 메어 "누님, 죄송해요. 동생이 못나서 그래요. 며칠 있다 갈 테니 집에 계세요." 하고 전화를 끊었다. 일주일 후 등심과 양념 통닭을 사서 대문을 들어서니 "상근이 왔구나! 반갑다." 하시며 두 손을 잡으시는 누님의 얼굴이 너무 고와 보였다.

인생의 계급장은 늘어 가지만 마음만은 항상 청초하신 우리 누님! 양념 통닭 다리를 권하며 "누님 이게 무엇 같아요?" 하니 대뜸 "닭다리가 개구리 다리 같아." 하신다. 문득 흘러간 세월의 언덕이 아스라이 눈앞에 전개된다.

70년대는 너무 살기 어려운 시절이었다. 논두렁에서 개구리를 잡아 누님과 이웃 아이들과 개구리 다리를 구워 먹던 기억이 떠오른다. 살기 어려운 시절이라 얼마나 맛이 있었던지. 다시 돌아올 수 없는 추억의 어린 시절이 그립다. 그만큼 세월의 뒤안길에서 본 누님의 모습은 어린 시절의 나의 자화상처럼 느껴졌다.

살기 어려웠던 그 시절, 내 인생의 버팀목이 되어 준 작은누님! 꿈속에서도 떠오르는 누님은 나의 누이이자 어머니 같은 분이셨다. 어머니가 일찍 돌아가신 나에게 늘 용기와 힘을 주셨던 내 인생의 지팡이 같은 누님이 있었기에 오늘에 내가 있다고 생각한다. 올해로 구순을 맞이하시는 누님! 다시 한번 진심으로 감사드리며 앞으로 더욱 만수무강하시길 빕니다.

항상 누님이 고마운 동생 상근 올림

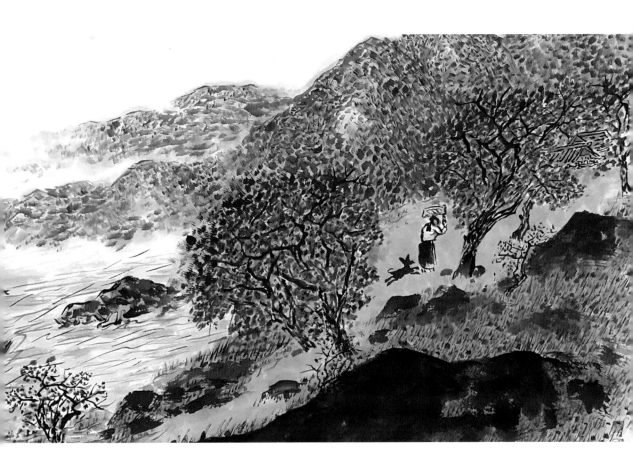

❖ 작품 수상

2017년 대한민국 백상서화대전 특선 입상

제33회 통일맞이 대한민국 전통미술대전 특선

제35회 대한민국 서화대전 입선

제22회 대한민국 통일미술대전 입선

제10회 겸재미술오름전 추천 작가

가족 얼이 스민 내 고향 돈이울마을

김영목

 고향에 들어서면 마음이 설레며 꿈같은 어린 시절 추억에 빠져든다. 저녁 무렵 아버지가 풀을 소통에 내려놓으시며 소의 머리를 쓰다듬으면, 음매! 음매! 하고 꼬리를 흔들며 우적우적 풀을 씹는 소의 모습이 떠오른다. 땅의 철학과 인성교육에 힘쓰셨던 아버지는 마을회관과 경로당 터 수백 평(억대 재산)을 조건 없이 마을에 기부하셨다. 자식들 장래에 큰 그림을 그려 주셨던 어머니! 어린 자식을 서울 유학시킬 때 걱정과 불안은 어땠을까?

 자식을 키우니 심정이 이해가 간다. 든든한 버팀목이었던 어머니의 불같은 사랑과 교육철학은 자식들이 시련과 역경을 극복하며 살아가는 시금석이 되었다. 부모님의 헌신적인 노력으로 오 남매는 금융기관 지점장, 공교육기관 교장, 교사, 축협 임원, 형제 목장 대표로, 가족들은 LG, 삼성, 효성, 현대, 공무원, 교육 분야 등 각계에서 활동하고 있다. 서울에서 힘들게 공부하며 형제가 용감하게 차가운 세파를 헤치고 나갔던 시절이 떠오른다. 금융기관 지점장이 아니었으면 상아탑에서 학생들 앞에서 강의하고 있을 형님의 모습을 떠올려 본다.

 60년대 경제개발 5개년 계획이 시작되기 전 마을에는 어려운 사람이 많았다. 청년들은 어른을 공경하고 마을 문화 계승에 앞장섰다. 지덕노체의 '4H 클럽'이 조직되어 농번기 일손 돕기, 추석날 거북이 놀이와 연극을 마을회관에서 발표하였다. 〈장화홍련전〉을 보며 슬퍼하고 손뼉 치며 흠뻑 빠져들던 옛 추억이 새롭다.

추수가 끝나면 볏짚을 마을회관에 쌓아 놓고 군불을 땠다. 따뜻한 온기가 방 안에 퍼지면 희미한 촛불 밑에 한자 책을 펴고 "하늘 천, 따 지, 검을 현, 누를 황!" 소리를 내며 우리를 가르치던 형의 모습이 떠오른다. 야학을 통한 형의 가르침은 가난의 굴레를 이겨 내고 학문의 길에 슬기롭게 도전하려는 상록수의 좌표를 그려 주었다. 당시 추억은 훗날 교직 생활을 하며 학생들이 방황하고 포기하려 할 때 그들을 일깨우는 정신적 지주가 되었다.

초등학교 수업이 끝나고 동네 입구에 들어서면 소나무 한 그루가 나를 반겨 주곤 했다. 50여 년이 흐른 지금은 속리산의 '정이품 소나무'처럼 기품 있고 우아한 모습으로 자랐다. 초등학생이던 내가 교장이 되고, 이제는 인생 2막의 또 다른 목표 속에 살아가지만, 50여 성상을 꿋꿋하게 견디며 마을을 지켜 온 의연한 모습을 보면 대견스럽고 경이로움을 느낀다.

어린 시절 소나무 주변의 이름 없는 풀을 무심코  지나곤 했는데, 마을에 들어서면 흘러간 추억이 새록새록 떠오른다. 소나무와 풀의 아련한 추억은, 힘들고 어려운 일이 있을 때 어머니의 품처럼 내 마음을 포근하고 아늑하게 만들어 주었다.

마을 뒤편의 '명성산'은 산등성이가 좌우로 마을을 감싸고 있다. 마을 입구 동편으로는 속리산 '정이품 소나무'를 닮은 소나무가 있고, 서편에는 500년 묵은 은행나무가 마을을 수호신처럼 감싸듯 보호하고 있다. 이천 쌀이 임금님의 수라상에 오르내렸다는 자부심을 갖고 마을 사람들은 오늘도 쌀농사에 종사하고 있다.

지금은 녹색체험마을로 선정되어 도시 아이들이 찾아와 자연과 상생하고 창의성을 키우며 생활하고 있다. 학생과 부모, 다양한 계층의 사람이 봄나물 채취, 손두부 만들기, 개천에서 고기잡이와 고구마를 캐며 도시에서 찌든 동심을 맑은 바람 속에 날리곤 한다.

돈이울마을은 오늘도 아늑한 자연의 꽃동산, 녹색체험의 공간으로 성장하고 있다. 아름답고 풍요로운 체험담이 전국으로 전파되고 힐링의 공간이 되길 기원해 본다. 가끔 마을을 찾는 외국인들이 '원더풀'을 외치는 소리를 들을 때는 기분이 좋다. 많은 외국인이 한국 문화와 얼을 체험하는 공간으로 활용되었으면 한다. 니하오!(중국어 인사말), 아살라무알라이쿰!(아랍어 인사말), 죠드라부스트브이체!(러시아어 인사말) 등이 마을 곳곳에서 울려 퍼지길 기원해 본다.

국민훈장(교육 부문), 외국어대학교 대학원 졸업,
서울 삼전초등학교장

지난여름

김영례

"아래 좀 봐 주세요."

거뭇거뭇한 얼룩, 여기저기 긁힌 자국, 뿌연 연기로 그을려 아파트 주차장에 서 있는 흰색의 승용차.

"어휴, 남처럼 새 차 몰고 오면 안 되나?"

셀은 안주인의 푸대접을 받으며 5년 전 우리 가족이 되었다. 직원이 이민을 하는 바람에, 남편이 싼값에 차를 인수하게 되었다. 차를 깨끗이 목욕시키고 왁스를 칠하니 반들반들한 싱싱한 새 차로 돌아왔다. 여름휴가를 즐기기 위해 설악산 여행에 셀과 함께하기로 했다. 처음으로 먼 길을 떠나는 것이 조금 불안하고, 걱정되었지만 설레는 마음으로 휴갓길에 올랐다. 오랜만에 설악산을 향해 달리는 기분은 설렘의 연속이었다.

폭우가 지나간 고속도로 인근의 나무들은 짙은 녹색의 물결을, 내 마음은 살랑살랑 하늘을 나는 듯했다. 이천·소사·여주·문막휴게소를 거치며 셀은 설악산으로 향하고 있다. 문막에서 있었던 일이 추억의 저편에서 아련히 떠오른다.

깨끗한 바닥, 화장실 곳곳에서 꽃다발의 방향제가 은은히 풍겨 나오고, 곳곳마다 아기자기하게 그려진 예쁜 그림이 여행에 지친 심신을 달래 주고 있었다. 아흔아홉 개의 구불구불한 고개로 들어선다는 대관령휴게소에서 간단한 음료와 빵으로 식사를 하고,

동해안의 푸른 바다와 설악산의 시원한 계곡을 그리며 셀의 곁으로 갔다.

앗! 그런데 이게 뭐람. 유리에 부착되어 있는 쪽지와 문구.

"오른쪽 뒷바퀴에 못이 박혀 타이어가 새고 있음. 빨리 교체하십시오!"

"오, 셀! 나의 셀아! 지금껏 사고 한번 낸 적이 없는 네게 이게 무슨 날벼락이냐!"

남편은 할 말을 잃은 채 얼굴이 붉으락푸르락 어쩔 줄 몰랐다. 타이어를 보니 주저앉아 새고 있는 것 같았다. 휴게소 한쪽에 '기아 · 현대자동차 휴갓길 서비스 무료 안전점검' 현수막이 보였다. 차를 살피던 수리 요원이 하하하! 웃으며, "이건 아무것도 아니에요."라고 했다. 너무 어이없고 기가 막혔다. 서비스 요원의 말을 듣고 나니 기분이 매우 좋았다. 자칫하면 설악산 관광을 못 하고 망칠 뻔했는데 다행이었다.

선녀탕 권금성, 흔들바위에 오르니 많은 인파 속에서 자연의 향기에 도취하여 무아지경이었다. 대포항에서 싱싱한 회를 맛있게 먹고 낙산 앞바다에서 해수욕을 즐기니 날아갈 듯한 기분이었다. 푸른 바다에서 웅장하게 떠오르는 동해의 일출을 보며, 추억의 어린 시절을 회상하고 도시에 찌든 회포를 멀리 날려 보냈다. 서울에 올 때까지 묵묵히 함께한 셀이 너무 귀엽고 사랑스러웠다.

휴가철이면 얄팍한 상혼으로 서민의 마음을 아프게 하는 소식을 접했는데, 내가 그들의 먹이사슬이 될 줄 몰랐다. 문막휴게소에서 직원들이 여행객을 위한 작은 것 하나까지 세심한 배려로 정성을 다하는 참다운 인간애를 배웠다. 우리 가족의 귀염둥이 셀을 곤경에 빠트린 사람들, 다시는 그런 행동을 하지 않길 바란다. 성실하게 일하는 사람의 행복한 사회, 함께 가고, 함께 나누는 우리가 되었으면 하는 소박한 마음으로 오늘 하루를 조용히 기원해 본다.

경인교육대학교 졸업, 교사 퇴직,
수필가, 광진구청 여성합창단원

발리에서

이상훈

인도네시아는 동남아시아에 널리 퍼져 있는 세계 최대의 도서 국가이다. 국명은 19세기 영국의 언어학자 J.R. 모건이 명명한 것으로 인도 도서(Indo Nesos)라고 하며 '많은 섬의 나라'라는 뜻으로 불린다.

발리는 인도네시아에 있는 17,509개의 섬 중 남부 소순도 열도에 속한 섬으로, 자바섬 동쪽으로 1.6㎞ 떨어진 곳에 위치하고 있다.

옛날부터 교역이 발달하여 인도네시아 교통의 요지였으며, 지금은 휴양도시로 많은 이들이 즐겨 찾고 있다. 인도네시아는 90%가 이슬람교이지만 발리섬에는 92%가 지역화된 발리힌두교를 믿는다. 발리힌두교는 발리의 토착신앙과 인도 불교 및 힌두교의 융합에 의해 성립된 종교로, 발리에 화려함을 더해 주는 것은 발리를 지키는 신 때문이라고 믿기 때문이다.

기대를 안고 처음 발리를 방문한 사람은 발리에 수수한 모습에 실망할 수 있지만, 발리에는 발리만의 독특한 매력, 어떤 휴양지보다 화려하게 만들어 준 신들의 이야기가 숨어 있다. 따뜻하고 경치가 아름답고 일출과 일몰이 유명하여 많은 이들이 즐겨 찾는 관광 명소 발리. 시내를 벗어나면 바닷가 한적한 곳에 마을이 옹기종기 모여 있어 여행객들의 즐거움을 안겨 준다.

지인의 소개로 휴가철이면 찾아가는 마을이 있다. 일 년에 한두 번 찾아가지만, 그곳엔 언제부터인가 나를 반겨 주는 이들이 있다. 조용한 마을 일출과 일몰이 아름다워 고향의 향수를 자아내는 시골 마을엔 초등학교가 있다. 재정 형편이 어려워 선풍기도 없는 학교에서 아이들이 공부하는 것을 보고, 휴가철이면 이곳을 찾아 작게 후원을 하고 있다.

우리나라보다 물가가 많이 싼 덕분에 여행 경비를 아껴 도와주는 적은 금액의 돈이 그들에게 큰 도움이 된다는 것에 내 마음도 흡족하다. 선물을 받고 기뻐하며 진심으로 감사를 표하는 선생님들과 아이들의 초롱초롱한 눈망울을 보면 내 마음도 싱그러워지고 뿌듯해진다.

오늘은 이곳 마을 전통 행사가 있는 날이다. 전통의상을 입고 고전음악에 맞추어 마을 사람들이 학교와 마을을 돌며 신에게 감사하고 무사태평을 비는 행사다. 우리나라 삼한시대의 소도와 비슷한 것 같기도 하지만 그들만의 신을 숭배하고 발리와 마을의 평원을 기원하는 축제인 것 같다.

전통 복장으로 입고 마을을 돌다 보니 내가 불현듯 그들과 하나가 된 것 같은 착각이 든다. 유유상종이라 할까? 아니면 환경의 지배를 받는 인간이기 때문일까? 일출을 보기 위해 바닷가로 나오니 많은 사람이 모여 있다. 새파란 바닷물이 바람에 날리어 찰랑거리고 푸른 하늘 위로 이름 모를 새들이 날아간다.

파란 바다 물결에 붉은빛이 들기 시작하더니 붉은빛 사이로 눈썹처럼 조그만 것이 보이기 시작한다. 바다 물결이 점차 붉은색으로 변하면서 쟁반같이 둥그런 태양이 바다 한가운데 보이기 시작한다. 많은 사람이 환호성을 올리며 사진을 찍고 있다.

옆에서 환호성을 올리며 만세를 부르는 젊은이들이 있어, 가까이 가니 한국에서 배

낭여행을 왔다고 하며 반가워한다. 이국땅에서 만난 한국인이어서 더 반갑고 외국에 나가야 애국자가 된다는 말이 정겹게 다가왔다.

우리나라에서 본 해돋이와 또 다른 감회가 든다. 이곳에서의 일출은 아기자기한 면보다 더 웅장하고 화려하게 느껴진다.

학교를 방문하니 선생님과 아이들이 반갑게 맞이한다. 생필품과 컴퓨터를 증정하니 아이들이 초롱초롱한 눈빛으로 손뼉을 치며 환호성을 올린다. 오늘은 학교에서 작품 발표회가 있는 날이다. 나를 학생들에게 구세주처럼 소개하던 선생님이 대상 시상자로 나를 지명하였다.

깜짝 놀란 내가 극구 사양을 하였지만 끈질긴 요청에 못 이겨 시상하였다. 천진난만한 아이들이 부러운 눈으로 나를 쳐다보는 모습이 측은해 보였다. 그만큼 살기 어려운 나라, 오지의 초등학교 아이들이 아닌가! 아이들의 모습에서 보릿고개가 있었던 지나간 어린 시절의 나의 자화상을 보는 느낌이 든다.

처음 방문하고 일회성 행사로 끝내고 싶었지만, 천진난만한 아이들 모습과 마을 사람들의 순박한 정에 이끌려 찾아온다. 이 마을 사람들이 나를 구세주처럼 생각하니 어떤 때는 부담이 가지만, 그들의 진정한 마음이라는 것을 알고부터는 벽이 없어지고 친근감을 느낀다. 그래서 휴가 때면 이곳을 찾아오고 발리를 좋아하는 것 같다. 이제는 발리 마니아가 되어 가는 것 같다. 우리나라도 1960~1970년대에 외국의 구호물자와 원조를 받고 살아오다 오늘날의 부국이 되지 않았는가.

초롱초롱한 눈과 귀염성이 있는 천진난만한 아이들과 보낸 하루가 어떻게 지나갔는지 모른다. 언어와 문화가 다른 나라에서 보낸 시간이었지만 그들에 동화되어 있는 동안 너무나 행복한 시간이었다.

70년대 초등학교 시절은 어려웠다. 그때 기억을 살려 이곳에서 휴양도 하며 아이들의 해맑은 온정에 이끌려 이곳을 방문하는 것 같다. 그래도 나는 아직은 이들보다 조금 나은 생활을 하기 때문에 행복하다고 생각한다.

발리의 일출은 섬세하고 아기자기함은 적어도 웅장하고 화려해 그 여운이 오래간다. 일출의 웅장한 기를 받아 이곳 마을도 관광 명소로 하루 빨리 자리 잡길 기원해 본다.

단국대학교 경영대학원 졸업,

A&S 스타치 코리아주식회사 사장

깁스한 자동차

김현덕

차를 운전한 게 10년 정도 되는 것 같다. 어느 날 문득 차를 몰고 어디든 가고 싶어졌다. 너무나 연배 있는 어른이 자가용을 몰고 다니는 것을 보고 지극을 받았기 때문이다. 계속 운전을 해 왔다면 지금쯤 멋있게 차를 몰 수 있을 터인데…… 하는 생각이 들었다. 15년 전만 해도 승용차는 물론 오토바이를 몰고 야외로 겁 없이 질주하기도 했었지만, 그 이후 현기증이 자주 와서 운전을 아예 하지 않은 것이다.

지방에 있는 특수학교에 강의를 나가는 친구의 보조원으로 따라다녔다. 매주 한 번 2시간 반 거리를 오래된 승용차를 몰았는데, 고장 나서 노상에서 낭패를 당한 게 한두 번이 아니었다.

8월의 지글대는 아스팔트도로 위에 갇혀 버린 우리는 땀으로 사우나를 했다. 그럴 때는 별수 없이 보험사가 보낸 A/S 차를 구세주처럼 기다려야 했다. 친구도 돕고 안전한 봉사활동을 위해서 내가 새 차를 사기로 했다. 승용차를 계약해 놓고 본격적으로 운전 연습을 하니 자신감이 붙었다. 새 차가 나올 때까지 아직 열흘이나 남았는데 당장 실력 발휘를 못 해 몸이 근질근질했다.

그때까지 친구 차를 시내 운전용으로 쓰기로 했다. 친구의 차를 몰고 강서구에서 집으로 온다는 게 길을 잘못 들어 광화문 쪽으로 들어가고 말았다. 내비게이션이 없어서 도로 이정표만 보고 오다 보니 도로가 갈라지는 게 아닌가.

아차 하는 순간 다른 길로 들어서고 말았다. 설상가상으로 러시아워 때라 도로를 꽉

메운 차들이 거북이 기어가듯 하는데 아랫배가 뻐근해 왔다. 온몸이 식은땀으로 흠뻑 젖었다.

목적지를 제대로 찾아가는 방법은, 왔던 길로 되돌아가야 한다는 생각뿐이었다. 어렵게 차를 돌려 제대로 길을 찾아 집까지 간신히 왔다. 몸이 파김치가 되고 하늘이 노랗게 보였다. 게다가 급하게 차를 주차하다가 담벼락에 앞 범퍼가 부딪쳤다.

범퍼의 1/3이 파손되어 덜렁덜렁해졌다. 차를 돌려 후진으로 파킹하다 뒤 범퍼까지 부딪쳐 한쪽 모서리까지 파손됐다. 차에서 내리니 차 꼴이 가관이었다.

곧 신차가 나오면 폐차하기로 했으니 돈 들여 정비소에 갈 필요는 없다. 그렇다고 이대로 돌려줄 수도 없는 노릇이었다. 친구에게 애마나 마찬가지인데 월요일부터 강의를 다녀야 하니 당장 차가 있어야 했다.

강력접착테이프를 사고 얇은 판자를 준비했다. 덜렁덜렁한 앞뒤 범퍼에 판자를 대고 누런 테이프를 야무지게 감아서 응급처치를 했다. 정성으로 치료해 준 내 마음에 보답하듯 차는 예전처럼 달렸다.

친구 아파트로 차를 돌려주려고 갔다. 아파트 주차장에 도착한 차를 본 친구는 "아이고, 내 애마가 정형외과에서 깁스하고 왔네. 우야꼬!"라고 하며 차를 쓰다듬었다. 나는 친구의 그 소리에 배꼽이 터져라 웃었다.

친구는 깁스한 승용차를 몰고 강의를 다녔다. 지나는 사람마다 힐끔힐끔 쳐다보고 웃었다고 했다. 사람들은 무슨 생각을 했을까? 깁스는 사람만 하는 게 아니고 차도 하는구나 했겠지.

연세대 대학원 졸업, 해병대 대령 예편,

보훈문학상, 한국문인협회 회원,

수필집 『아차산 까치집엔 까치가 없다』

언덕 위의 집

이윤선

새로 이사한 집은 '언덕 위의 집'이었다. 좀처럼 친근감이 느껴지지 않아 '몽마르트르 언덕'이라 이름을 붙여 버렸다. 역에서 가까워 좋지만 위로 올라가는 길에 점포들이 불규칙하게 간판을 맞대고 다닥다닥 붙어 있다. 그나마 TV에서 본 듯한 회사의 아이스크림 가게를 제외하곤 대부분이 처음 보는 개인 상점이었다. 손님들은 많이 왕래하고 있다.

큰길을 따라 골목으로 들어서면 작은 술집과 커피숍이 즐비하게 늘어서 있다. 저녁의 거리를 지나 집으로 올라갈 때는 상점과 인파의 거센 폭풍을 뚫고 지나가는 느낌이 든다. 여러 계층의 사람들이 모여 맛있게 음식을 먹고 대화할 수 있어 붐비는 것 같았다.

학문적이기보다 예술적이고 인간적인 모습이 마치 프랑스 파리의 '몽마르트르언덕'을 연상시킨다. 하지만 언덕을 조금 올라가면 정반대의 풍경이 보인다. 숲속의 향긋한 풀 냄새와 새들의 울음소리가 은은하게 들려온다. 계단을 올라 집에 도착하면 산 정상에 올라온 것 같은 풍경이 느낌이 든다. 베란다에서는 관악산과 촘촘히 붙어 있는 작은 집들이, 부엌 창문으로는 방금 지나온 거리의 복잡함이 상반되어 펼쳐진다.

세련되지 않지만, 열심히 살아가는 사라들의 조용한 생활이 엿보인다. 특히 높은 곳에서 신선한 공기를 마시니 조금 전 지나온 거리에서의 피곤함을 잊게 해 준다.

"서울 시내 한복판에 이런 곳이 있었네."

집에서 언덕 아래로 내려갈 때면 천국에서 세상으로 가는 것 같지만, 다시 언덕을 향해 올라갈 수 있어 행복하다. 마치 목욕탕에서 열탕과 냉탕을 오가는 느낌이라 할까.

로마인들은 평지보다 언덕에서 살기를 좋아했다고 하는데 살아 보니 그 이유를 알 것 같다. 정상은 거쳐 가는 사람이 없고 햇볕을 쨍쨍하게 받는 것이 너무 좋다.

그 시대는 공격이 많아서 피신처로서의 이유가 있었지만 지금 위에서 아래의 집들을 내려다보면 고독하면서도 포근함을 준다. 군중 속에서의 외로움이 도시의 낭만처럼 멋스럽다.

처음에는 이 집과 동네가 마음에 안 들었다. 전에 살던 동네보다 정돈되지 않고 아래쪽에 술집이 많고 교회 쪽에 맥줏집도 있었다. 이 언덕은 몽마르트르언덕과 같은 곳이고, 여기에서 많은 예술인이 만나 이야기를 나누고 작품을 만들었다. 언덕을 올라가면 내가 사는 아파트가 나오는데, 이 아파트에도 실은 프랑스의 몽셀미셸과 비슷한 곳이 있다고.

별이 아름다워 보이는 것이 어둠 때문이라면 내가 사는 '언덕 위의 집'은 언덕 아래 복잡한 정경 때문에 더욱 엄숙하고 특별한 것 같다. 상상이긴 하지만 나만이 이 장소의 비밀을 알고 있는 듯하여 더욱 소중하다. 지금의 프랑스 파리의 몽마르트르언덕이 유명해져 그때의 분위기가 점점 희미해지고 있다고 한다면 밝혀지지 않은 이런 곳이 예술의 소재로 적합할지도 모르겠다.

좋은 것 나쁜 것이 교차하면 항상 좋은 것을 고르느라 정신이 맑아지는, 아름다움과 추함을 통해 지금의 감사함을 아는 현실적인 곳 서울. 나의 이런 상상이 현실이 된 것일까. 얼마 전부터 술집보다 커피숍이 더 많아진 것 같고, 옆 골목에 재래시장이 새 단장하여 정돈되기 시작했다. 언덕이라 겨울에는 정형외과가 붐비지만 음식 재료를 사서 만든 음식은 꿀맛 같다.

　여행객이 따로 없다. 소박함을 느끼는 동네에서 커피 한 잔의 짧은 여유 시간이 마음을 부자로 만들어 주는 고마움이 있어 언덕 위의 집으로 이사 오길 잘한 것 같다.

중앙대학교 교육대학원 졸업, 중학교 교사 퇴직,
수필가, 한국문인협회 회원, 세계한인문학가협회 이사

어머니의 품처럼 포근한 금잔디에 누워서

텃밭 옆 파릇파릇하고 포근한 잔디에 누워 본다. 동화처럼 흘러간 초등학교 시절, 친구들과 장난치며 나뒹굴던 뒷동산의 아스라한 추억이 스쳐 지나간다.

새파란 창공 위로 고추잠자리 떼가 하늘 높이 날아오른다. 텃밭에 노란 장다리꽃이 여기저기 만발하여 봉우리를 이루고 있다. 하얀 구름이 하나둘 떼를 지어 흘러가는 나른한 오후. 사랑과 정이 깃들어 있는 텃밭에서 배추, 냉이, 쑥갓과 대화하시는 어머니. 그 무엇과도 바꿀 수 없는 친구들이 있는 어머니의 왕국.

어머니의 텃밭은 가족의 먹거리를 해결해 주고 어린 날의 향수가 서린 흘러간 옹달샘이다. 텃밭 옆 실개천에는 장마가 지면 붕어, 미꾸라지, 송사리들이 모여 들어 얼개미로 고기 잡던 기억이 떠오른다.

청초하고 아름다운 젊은 날의 모습은 세월의 언덕 너머로 사라져 가고 인생의 계급장은 하나둘 늘어나지만, 구순이 되셔도 정정하시고 오로지 자식만을 걱정하시는 우리 어머니!

어린 날의 낭만과 향수를 달래 주던 시냇가는 콘크리트 바닥으로 변하고, 어머니의 땀과 정이 서린 텃밭은 마을회관과 경로당, 마을상점이 들어서 있다. 텃밭을 조건 없이 마을에 기부할 때 어렵게 직장 생활을 하는 자식 생각에 한사코 반대하셨던 어머니!

아버지의 간곡한 부탁으로 마음의 끈을 놓으시고 밤잠을 설치신 어머니는 인근의 산을 일구어 얼마 안 되는 제2의 텃밭을 만드셨다. 정자 노릇을 하던 커다란 도토리나무가 있던 자리에 무더위를 피하기 위한 컨테이너 박스를 놓으셨다. 그만큼 소박한 꿈과 애증이 서린 텃밭이고, 자식을 위한 숭고한 사랑의 보금자리였다.

이제부터 어머니가 제2의 텃밭에서 오래 농사를 지으시길 기원하고 어머니와 정담을 나누는 시간을 자주 가져 보련다. 팔베개를 하고 누웠던 금잔디를 만져 보니 어린 날의 어머니 품처럼 포근하고 따뜻하다. 잠시 일어나 옛 추억이 서린 텃밭을 보며 어머니가 텃밭에서 친구들과 대화하는 모습을 떠올려 본다. 어머니의 사랑과 추억이 깃든 텃밭을 오래도록 '가족의 흘러간 역사'의 현장으로 남겨 놓아 아이들에게 전하려 한다. 텃밭은 궁핍하고 힘들었던 시절 우리의 부모님 세대가, 가족을 위해 희생한 거룩하고 피땀 어린 온정이 스며 있는 사랑의 선물이다.

"역사를 잊은 민족에겐 미래가 없다."라고 말한 역사가, 애국자, 독립운동가인 '단재 신재호' 선생의 말을 음미해 본다. 지금 이 순간 나 자신을 다시 한번 되돌아보며 반성하는 시간을 가져 본다. 본의 아니게 어머니를 힘들게 했던 기억도 있다. 표현한 말은 되돌릴 수 없는 것이 우리의 인간사다. 그러기에 인생은 후회하며 살아가는 덧없는 나그넷길이 아닐까. 그래도 금방 잊고 자식이 고향 집에 내려갔다 서울로 오면 전화를 하며 걱정하시는 어머니!

세월의 담이 없는 모정의 울타리에서 어머니의 숭고한 모습을 살포시 떠올려 보며 오늘도 만수무강하시길 기원한다.

어머니의 텃밭과 정성이 스민 수필을 쓰고 싶다

직장 생활을 하며 일어난 일화와 지인, 친구들과의 애환이 얽힌 사연이 있으면 책상에 앉아 수필을 쓰곤 했다. 새벽 시간에 글을 쓰고 가다듬다 보니 어느새 수필집 3권의 분량이다.

하나는 가까운 친구의 이루어지지 못한 첫사랑의 이야기를 주제로 정하였다. 또 하나는 직장 생활을 하며 고객, 동인과의 추억과 애증이 얽힌 사연을 제목을 정해 놓았다. 기회가 있으면 한자리에서 담소하며 흘러간 세월의 강가에서 정담을 나누고 싶다.

나의 수필의 모체는 '어머니의 텃밭'이 중심이다.

'어머니의 텃밭'은 나의 분신이고 수필을 쓰게 만든 추억의 동산이었다. 모든 것이 어머니의 하해 같은 사랑과 끈끈하고 다정다감하며 온후하신 인생철학이 알알이 스며 있어 가능했다고 생각한다.

어머니가 곁에서 텃밭을 일구시며 오래오래 만수무강하시길 기원해 본다.

2020년 2월
화양동 서재에서
利川 金榮昊